赵佼·著

维
诗歌、译诗
兼及文学翻译「妙合论」

山西出版传媒集团　北岳文艺出版社
·太原·

图书在版编目（CIP）数据

维：诗歌、译诗兼及文学翻译"妙合论" / 赵佼著.
-- 太原：北岳文艺出版社，2025.1. -- ISBN 978-7-5378-6999-7

Ⅰ.Ⅰ106.2

中国国家版本馆 CIP 数据核字第 2024DY8456 号

维：诗歌、译诗兼及文学翻译"妙合论"
WEI　SHIGE YISHI JIAN JI WENXUE FANYI MIAOHELUN

赵佼◎著

出品人
郭文礼

策　划
郭文礼

责任编辑
庞咏平

装帧设计
张永文

印装监制
郭　勇

出版发行：山西出版传媒集团·北岳文艺出版社
地址：山西省太原市并州南路 57 号　邮编：030012
电话：0351-5628696（发行部）　0351-5628688（总编室）
传真：0351-5628680
网址：http://www.bywy.com　E-mail：bywycbs@163.com
印刷装订：山西新华印业有限公司

开本：880 mm×1230 mm　1/32
字数：222 千字
印张：10.875
版次：2025 年 1 月第 1 版
印次：2025 年 1 月山西第 1 次印刷
书号：ISBN 978-7-5378-6999-7
定价：49.80 元

本书版权为本社独家所有，未经本社同意不得转载、摘编或复制

序：对话与重构
——从狄金森的梦与醒开始

  梦——好——但醒着更好——
  抑或醒在清早——
  抑或醒在三更——胜似——
  梦寐——东方破晓——

  更甜美——知更鸟的臆测——
  绝否给树木以快乐——
  较之一个踏实的黎明——对峙——
  难以将长夜摆脱——

  谁能料想，多年前岩子译就这首《梦——好——但醒着更好》，冥冥之中酝酿了一场诗与思的对话与重构之旅。狄金森，尤其是岩子译笔下的狄金森诗歌，如一部对话录，精微、深邃、敏感的心灵应和着自然万物的呼吸。狄金森惯常游走在梦与醒、清早与三更、知更鸟与树木、黎明与长夜之间……游走在万物之间。狄金森的诗歌，因其"极具个性，又富于神秘体验，以难译著称。译其诗，须有闪电般的照亮与灵感，方能达妙合之境"①。译好狄金森的诗，就要一次次与心灵赴约，与她，与万物对话，在语言的能及与不能及之间，重绘一幅独行于天地间的灵魂肖像。

诗，即与万物对话，译诗则要在倾听诗人与原作基础上，对话万物。上篇由岩子译就的狄金森诗歌翻译发起原诗与译诗之间"妙悟"式的对话，再现文学翻译"妙合论"的诗思过程。狄金森的诗里潜藏着一部颇具东方精髓的哲学之思。译诗，以最浪漫的方式抵达诗，从中抽象出恰切的译诗之思并非空谈。译诗赋予原诗以生命的过程是创造语言的过程，也是诗思的过程。澳门大学龚刚教授在翻译狄金森诗歌时提出，诗歌翻译要以"妙合"为理想境界与终极追求，"译者与作者悠然神会"②之过程尤为关键；"若无神会，难得其真"。"妙合译论"揭示了不可逾越的诗思博弈过程。原作、作者、译者（读者）、译作等要素凭已失落了时空的物象，而有了千丝万缕的联系，现在、过去与未来不断融合，超越时空所限，寓审美诗性与喻理思辨性于一体。诗的隐喻性呼唤诗性气质的理论，译诗理论首先应该涵盖诗思过程；万物之间的相对独立性或相悖性是生发诗性潜对话的根本所在，因此，译诗理论也应具备解释诸要素之间独立性或相悖性的潜质。与诗对话，唤醒知觉；与万物对话，由诗而思；以一种理论对话其他理论，方可

---

① 龚刚：《文学翻译当求妙合》，载于《太原学院学报（社会科学版）》2019年第5期。
② 龚刚、赵佼：《"妙合"文学翻译的佳境》，《当代外语研究》2020年第1期。

由思入诗之本真。

米勒说，"驳斥或者否定一种理论太容易，但要反驳一种解读，则只能通过艰苦的重读，并提出一种可替代的解读才能做到。"[1]"解读"一说，其实蕴含着潜在的理论阐释途径，即关注理论的生成过程。诗歌翻译理论的解读必然涉及诗思博弈过程，因此，本书以"妙合论"为主线，主要通过以下层面剖析其独特的诗性气质与对话潜质：一、诗思过程的还原及诗学渊源的追溯；二、由理论间对话激活理论中相悖或独立的要素，实现理论的自我衍生品格；三、观照理论的敞开性，追问译诗理论何为的问题。

如果说上篇意在阐明诗由万物生，万物成诗，那么中篇《以诗为径》则围绕"妙合"论，横向挖掘理论间互释的潜质，以对话形式深描诗歌翻译理论所应具备的诗性气质，讲述诗中必有思的道理。刘军平的《通过译诗而思》作为开篇，其"诗思互文观"为诗歌翻译理论的诗性气质提供了必要注解，而"做翻译"范式则为深耕传统译论、激发理论间对话提供了范本。该篇在追溯"妙合论""感性融合""以平仄代抑扬""翻译诗学观""尽心、知性、践行"等译论脉络的同时，寻求理论间的对话。裘小龙结合龚刚的"新性灵"诗学，辨析了诗的哲性与感性，无论是"感性融合"还是"妙合"，无不体现出在诗思博弈中求得平衡的建构理想。王东风"以平仄代抑扬"与龚刚的"新性灵诗学"之"气韵胜于音韵""汉语新诗不必受平仄束缚，但汉语诗人不妨训练一下'平仄

---

[1] J.Hillis. Miller, *fiction and repetition seven English novels Cambrige*, Massachusetts: Harvard University Press,1982,p.21.

感'"的诗学理念有异曲同工之妙。张智中将"尽心、知性、践行",融入译诗事业以及人生理想的践行中,对话"妙合论"过程中衍生出诗人译诗与学人译诗之迥异。李少君以"心学""知音"揭示诗本体与生俱来的翻译潜质,与"妙合"论推崇的"心物感应"亦有不谋而合之处。

  理论间对话不仅能引起共鸣,也会彰显理论所独有的诗学内涵。范静哗针对当代诗歌语言难懂、难译的问题,针砭当代诗歌翻译乱象,反思非"妙合"之译产生的多米诺骨牌式窘境,不仅影响到译文品质,某种程度也导致了新诗语言"难懂"的局面;罗良功以美国语言诗派及狄金森诗歌为依据,在"诗歌三重文本论"基础上提出"翻译诗学观",建议采取加粗字体来重构狄金森诗歌中频繁大写首字母的视觉效果,并为诗歌翻译批评提供了依据;王东风潜心于以汉语之平仄应和英语之抑扬,赋予狄金森诗歌中标志性的短横符号以独特的生命气息;龚刚的"妙合论"以狄金森诗歌翻译为实践基础,提倡心灵的闪电照亮陌生的诗语,与其"一跃而起,轻轻落下"的诗歌创作宗旨密切相关。无疑,理论间的对话会将诗思引向更深处的博弈,而我们依然游弋于倾听与探索的路上,"众里寻他千百度",只待"灯火阑珊处"做片刻的停留。

  下篇"诗之为诗"采取一种回溯视野,纵向凸显"妙合"译论的关联性,是对巴别塔之后,诗歌译论为何的进一步思考。诗凝结成思,思之极致仍然指向诗。由诗而思再回到诗,终极目的并非为理论而理论,而是尽可能重现诗与思的博弈过程。思并非终结者,而诗,既是开始也是永恒的归宿。

传统并不是我们所熟知的意义的积淀，而是充斥着陌生的永恒之诗，这首诗从未褪色，一直朝向未来敞开。传统所遭遇的旧问题并没有隐匿或消亡，而是作为新问题的反面根源继续存活下去。立足当代，回溯传统、回溯诗并不相悖。当前，学界热衷于理论创新，再度掀起"折返"传统热。这是几经周折、重新审视传统的一个新起点。就传统译论而言，译界的认知并非一蹴而就，而是在与西方译论的比较参照中不断完善。之前有学人诟病"案本——求信——神似——化境"一脉相承的传统译论缺乏可操作性。显然，这种看法混淆了理论与方法的边界；事实上，失之桑榆，得之东隅，兼具哲思与诗性气质既是传统译论的"缺陷"，也是伊瑟尔所谓"软理论"应该具备的隐喻特质；而且，伽达默尔认为传统是勒维纳斯伦理意义上的无限，在对话中才能显现自身的"他者的无限性。"因此，回溯传统无异于续写一首永恒之诗。

正如刘军平所言，要"深挖'做翻译'范式背后的'人文意识'与'艺术情怀'"，而"传统翻译命题总是渗透着译者个人人文修养、伦理和审美为中心的论述……'人文意识'与'艺术情怀'不仅彰显的是中国文化精神，亦是表现中国翻译话语的两大鲜明特征"[①]。"知识翻译学"[②]引领者杨枫将"真善美"作为知识翻译学的方法论，只有充分挖掘理论的诗性才能超越理论自身的封闭性，才能化解不同概念图式的不可通约性。"知识"作为理性的

[①] 刘军平：《探索翻译学中国学派的知识范型与可行路径——兼论"做翻译"与"看翻译"两种范式之特征》，《中国翻译》2002 年第 4 期。

[②] 杨枫：《知识翻译学宣言》，《当代外语研究》2021 年第 5 期。

代名词,本来具有灵知的功能,有其诗意的一面。因为知识源自"灵知"(gnosis),是神秘、属灵的救恩知识。随着理性主义的膨胀,灵魂的感应与体验世界的可能性渐次被驱逐出"知识"王国,"知识"被奉为通向"真理"的唯一理性途径,这不能不说是诗与思割裂的结果。事实上,哲学(通往真理)与修辞学(嵌入式知识)两种知识范式一直都在博弈,也就是逻各斯(logos)与秘索思(mythos)的较量从未停止。① 因此,覃江华强调,作为中西诗学对话的重要途径,当代知识翻译学构建有必要重审知识的"文化嵌入式、具身体验式以及施为性"② 内涵。孟祥春从"阴阳"与"五行"学说中的阴阳抱负、对立统一与系统论思想中获取灵感,吸取传播学与比较文学的要素和方法,提出"翻译动理学""接受悖论""文本体验迁移""隐文本"以及"格融"等一系列新概念,是又一次会通中西的诗学探索。

这并不是一个理论匮乏的时代,诗性气质的理论从未过时,缺乏的是开放式的诗意解读与跨越古今、中外的对话。从当代中国学派译学建设来看,"做翻译"范式、知识翻译学以及"翻译动理学"的兴起,无疑是诗性理论的回归与必要的反思。

回溯传统,回溯诗,究竟可以走多远,某种程度上取决于古

---

① 参见 Approaches to knowledge translation by Karen Bennett,"we find that there were two paradigms of knowledge jostling for supremacy: philosophy (understood as the quest for truth) and rhetoric (embedded knowledge), or, in another incarnation, logos and mythos." *The Routledge Handbook of Translation Theory and Concepts*,2023:44
② 同①,原文为" the various embedded, embodied and subjective forms of knowledge that have manifested themselves in different times and places."

今、中西理论间对话的深度。当代"新性灵"诗学创始人龚刚教授所倡的文学翻译"妙合论"即是无限敞开的对话范本。《礼记·乐记》所谓感于物而形于声的"心物感应说"是其思想根源；人之自然本性、生命意识为其核心；佛教"心性"学说是推动力；诗歌创作及诗歌翻译的个性特征与抒情特征则是对诗学本质的反思；与原诗作神韵、灵趣的自然应和方为译诗至境。龚刚在《新性灵主义诗学导论》[①]一文中对新性灵主义诗学内涵及"妙合论"分别做出如下概括：

诗歌本体论，其要义为：1) 诗性智慧，瞬间照亮；2) 诗歌创作论，要义为：一跃而起，轻轻落下；3) 诗歌批评观，其要义为：灵心慧悟，片言居要；4) 诗歌翻译观，要义为：神与意会，妙合无垠。西人有格言曰："Roads in the mountains teach you a very important lesson in life. What seems like an end is very often just a bend."，如以陆游名句"山重水复疑无路，柳暗花明又一村"对译，可称妙合。

"妙合之译"在英语中可译作"corresponding translation"，法国诗人夏尔·皮埃尔·波德莱尔的名作"Correspondances"的含义就是"契合"，法语单词"correspondance"在英语中对应的单词是"correspondence"，"correspondence"和"corresponding"的词根是相同的。妙合者，译者与作者悠然神会之谓也，如傅雷译罗曼·罗兰。许巍的唱词"生活不止眼前的苟且，还有诗与远方"广为流

---

① 龚刚：《新性灵主义诗学导论》，《北方工业大学学报》2019年第6期。

传,试译为:"Life is not only for bread and butter, but also for poetry and wonderland."这是吾所谓新性灵主义在译论和译艺上的体现。文学翻译亦须闪电般的照亮与灵感。所谓神会,是领会其精神,不是不要形式。若无神会,难得其真。神形兼备才是妙合之译。神会是态度,是过程,神形兼备是结果。玄虚点说,神会是凝神观照,默体其真,近于伽达默尔所谓视野融合。①

龚刚的"妙合论"是诗与思的对话,是扬弃中西哲学、诗学、译学资源的结果,深具诗性气质,彰显了伊瑟尔所谓重在"勾勒"的软理论特征,并在诗歌翻译实践中逐步得到检验。理论的魅力不仅在于其哲性之思,还在于其追求自由、逾越自身局限的诗性气质以及朝向"他者"理论及实践无限敞开的对话潜质。因此,下篇以"新性灵主义"诗学对话当代诗歌写作,反思"新性灵主义"诗之为诗的审美伦理内涵,既是"妙合论"寓审美诗性与喻理思辨于一体的外延,也是理论自我衍生品格的体现。

理论的诗性气质与对话潜质决定了对理论的求索就如同对诗意、对故园的追问,永无止境。钱锺书说:"精神不安地追求安定,永不止歇地寻找休歇处。在永不停息的思想发展过程中,任何休歇处都是不易而易的,当视其为精神臻于完足之境的特定点时,它就是不易的。"② 钱锺书将这种无休止的寻找休歇处,即掌握本质

---

① 张叉、龚刚:《以比较文学思维推进本土研究与理论创新——龚刚教授访谈录》,《外国语文研究》2019年第6期。
② 转引自龚刚:《从感性的思想到哲性的乡愁——论台湾离散诗人的三重乡愁》,《淮北师范大学学报》2017年第1期。

真实的愿望当作一种身在他乡的故园之思。一切有目标的思考都可以在情感层面被喻为一种乡愁，一切对存在本质与形上归宿的求索均可被视为"哲性乡愁"[①]。"诗家之境，如蓝田日暖，良玉生烟，可望而不可置于眉睫之间"；诗，遥遥指向故园，却总不能及，诗人徘徊在故园之外，是失落了故园的"他者"；巴别塔之后，译诗人同样经历着"哲性乡愁"，"妙合"之境是永恒不变的休歇处，哪怕只做片刻停留。

赵佼

2024 年 6 月

[①] 转引自龚刚：《从感性的思想到哲性的乡愁——论台湾离散诗人的三重乡愁》，《淮北师范大学学报（社科版）》2017 年第 1 期。

目录 | CONTENTS

上篇　诗与万物

- 004　诗意——梦与醒的延伸
- 007　"圣礼"的边缘
- 011　动人的忧郁，高度的绝望
- 016　浪花的气息
- 019　逃逸——孤独——自由
- 024　玫瑰与真理
- 026　生命的流苏
- 029　底色
- 032　"希望"是因为懂得
- 036　失忆
- 038　爱的圣经
- 041　痛过以后
- 045　美在彼岸
- 048　醉——无罪

051　童话

056　万物之诗

060　读秋天

063　逐猎在梦里

066　通往玄色永恒

070　相思于归

073　暴风雨夜里遇见

076　回忆——沉思——歌唱

081　那一抹光

085　虚无是另一种燃烧

088　问斜阳

092　大地的歌吟永远也不会消亡

中篇　以诗为径

101　通过译诗而思
　　　　——刘军平教授访谈录

112　从"新性灵"到文学翻译"妙合论"
　　　　——龚刚教授访谈

124　从感性凸显到感性融合
　　　　——裘小龙先生访谈

157　翻译诗学观
　　　　——罗良功教授访谈

173　从"以逗代步"到"以平仄代抑扬"

185　尽心、知性、践行
　　　　——张智中教授访谈
202　以史为鉴，诗歌传播新格局
　　　　——李少君、马士奎访谈
219　译诗及其他
　　　　——范静哗访谈
228　关于经典
　　　　——范静哗访谈

下篇　以诗为诗

235　"新性灵"主义诗学的"常"与"变"
　　　　——因《唐诗解构》而思
253　中西诗学"妙合"辨
268　"妙合"文学翻译的佳境
286　"大雪中纷飞的火焰"
　　　　——试论龚刚"新性灵"思辨之美
297　新性灵主义：最高规范的审美伦理之诗
304　"哲性乡愁"的自然书写
　　　　——以"80后"女性诗人林珊的诗歌写作为例

325　**参考文献**

上篇 / 诗与万物

译作与原作之间，犹如一场精心的设局。在场与缺席，隔着透明的纸筏，浸泡过时间的液体，在符号的空间里应和，滴成诗的形状。

原作似落日，在译作的玫瑰上，激起别样的香氛，又在彼此独立的"悖论"间，求索"妙合"的真谛，深切同情地交流。狄金森诗歌让人感受到一种使语言"发狂"的深刻、无限；而经由岩子的译笔，狄金森的诗并没有在文化语境不断剥离的过程中渐失锋芒，而是如真理般存在，嵌入她内心光影交织的山水。

从译诗开始，译者与诗人对话，与万物对话，对话永远敞开，诗歌永远敞开。

诗人与译者

艾米莉·狄金森，美国传奇女诗人，出生于马萨诸塞州阿默斯特一个信奉归正基督教（加尔文教派）的乡绅之家。祖父是阿默斯特学院的创始人，父亲为知名律师，同时担任着该学院的财务主管。狄金森有一兄一妹，自幼接受传统文化的教育和熏陶。四岁起（1834年）她便开始入校就读，十七岁时（1847年）被送进一所正统、保守且离家十英里之外的女子学院读书。她天资凸显，引人注目，但因体弱多病、抑郁想家等缘故，一年之后辍学回到了阿默斯特。此后，她离群索居、终身未嫁，直至去世也未曾去过其他地方。令人捉摸不已颇费猜想的是，这种几近幽闭的修女式生活，并没有让她心如死灰、想象力枯竭。相反，她以惊人的创造力给后世留下了大约1800首不同凡响、震撼心灵的诗歌，有关人生、自然、爱情、灵魂、永恒等等的思考和咏叹。然而，她的这些诗作在她有生之年并未能获得青睐，只匿名发表了10首。1886年艾米莉·狄金森去世之后，她的声名也随她被发现的诗歌远扬四海，经久不衰，直到如今。人们发现，愈是走进她的内心世界，愈是能感到她独一无二的伟大和迷人。

岩子，原名赵岩，曾为大学教师。中德人文交流研究中心《中德四季晨昏杂咏》专栏作者，《歌德全集》译者之一。现居德国。

诗意——梦与醒的延伸

梦——好——但醒着更好

梦——好——但醒着更好
抑或醒在清早——
抑或醒在三更——胜似——
梦寐——东方破晓——

更甜美——知更鸟的臆测——
绝否给树木以快乐——
较之一个踏实的黎明——对峙——
难以将长夜摆脱——

Dreams — Are Well — but Waking's Better[①]

Dreams — are well — but Waking's better
If one wake at morn —
If one wake at Midnight — better —

---

① 本篇所涉狄金森诗歌均选自：*Gunhild Kübler*（《英德双语狄金森全集》），Germany, Carl Hanser Verlag，2015.

Dreaming — of the Dawn —

Sweeter — the Surmising Robins —
Never gladdened Tree —
Than a Solid Dawn — confronting —
Leading to no Day —

诗人善醒。"抑或醒在清早——"是清透的白,"抑或醒在三更——"是妩媚的紫,"更甜美——知更鸟的臆测——"是明快的黄,树木是深情的绿,黎明是薄薄的青,漫漫长夜许是深不见底的灰……善醒的诗人眼中,万物无不透出智慧明澈的光。伟大的诗人更善"醉"、善"梦"。最高的文艺表现是宁空勿实,宁醉勿醒,"梦"中言、"醉"中语才能道出醒时所道不出的,诗人由梦由醉,凭虚构象,生生不穷。清初叶燮曰"不可名言之理,不可施见之得,不可径达之情,则幽渺以为理,想象以为事,惝恍以为情,方为理至,事至,情至之语",又曰"(诗中)必有不可言之理,不可述之事,遇之于默会意象之表……";歌德认为真理和神性只能在璀璨的反光、比喻、象征里观照,才可把握。在善"醉"、善"梦"的诗人眼中,"抑或醒在清早——"是清浅的雾,"抑或醒在三更——"是晶莹的雨,"更甜美——知更鸟的臆测"是朦胧的粉,树木是风的颜色,黎明与长夜是深浅不一、绵延不绝的灰,天地间光与影、明与暗、黑与白一瞬间的"对峙",那必是凝滞的露珠。在梦里,一丁点儿甜美的"粉"在无边的灰色迷蒙中若隐若现,"如蓝田日暖,良玉生烟,可望而不可置于眉睫之间";"更甜美——知更鸟的臆测",是布莱克·伍德笔下游走在暗夜的灵魂,唱出遥远而深情的歌,只是它"绝否给树木以快乐——／较之一个踏实的黎明——对峙——／难以将长夜摆脱——",剪不断,理还乱,难言的情绪随宇宙沉寂于一片灰色,只剩下知更鸟甜美的臆测,守着长夜的叹息与黎明"对峙",那是怎样稍纵即逝的"对峙"啊!但它真切地存在过,也许是瞬间灵动与苍茫永恒间的对峙,是人生若只如初见时的心跳,是黎明的希望与长夜的绝望所做的无谓较量……无论怎样,臆测是甜美的,最怕还是"梦寐——东方破晓——"。

译文译出了原作的骨感,"梦"与"醒"在凝练的诗语中自如行走,顺着符号"——",在"树木"的光影明暗间蔓延;同时也译出了原作的灵动,在苍茫的空间里唯有"更甜美——知更鸟的臆测——"在骨感的树枝上稍作停留;以及原作的神秘梦幻,从始至终情绪都徘徊在"梦"与"醒"之间,"抑或醒在清早——／抑或醒在三更——胜似——／梦寐——东方破晓——"将读者引入无法言喻的梦幻诗境;译文更与原作一样让人沉沦,欲罢不能,"较之一个踏实的黎明——对峙——／难以将长夜摆脱——",无可奈何的情绪,无以言表的深思,无法获解的疑问,让人愈体验愈深,欲解脱而不得解脱,文艺至境亦化为情深思苦的宗教至境。在显隐、虚实的取舍间,译者找到了平衡,在原作"细不可触的游丝"上雕刻出了让人沉沦的美。优秀的译者也必有颗善"醉"、善"梦"的诗心,不仅要知晓诗人想表达什么,更要明白诗人有未解的心事,欲语还休。

"圣礼"的边缘

这是鸟儿归来的日子

这是鸟儿归来的日子——
寥寥无几——一只或两只——
为了最后一面——

这是上苍复苏的日子
那古老的——古老的六月诡辩——
一个湛蓝而金黄的谬误。

呵,谎言欺弄不了蜜蜂。
你的花言巧语
险些让我深信不疑,

直至成行的种子见证——
轻轻地,于异样的风中
有一片羞怯的叶仓皇而过——

呵，夏日的圣礼！

呵，雾霭中最后的晚餐——

请允许一个稚童加入吧——

来一起享受——

神圣的赐福与圣饼

还有你永生的美酒——

These Are the Days When Birds Come Back

These are the days when Birds come back —

A very few — a Bird or two —

To take a final look.

These are the days when skies resume

The old — old sophistries of June —

A blue and gold mistake.

Oh fraud that cannot cheat the Bee.

Almost thy plausibility

Induces my belief,

Till ranks of seeds their witness bear —

And softly thro' the altered air

Hurries a timid leaf —

Oh Sacrament of summer days!
Oh Last Communion in the Haze —
Permit a child to join —

Thy sacred emblems to partake —
They consecrated bread to take
And thine immortal wine —

　　瑞士思想家阿米尔说："一片自然风景是一个心灵的境界。"明媚清朗的底色,"湛蓝而金黄",酷似"上苍复苏的日子";大自然的精灵可爱又机敏:"寥寥无几——一只或两只"鸟儿、"谎言欺弄不了"的"蜜蜂"、"成行的种子",还有"异样的风"中"羞怯的叶";人间的喧嚣堂皇而热烈:"雾霭中最后的晚餐""神圣的赐福与圣饼"和"永生的美酒";还有"我",一个尚未踏入"圣礼"的"稚童"……

　　狄金森是诗意编织的高手,真正的诗延伸至绚烂的底色之外。她超遥于时光之外,却对尘世的喧嚣与精心编造的谎言了然于心。"湛蓝而金黄的谬误"是底色,小鸟的单纯、蜜蜂的机警、稚童的渴望与犹疑是画中灵动的暖,"成行的种子"与"仓皇而过"的叶遗落在画的角落里,是四季变换、岁月如河的见证。经得住时光的诗往往也是不被察觉的人生预言,狄金森在不经意间绘就了她未来的生活图景,一袭白衣,纤细敏感,永远徘徊在"圣礼"的边缘……

"请允许一个稚童加入吧","一起享受"!欢乐的盛宴充满了诱惑,这个日子"湛蓝而金黄",庄严而神圣,只是她瞥见了"成行的种子""羞怯的叶",心啊,只能在渴望与犹疑的边缘、梦与醒的交汇处徘徊,这一徘徊便是一生!

倾听万物私语,窥测自然的神秘,不同画风的素材在她的笔下诗意地连缀、拼接,深刻的内省像一把钥匙,以别样的方式解读人性、诠释人生,她活成了一首灵动的诗,且在无意间履行了诗人的最大职责:描写人性与自然。关上了与人交往的苍白的门,但却打开了诗意的窗,窗外有恋巢的鸟、机警的蜜蜂、忠实的雏菊,还有西辞的太阳……

译狄金森的诗,远不止其中的一首诗,更要像知己一样去倾听,这对译者就有很多隐性的要求,比如要有一颗安静的心、敏锐的观察力、高超的语言驾驭能力……岩子好静的性格让她对诗人有更深的理解,女性特有的纤细敏感在译诗中体现得尤为深刻。如果说"一首好诗是天意",那么一首好的译诗也是可遇不可求。

动人的忧郁，高度的绝望

假如你在秋天来

假如你在秋天来，
我会将夏天揩除，
几分轻笑，几分鄙夷，
犹同主妇把飞蝇赶驱。

假如一年后方可见到你
我会将月份一个个地卷成团——
搁进单另的抽屉里
以免把顺序前后搞乱——

假如要等若干个世纪，
我会扳着手指一根一根地
减下去，直到所有手指
全部落进范迪门斯地①。

---

① 范迪门斯地，原文为"Van Diemens Land"，意为地狱之门，大英帝国发配罪犯的地方。

假如我们注定天各一方——

直至终点——你的和我的生命——

我将会把它扔了去,像空壳

一般,取之以永恒——

可是,眼下,难以肯定

要多久,这非确定呵

折磨着我,犹如那哥布林妖蜂——

难以名状的——螫痛。

If You Were Coming in the Fall

If you were coming in the Fall,

I'd brush the Summer by

With half a smile, and half a spurn,

As Housewives do, a Fly.

If I could see you in a year,

I'd wind the months in balls —

And put them each in separate Drawers,

For fear the numbers fuse —

If only Centuries, delayed,

I'd count them on my Hand,
Subtracting, till my fingers dropped
Into Van Diemen's Land.

If certain, when this life was out —
That yours and mine, should be —
I'd toss it yonder, like a Rind,
And take Eternity —

But, now, uncertain of the length
Of this, that is between,
It goads me, like the Goblin Bee —
That will not state — its sting.

露珠是透明的，素朴晶莹的"无"下面隐藏着怎样的华丽，你永远都猜不透，也许是浓得化不开的生命之绿，蓬勃蔓延；也许是冷清的秋凉里翻飞的枫叶，悠然绚烂；也许是夜空里划过的流星，惊艳世俗又归于沉寂。露珠般纯净的诗语里驻着狄金森高贵的诗心，每逢陷入困境，就向上帝、向夜空、向永恒要一首诗，"饮吸无穷于我之中"，凭借生命的灵性，她会得到一个简洁透明的答案，冲突的情绪和矛盾意欲化成清淡、质朴的诗语，难言的混沌由此而秩序井然。吟咏诵读间，会跟随她一起，在情绪里煎熬，仰望星空，低语倾诉。宗白华说，"美是丰富的生命在和谐的形式中。

美的人生是极强烈的情操在更强毅的善的意志统帅之下，在和谐的秩序里是极度的紧张，回旋着力量，满而不溢。"这是诗学智慧，也是人生哲学，正如新性灵所倡导之"一跃而起，轻轻落下"。译者同样懂得如何将炽热的诗心、诗情化作露珠般的译语，玲珑剔透却永远看不够。"假如你在秋天来"，错过了春日馨香与生命之夏又如何？秋天，繁华落尽之时亦是冷静，生命中的灿烂与秋凉相遇，希望油然而生，希望与等待相伴，再漫长的等待都不会乏味，因为"我会将月份一个个地卷成团——/ 搁进单另的抽屉里"；"假如要等若干个世纪"，也不要紧，还有连心的十指作陪，一个指头就是一个世纪，"我会扳着手指一根一根地 / 减下去，直到所有手指 / 全部落进范迪门斯地"；"假如我们注定天各一方——/ 直至终点——你的和我的生命——/ 我将会把它扔了去，像空壳 / 一般，取之以永恒——"，时间无声地流逝，生命的存在感在无尽的等待中升华。生活至简，只剩下用来书写人生的纸与笔，还有几个"抽屉"存放微渺的心事，静寂里可随时与远方搭起神秘暗道，跃入大自然的节奏，"物我同忘"。"可是，眼下，难以肯定 / 要多久，这非确定呵 / 折磨着我，犹如那哥布林妖峰——/ 难以名状的——螫痛。"结尾处的"不确定"就像露珠滑落，透明的"螫痛"里蕴含了宇宙的气息，和着诗人有力的心跳，也许还会传来远方隐约的回应……

伟大的诗是心灵与宇宙气息的浑然合一，似露珠，随风而歌，微颤流动，缥缈绚烂。诗歌里往往驻着一段生命体验，时间是流动的，心绪也是流动的，诗语就是流动的心绪与时间发生共振的交响乐，流动不居与静止的文字形成悖论。狄金森的诗语一眼望去就是一个朴素安静的存在，从第二眼起，就会有想探个究竟的冲动，想看清透明里活跃的是什么。好的译者会让原诗的灵魂从文字中解脱，穿越时空，和着宇宙的脉搏跳动，让译文在静默中蜕变，直至破茧成蝶那一刻，译者的诗兴、诗艺、译艺与原诗人达到瞬间"妙合"，伟大的诗意总会在冥冥之中汇合，在异域中自然衍生。诵读自然质朴而又张力无限的诗语，不难想到：曾经挂在嘴角的微笑，落入未来期待的眼神，"一个个地卷成团"，游离在抽屉边缘的心事，茫然不知所措"扳着手指一根一根地减下去"，却只听到露珠无声地滑落……

浪花的气息

我的小河向你奔去

我的小河向你奔去——
蓝色的大海——欢迎我么?

等着你的答复呢
哦,仁慈的大海—— 瞧呵!

我将带去溪流万千
自光影斑驳的山涧——

请你,大海——收下我吧?

My River Runs to Thee —

My River runs to Thee —
Blue Sea — Wilt welcome me?

My River wait reply.

Oh Sea — look graciously！

I'll fetch thee Brooks

From spotted nooks —

Say Sea — Take Me ?

　　常人眼里，多年的离群索居足以让她双颊的粉色黯然褪去，谁料想时光偏偏温柔了她的诗行，投下青青橄榄枝。一页页空白处飞跃着她灵动的诗思，时空的局限并未困住她源源不绝的想象：有多少个"思接千载"的瞬间，就有多少次犹疑与理智的碰撞；有多少次"视通万里"的豁然，就有多少次甜蜜忧伤萦绕心头；在时间"静止"的空间里，有多少次"吐纳珠玉之声"的欣然，就有多少次"卷舒风云的"的情感波涛突然来袭。

　　"不可能"在她笔端化作形态各异的"可能"。诗意的小河载着她特有的气息"向你奔去——"，这里一定要用"奔"，也许蓝色的大海是灵魂遥远的故乡，透着深不见底的忧伤；也许深厚的"蓝"里蕴藏着上帝的"仁慈"；也许那里有"他"或者"她"的影子，那是她长梦孤寂里无法复制的甜蜜陪伴。"我的小河向你奔去——"，奔腾的气息顺着诗行间微妙的符号"——"雀跃，如"哦，仁慈的大海——瞧呵！"承载着热情的期待，如"等着你的答复呢——"慷慨地给予，又如"我将带去溪流万千/自光影斑驳的山涧——"；还有羞怯的犹疑，如"蓝色的大海！欢迎我么？"。

所有的一切都无法阻挡"我的小河向你奔去——",尽管这义无反顾里隐藏着犹疑,如"请你——大海——收下我吧?"。狄金森是幸福的,她借助诗语,借助特别的符号"——"超越时空与语言的局限,逍遥自在,"神与物游"。

诗语是安静的,但心动的瞬间,"我的小河"就会"向你奔去——"。诗中的符号"——"就像小河里无数跳跃的浪花,极易被忽略,敏锐的译者(首先是读者)却深知浪花里有诗人深情的凝望,隐藏着欲言又止的"真实"。符号"——"虽不可译,符号中游丝般的气息却是抹不去的存在。译者是幸福的,不可译的符号在她手中蜕变为会呼吸的诗语助词(呢、哦、呵),古老的诗行重新吐出鲜绿的嫩芽;译文读者是幸福的,顺着译文生动的气息,穿越寂静的诗行,与伟大的灵魂相遇、相知。

逃逸——孤独——自由

我不想画画
我不想画——画——
而情愿成之为一幅
明靓的不可能
风情——万般地——妩媚下去——
我想知道指头是怎样的感受
那神奇——美妙的——搅动——
怎样地激起那甜蜜不已的折磨——
华丽无比的——绝境——

我不想作声,短号似的——
而情愿成之为一只
冉冉飘上屋顶——
出走,放逐——
穿越以太之村——
亦我本人的气球
只消一片金属唇——

充当我兰舟的码头——

我也不想做一名诗人——
而情愿——拥有耳朵——
痴迷——无能——满足——
景仰的资格,
一份非常的特许。
若此嫁妆是也,
我会吓晕了自己,
依着旋律的霹雳!

I Would not Paint a Picture

I would not paint — a picture —
I'd rather be the One
Its bright impossibility
To dwell — delicious — on —
And wonder how the fingers feel
Who rare — celestial — stir —
Evokes so sweet a Torment —
Such sumptuous — Despair —

I would not talk, like Cornets —
I'd rather be the One

Raised softly to the Ceilings —

And out, and easy on —

Through Villages of Ether —

Myself endued Balloon

By but a lip of Metal —

The pier to my Pontoon —

Nor would I be a Poet —

It's finer — own the Ear —

Enamored — impotent — content —

The License to revere,

A privilege so awful

What would the Dower be,

Had I the Art to stun myself

With Bolts of Melody!

　　诗歌是绚烂至极的画,是"明靓的不可能",可以"风情——万般地——妩媚下去";诗歌是掠过心灵的交响乐,"我会吓晕了自己 / 依着旋律的霹雳!"

　　木心说:"音乐是我的命 / 爱情是我的病 / 贝多芬是我的神 / 肖邦是我的心 / 谁美貌,谁就是我的死灵魂。"若没有"爱"与"美"在心间燃烧,没有缠绵悱恻,一往情深,如何"一跃而起",深入万物核心,"得其环中"?斯坦纳有言,"所有伟大的写作都源于'最后的欲望'……源于利用创造力战胜时间的希冀","欲望"也好,"希冀"也罢,若不能从眼前的煎熬逃逸,又如何"轻轻落下",臻于"镜中之象,水中之月,羚羊挂角,无迹叮寻"的超旷空灵艺境?狄金森无疑是宇宙奥秘的灵心探手,她的诗意人生也是一场场的逃逸,在"爱"与"美"的甜蜜煎熬中逃逸,逃逸中遇见自己,静享孤独,获得片刻的自由与重生。迷幻的色彩、流淌的音符、绵延的诗意是她飞翔的翅膀,承载着"乡愁"的"折磨","出走——放逐——",欣然忘我,悄然抵达"华丽无比的——绝境——","素月分辉,明河共影,表里俱澄澈"的华严境界。

从"我不想画——画——""我不想作声,短号似的——""我也不想做一名诗人——"的落寞与忧烦中逃逸,"只消一片金属唇——充当我兰舟的码头——","情愿成之为一只／冉冉飘上屋顶——／出走放逐——／穿越以太之村——／亦我本人的气球",将孤绝玩味到极致,那便是"若此嫁妆是也／我会吓晕了自己／依着旋律的霹雳!"就这样,"痴迷——无能——满足——"直到生命尽头,诗境、艺境、人生之境冥冥中化合为一。与其像希腊水仙之神,临水自鉴,郁郁寡欢,不如学空谷幽兰,倒影自照,虽感寂寥,然与春风微笑相伴,安然自足。片景孤境已成自足内在之境,无求于外而自成意义丰满的小宇宙,这是人生更深层次的真实,遗世独立,一顾倾城。

傅雷说:"译事虽近舌人,要以艺术修养为根本:无敏感之心灵,无热烈之同情,无适当之鉴赏能力……势难彻底理解原作,即或理解，亦未必能深切领悟。""红入桃花嫩，青归柳叶新"，若没有心灵的映射，"红"也好，"青也罢"，总不至动人心弦。"身之所容""目之所瞩""意之所游"乃画之三次第，其中"意之所游，目力虽穷而情脉不断处"方是最高灵境归宿，所谓"意象在六合之表，荣落在四时之外"，也不妨当作译诗之归宿。沃尔特·佩特有言，"一切艺术都是趋向音乐的状态"，音乐可以表现心灵深处最深最秘处的情调与律动。无论是"重门深锁无寻处，疑有碧桃千树花"；还是"江上调玉琴，一弦清一心，能使江月白，又令江水深"；抑或是"裂帛一声江月白，碧云飞起四山秋"，无非是善感的听者随音乐把握了最隐秘的心灵节奏。诗歌翻译若不能像品鉴绘画或者音乐一样，让灵魂震颤、苏醒的感觉占据内心，"逃逸"便不够彻底，又怎能保证其译诗可以抵达"美"的自由之境？若说原诗是圆心的话，圆周就是它所散发的意绪，译者从另一时空"逃逸"而来，潜心玩味圆周萦绕的"似曾相识"，将诗意的切线延伸至远方……

玫瑰与真理

清晨比以往更其温婉——
清晨比以往更其温婉——
坚果的容颜愈来愈深棕——
梅子的面庞愈来愈丰满——
玫瑰出了小城。

枫树披上了妖娆的围巾——
田野身着鲜红的长裙——
我为了不显得老朽过时，
戴上一枚首饰。

The Morns Are Meeker Than They Were —

The morns are meeker than they were —

The nuts are getting brown —

The berry's cheek is plumper —

The Rose is out of town.

The maple wears a gayer scarf —

The field a scarlet gown —

Lest I should be old fashioned

I'll put a trinket on.

  晨雾变换出深棕、丰满的心思。

  玫瑰"出了小城",找寻另一段童话。

  枫树丢失了记忆,重复着同一个故事,红裙、田野,还有风。

  道德宇宙里通行的"真理",一枚首饰,怎能读懂秋的狂想曲。

  "我"来自异乡。

  季节轮回,如她的心思,宁静地开花,热烈地蜕变。她是天生的色彩大师,清晨因晨雾而温婉,坚果因成熟而深棕,空旷的田野跃出一抹妖娆的鲜红。她深谙人生悖论,那一枚首饰,仓促中的选择,显然不能如她所愿,在一派生机中格格不入。灵秀简洁的诗语,处处玄机。也许,"出了小城"的玫瑰才能懂她;也许,首饰如陈旧的韵律与束缚,跃出语言之外的才是她的诗。

生命的流苏

龙胆草编着她的流苏——
龙胆草编着她的流苏——
枫树织机红又红——
我的花儿纷纷离开——
游行成了空。

一种短促但熬人的疾患——
前后一个时辰——
就在今早,有一位
去了天使那里——
一个简单的送行——
食米鸟也来了——
老蜜蜂致了悼词——
我们跪下来祈祷——
相信此乃她的心意——
但愿我们能够合而为一。
夏日——姐妹——天使撒拉弗!

让我们与你同行!

以蜜蜂之名——
以蝴蝶之名——
以微风之名——阿门!

The Gentian Weaves Her Fringes—

The Gentian weaves her fringes —
The Maple's loom is red —
My departing blossoms
Obviate parade.

A brief, but patient illness —
An hour to prepare,
And one below this morning
Is where the angels are —
It was a short procession —
The Bobolink was there —
An aged Bee addressed us —
And then we knelt in prayer —
We trust that she was willing —
We ask that we may be —
Summer — Sister — Seraph!

Let us go with thee!

In the name of the Bee —
And of the Butterfly —
And of the Breeze — Amen!

龙胆草不停编织手中生命的流苏。夏日，最亲密的姐妹，在我们的祈祷中与天使会面。蜜蜂、蝴蝶、微风见证一切。

分明触到了时间的流苏，"枫树织机红又红——/我的花儿纷纷离开——"一切都在既定的旋律中行进、褪去，"游行成了空"。诗中最初的困惑在一如既往的悖论中走向更深的谜团。是生命的游行还是夏日的游行，抑或是花儿的游行，无从判断。但游行正是在"红又红"以及"纷纷"的脚步中"成了空"。这是狄金森悖论式诗歌美学的精准阐释。

"有一位/去了天使那里"，诗中又一个谜团呈现在眼前。不知这"一位"的缺席是否与"成了空"的游行有关。译者犹如高明的向导，在"译"与"不译"之间，带领读者继续一场不同寻常的诗思之旅。

"简单的送行"一点都不简单。有"食米鸟"，有"老蜜蜂的悼词"，有"我们的祈祷"。这分明是天地间最隆重的告别仪式。"她""我们""夏日""姐妹"，还有"天使撒拉弗"，连蜜蜂、蝴蝶、微风都在旁观。在"短促"与"简单"之中，生命涌向"万物齐一"的纯净。这是另一种生机，龙胆草仍在不停编织她手中的流苏。

底色

宛若幽隐的悲伤

宛若幽隐的悲伤
夏日悄然而去——
如此的不知不觉,怎也
不像是背弃——
一份洗练的平静
迷迷离离已经许久
未及大自然去消磨
她掠为己有的午后——
黄昏先期而至——
晨曦里透露着瑰异——
得体,却教人心碎的高雅,
恰似那消遁的贵客——
就这样,没有羽翼
也未叫渡船
我们的夏,于不经意间
逃进了美丽

As Imperceptibly as Grief

As imperceptibly as Grief

The Summer lapsed away —

Too imperceptible at last

To seem like Perfidy —

A Quietness distilled

As Twilight long begun,

Or Nature spending with herself

Sequestered Afternoon —

The Dusk drew earlier in —

The Morning foreign shone —

A courteous, yet harrowing Grace,

As Guest, that would be gone —

And thus, without a Wing

Or service of a Keel

Our Summer made her light escape

Into the Beautiful.

  她的诗很静。留下"一份洗练的平静",悄然而逝;午后的"迷离"潜入黄昏更深的无言,无迹可寻;听得见时间。午后未来得及消磨,黄昏已"先期而至",就连晨曦,也透露着瑰异;触得到忧伤。"得体,却教人心碎的高雅/恰似那消遁的贵客——/就这样,没有羽翼/也未叫渡船"。

然而，她的诗总能将最复杂的情绪融进美丽。"我们的夏，于不经意间／逃进了美丽"。

窗外红尘倚着斜阳，落在信笺的空白处，落寞也温暖。诗行里弥漫着陌生的熟悉，那是她最特别的模样。"栖居在灵魂深处的小鸟，吟咏着没完没了的歌词"，就像她用素净的诗语不停地编织美与愁，这是久居深闺唯一的快乐。

时光的谜团里隐藏着宇宙的诗心，只等灵慧的白衣女子来将它捕获。眼下"洗练的平静"让她怀疑"那消遁的贵客"是否真的来过，如今又背弃而去，但"得体，却教人心碎的高雅"分明倚落斜阳，那是最后一丝未被黄昏吞噬的暖；"晨曦里透露着瑰异"，更像是清醒着的梦，是想要逃过时光的心，"就这样，没有羽翼／也未叫渡船／逃进了美丽"，"荣落在四时之外"。忧伤与落寞，像每一节"短横"，欲言又止；短横之外，是时钟般精准的诗语。"背弃"与"洗练"，"黄昏"与"晨曦"，"瑰异"与"消遁"，是难以逃离的悖论，平静的水面上随之泛起涟漪，带你我穿越时光，渡我们历经忧伤，与美丽汇合，那是生命永恒的底色。

"希望"是因为懂得

"希望"是长着羽毛的东西

"希望"是长着羽毛的东西——
它栖居在灵魂深处——
吟咏着没有歌词的旋律——
且永远——永远不会罢息——

它尤为甜蜜——悦耳——于大风大浪——
那必须是席卷八荒的狂飙——
让保守温暖的小鸟
羞愧难当——

在极寒之地我有过听说——
在诡异无比的海上——
然而——从未——即使濒临绝境,
它也没有向我讨要过——半颗口粮。

"Hope" Is the Thing with Feathers —

"Hope" is the thing with feathers —

That perches in the soul —

And sings the tune without the words —

And never stops — at all —

And sweetest — in the Gale — is heard —

And sore must be the storm —

That could abash the little Bird

That kept so many warm —

I've heard it in the chillest land —

And on the strangest Sea —

Yet — never — in Extremity,

It asked a crumb — of me.

宗白华说过:"宇宙是无尽的生命、丰富的动力,但它同时也是严整的秩序、圆满的和谐。在这宁静和雅的天地中生活着的人们却在他们的心胸里汹涌着情感的风浪、意欲的波涛。"诗是用空间中静的形式、文字的排列表现时间中变动的情思,诗人需要有对宇宙人生入乎其内,出乎其外的把控力。入乎其内,故能写之;出乎其外,故能观之;入乎其内,故有生气;出乎其外,故有高致。狄金森长期幽居独处,与世隔绝,因而可以做到"空"。深沉的静照是飞动的活力之源，爱的体验赋予她源源不竭的创作动力。狄金森的心里住着宇宙，那是"爱"的花园，笔端的诗是狄金森给"爱"亲手缝制的衣裳，也或许是诗中的"Hope"，长着羽毛"栖居在灵魂深处"，"吟咏着没有歌词的旋律"，也许是"席卷八荒的狂飙"中的"甜蜜、悦耳"，也许是"诡异无比的海上"飘落的羽毛，是杜甫眼中的"精微穿溟涬，飞动摧霹雳"，是荷尔德林的"无边的深里最生动的生"……

"长着羽毛""栖居在灵魂深处"，犹如被层层花瓣包裹的花魂，世人从没机会看清楚她的模样，她却只顾悠然自得，"吟咏着没有歌词的旋律"，"永远不会罢息"，只若与天地共生；若非毫无来由的风暴，我们也许永远听不到她的"甜蜜悦耳"；"那必须是席卷八荒的狂飙"，让小鸟"羞愧难当"，难道是希腊神话中阿波罗和达芙妮有情无缘的追逐？"那必须"几个字让读者由眼前的风暴陷入遥远的沉思，诗歌里一再出现的"——"在译者考究的措辞中得到了意味深长的回应，"羞愧难当"、想要"保守温暖的小鸟"又让思绪慢慢回到眼前，情绪随短短几行诗语跨越了几个世纪的跌宕变迁；"空纳万境"，放下所有，只要情绪跟着诗行漫步，画面再次切换至远方，远到超出想象，"在极寒之地我有过听说——/在诡异无比的海上——"，情绪逐渐平息，却仍有波涛的余味，"海上"之后的"——"莫非飘落着"伊卡洛斯"绝望的羽毛？诗语在说与不说间静静流淌，诗中的气息却瞬息万变，"即使濒临绝境/它也没有向我讨要过——半颗口粮"又将读者带回现实。镜头由灵魂深处转入沉思静观，停笔处瞬间凝结，悠然落下。寂静的夜里,星火点点,久久不灭,夜读狄金森是如此美妙的享受。"希望"的存在是那样微渺,"长着羽毛","栖居在灵魂深处",然风雨欲来,宇宙为之动容;风停雨歇,一切秩序井然。诗当以宇宙为范,如"新性灵"之"一跃而起,轻轻落下"。

翻译狄金森的诗歌并不轻松。从标题开始,译者(读者)就会遇到一系列"谜团":"Hope"一词加了引号,"sweetest"用了形容词最高级形式,"sore"该取哪一项词义,小鸟为何会"abash"。此外,狄金森诗歌中一个特殊的符号,随处可见的"——",该怎样处理?诗行间欲言又止的典故又该怎样去译?简单的注释,势必会让流露在说与不说间的诗意荡然无存,任何一处细节都是对译者的考验。龚刚教授的"妙合论"曰:"心中意,眼中句,刹那相激,妙合无垠,是译艺至境。"译者(首先是读者),心中若无爱,没有对狄金森深深的"懂得",那译诗也只能徘徊在宇宙花园之外,终究与狄金森"爱"的诗行、璀璨的星空失之交臂。

失忆

我将自己藏隐在花里

我将自己藏隐在花里,

佩戴在你的胸前,

而你,浑然不知,佩戴着我——

但有天使识究竟。

我将自己藏隐在花里,

在你的花瓶中萎谢,

而你,浑然不知,我

几近孤独的感受。

I HIDE Myself Within My Flower

I HIDE myself within my flower,

That wearing on your breast,

You, unsuspecting, wear me too —

And angels know the rest.

I hide myself within my flower,

That, fading from your vase,

You, unsuspecting, feel for me

Almost a loneliness.

　　欲望，纯净地，遁入一朵花，在咫尺天涯的距离里，凋零，与他擦肩而过。

　　气息，若有似无，枯寂，漫长又短暂，其余都与存在无关。

　　她与花心合一，由天使来守候，小心翼翼；他的目光，越过花朵，超出花瓶之限……

　　上帝失忆了……

　　诗中唯一的短横线，以及大写的"HIDE"格外醒目，隐藏"HIDE"与佩戴"wear"的对照，再次诠释了狄金森的诗学观。此外，译诗重复使用"佩戴"二字，无论在声音还是内在节奏方面都起到了画龙点睛的效果。"佩戴"前后显然有不同的意涵，"我""隐藏"自己的"慎重选择"，与"你"展示"隐藏"于众的浑然不知形成了悖论，让人久久回味。这是生命最无奈、最无法释怀的忧伤。

爱的圣经

爱在红尘堪如是

爱在红尘堪如是,
我知道,有似神灵的
一缕钨丝——
消迷在正午的脸庞里——
点燃火种于太阳底下——
阻扰天使加百列的飞翼——

是为爱矣——于音乐中——含蓄而摇曳——
自辽远异域的夏日——
蒸馏——不可名状的苦痛——
是为爱矣——情倾东方——
却涂着灼人的碘酒
移步西方——

是为爱矣——邀约——惊惶——给予——
倏闪——明灭——考验——消释——

回归——劝诫——开罪——着魔——
末了——掷身于天堂——

The Love a Life Can Show Below

The Love a Life can show Below

Is but a filament, I know,

Of that diviner thing

That faints upon the face of Noon —

And smites the Tinder in the Sun —

And hinders Gabriel's Wing —

'Tis this — in Music — hints and sways —

And far abroad on Summer days —

Distils uncertain pain —

'Tis this enamors in the East —

And tints the Transit in the West

With harrowing Iodine —

'Tis this — invites — appalls — endows —

Flits — glimmers — proves — dissolves —

Returns — suggests — convicts — enchants —

Then — flings in Paradise —

她的世界里，爱是一座瑰丽的伊甸园。那里有深深的海洋，有欢腾的小溪，有入港的小船，有忠实的雏菊，有疯狂的蜜蜂，有羞愧难当的小鸟，也有灼热的太阳，还有飞翔的天使加白利……爱是她生命里不可或缺的主题。她的爱有一种难言的复杂。

爱，神秘莫测，"有似神灵的／一缕钨丝——"，所谓"情不知所起，一往而深"。她牵引你所有的能量，情不自禁将自己燃烧，直至"消迷在正午的脸庞里——"。她的炽热与疯狂足以倾覆红尘中仰慕她的灵魂，"点燃火种于太阳底下——／阻扰天使加百列的飞翼——"。

爱，魅惑而优雅，"于音乐中——含蓄而摇曳"；爱，将"辽远异域"里夏日里的狂热"蒸馏"后余下"不可名状的痛楚——"；爱，言不由衷，蜇伤被囚的灵魂，"倾情东方——／却涂着灼人的碘酒——／移步西方——"。从《圣经》里逃逸的古老魔咒，摇曳在云端，"邀约——惊惶——给予——／倏闪——明灭——考验——消释——／回归——劝诫——开罪——着魔——／末了——掷身于天堂——"。

她本身就是一首时刻萦绕笔端、难以逾越的诗。朴素含蓄的诗语背后是看不够的景、读不完的情，还有惊心动魄的美，不知道你看到了她的哪一层？若看到了她的素静，便可得她的落寞冷清；若触到了她明灭闪耀的爱，便可得她的风情万种。很幸运，译者岩子二者得兼，她考究的译笔还原了狄金森独一无二的精神肖像，质朴的诗语，背后深藏着一颗玲珑心，折射出无限的爱。

痛过以后

痛——素有一片空白——
痛——素有一片空白——
它不记得自己
何时发作——或曾有过
缺席的日子——

它没有未来——除却自己——
更没有止境
它的过去——昭示着
反复的——新痛。

Pain — Has an Element of Blank —

Pain — has an Element of Blank —
It cannot recollect
When it begun — or if there were
A time when it was not —

It has no Future — but itself —
Its Infinite realms contain
Its Past — enlightened to perceive
New Periods — of Pain.

剧痛之后,有一种庄重袭身——

剧痛之后,有一种庄重袭身——
神经正襟危坐,俨然一座座坟冢——
僵硬的心在问"他,受罪如斯,"
"昨天,还是若干世纪以前"?

双脚,机械地,踱步——
一条木头路
在地上,空中,或哪里——
径自伸延,
心如止水,似石。

如铅之时——
幸存者记忆犹新,
就像经受过极寒的人,想起雪——
先是发抖——继而木僵——然后任随——

After Great Pain, a Formal Feeling Comes —

After great pain, a formal feeling comes —

The Nerves sit ceremonious, like Tombs —

The stiff Heart questions "was it He, that bore,"

And "Yesterday, or Centuries before"?

The Feet, mechanical, go round —

A Wooden way

Of Ground, or Air, or Ought —

Regardless grown,

A Quartz contentment, like a stone —

This is the Hour of Lead —

Remembered, if outlived,

As Freezing persons, recollect the Snow —

First — Chill — then Stupor — hen the letting go —

  痛,剥离最后一根"希望的羽毛",蜕变成"痛","痛"——不会再痛。

  就像——冬日里,树干延伸灰色的本能,远方,听不到叶落的伤。

  痛——已成过往。痛的未来仍是"痛"。

  不知"或曾有过——缺席的日子",而"痛",早已"不记得自己／何时发作";痛之后是"痛","痛""没有未来——除却自己"。

"痛"与痛,重重叠叠的影子——共舞……

抽象之"痛"与具象之痛,哪个更痛?名与物,哪个才是人生?短短的诗行,处处延伸着特别的短横,将痛引向"痛",这是唯一不再痛的方式。她笔下的诗,不就是沿着短横,指向遥远之"诗"吗?痛本不足以成"诗",而当它步向"痛",那便是一首流动的"诗";痛后之"痛"已不止于诗,而是深刻之"思"。将"New Periods — of Pain."译作"反复的新痛",尤见功力,其中"反复"显然是注意到"Periods"与"Pain"两个醒目的大写首字母,而"新痛"则揭示出痛与"痛"之不同。

狄金森笔下的痛,痛时间之"痛",痛万物之"痛"。一首《剧痛之后,有一种庄重袭身——》,痛定思痛,具象之痛与抽象之痛臻至极境。谁的双脚机械地踱步,已无须辨别,是幸存者,抑或是"剧痛";脚与路还有痛,不辨彼此,"径自伸延",悖论的另一端,"心如止水,似石"。尤喜"就像经受过极寒的人,想起雪——",剧痛,如铅般重,而后似雪落下,柔入万物。痛的衍变,成就了难以抵达的诗意,痛因何而起,古老的命题已落入诗意之外。

美在彼岸

美——刻意不得——
美——刻意不得——
你追它,她逃匿——
你放弃,她留停——

逐猎——千折百曲

于草浪中——当奔跑的风
将纤指轻弄——
上帝诚心教你
永不得逞——

Beauty — Be not Caused — It Is

Beauty — be not caused — It is —
Chase it, and it ceases —
Chase it not, and it abides —

Overtake the Creases

In the Meadow — when the Wind
Runs his fingers thro'it —
Deity will see to it
That you never do it —

美是忧伤，也是"奔跑的风"。她的美流动不居。

曾记得"坚果的容颜愈来愈深棕——/梅子的面庞愈来愈丰满——"，还记得"一回回，树林红了——/一回回，树林枯了/一回回，后山脱去了衣裳"。这是"多么奇妙的旋转——恰恰十二而不可"！她分明嗅到了上帝的存在，竟然想"成之为一幅——/明靓的不可能/风情——万般地——妩媚下去"。

美，似与上帝同在，而她，在上帝的注视里。当"逐猎——千折百曲//于草浪中——当奔跑的风/将纤指轻弄——/上帝诚心教你/永不得逞——"时，这个"最后的，最稀薄的，最空洞的物"，上帝，成为抵达"美"无法跨越的屏障。

然而，"逃匿""逐猎"与"奔跑"中，似乎还潜藏着希望，像光明之神阿波罗追逐达芙妮那样，爱可以常青，永不停歇是生命的本然。概念的躯壳已步入黄昏的第一缕光，投下变形的影子，空虚无边。

狄金森诗歌里处处可见古老的故事，与其说译者措辞考究，不如说她具有难得的文化敏感性。译者遁入诗心，她明白作者写

"美",而不止于美。白衣女子轻盈而过,是什么落在窗外?上帝,只活在信仰里,而美,驻在彼岸的深渊。

醉——无罪

快活——由里向外——
快活——由里向外——
没有任何美酒堪比得上
教人如此之沉醉
那高贵的神酿

灵魂将自己——收藏——
酌饮——或珍存
待客——或圣餐——
非节日香槟

若想取悦一名男子
酒窖里藏着
一条大河莱茵——再好不过
是你的气息——

Exhiliration — Is Within —

Exhiliration — is within —

There can no Outer Wine

So royally intoxicate

As that diviner Brand

The Soul achieves — Herself —

To drink — or set away

For Visitor — Or Sacrament —

'Tis not of Holiday

To stimulate a Man

Who hath the Ample Rhine

Within his Closet — Best you can

Exhale in offering —

"快活——由里向外——",从一开始,诗中便荡漾着荷尔蒙沸腾的气息。

醉吧!这汩汩的欢畅,流淌着你的气息,是灵恩,是罪罚。风,捕获四季,千百种舞步旋转;灵魂,触及自己——高贵的神酿,唯有独酌、珍存、招待稀客,作圣餐亦可,但非假日香槟,能与众共享。

遥远的先祖传来讯息:醉,无罪。醉,上帝给予的福泽,与生俱来的快乐。犹如葡萄与石榴的甜蜜，灵魂，沉淀着生命气息，独一无二的佳酿。她说："灵魂选择自己的伴侣。"

跌宕在醉的溪流，危险弥漫。醉与罪交汇，灵魂早已起舞。古老的莱茵河闪过罗蕾莱的身影，她可知远方的少年奋力划桨，不觉已入罪的边缘？忘忧的歌是他唯一的动力。预言又起：醉的尽头是罪，然，醉——无罪。

酒，天赐醉人的特质，诱惑与危险并存。对她来说，这般高贵的"醉"怎可或缺——人生中的良伴，她的"醉"是清醒的醉，是沟通另一个时空的触角。也许，"醉"与"罪"真的无关。她只想还原世间美酒最初的真纯，忆起"清水变美酒"的时光，潜藏的"危险"似乎只存在于想象中。不知何时起，世人似乎已将这美酒变回成"清水"，没滋没味……

同样是写醉，余秀华一首《我的柜子里有一瓶酒》则传达出迥异于狄金森的景况。54度白云边倒映着她的醉，杯酒中，泪光里，摇摇晃晃。狄金森的神酿在云端，莱茵蓝照得见她的灵魂。余秀华的酒太烈，无人分享。狄金森的酒太清，唯有独享。余秀华的醉，难解。狄金森的醉，无须解。

还有谁能将灵魂与高贵的神酿相比！灵魂之醉恒久而高贵，有别于肉身之醉，处理好诗中第一节的形容词尤为关键，若失当，高贵的醉意就会荡然无存。"royally intoxicate"与"diviner Brand"，究竟是何等神酿，教人沉醉，译者处理得颇为用心，"royally"译作"如此"，既译出了沉醉程度之深，又没有削弱"diviner Brand"的高贵与醒目。很幸运，这个世界依然有诗。

童话

伊甸——莫急!
伊甸——莫急!
尚未适应你的唇——
羞涩地——像只瘫软的蜜蜂——
轻酌着你的茉莉——

而后飞向他的花,
绕着她的闺房嗡嗡嗡嗡——
数着他的花蜜——
进入——迷失在香气中。

Come Slowly — Eden!
Come slowly — Eden!
Lips unused to Thee —
Bashful — sip thy Jessamines —
As the fainting Bee —

Reaching late his flower,

Round her chamber hums —

Counts his nectars —

Enters — and is lost in Balms.

唯愿我是,你的夏季

唯愿我是,你的夏季,

当夏季一天天如流而逝!

唯愿我是,你的音乐,

当夜莺和黄鹂歌声哑默!

我要越过坟塚,开放

为你,列列行行!

来呵,采撷我吧——

银莲花——

你的花——永远永远!

Summer for Thee, Grant I May Be

Summer for thee, grant I may be

When Summer days are flown!

Thy music still, when Whipporwill

And Oriole — are done!

For thee to bloom, I'll skip the tomb

And row my blossoms o'er!

Pray gather me —

Anemone —

Thy flower — forever more!

雏菊轻悄地跟随着太阳

雏菊轻悄地跟随着太阳——

当其金色行程结束了之后——

羞怯地在他脚边坐下——

他——醒来——发现了她——

你——女贼——在此缘何?

因为呵,先生,爱是甜蜜的!

我们是花儿——你是太阳!

宽恕我们吧,在白日将尽时分——

暗暗地靠近你!

只因那令人销魂的西方——

宁静——轻盈——紫水晶——

大千之夜!

The Daisy Follows Soft the Sun —

The Daisy follows soft the Sun —

And when his golden walk is done —

Sits shyly at his feet —

He — waking — finds the flower there —

Wherefore — Marauder — art thou here?

Because, Sir, love is sweet!

We are the Flower — Thou the Sun!

Forgive us, if as days decline —

We nearer steal to Thee!

Enamored of the parting West —

The peace — the flight — the Amethyst —

Night's possibility!

  她会像上帝注视人类一样深刻,也会像孩童那样去观察世界。蜜蜂、银莲花还有雏菊,编织出一个纯净的童话世界。译者敏锐地采用童话般的语言,生动地描摹出银莲花的热烈渴望、雏菊的忠实可爱,还有太阳,即使在西辞落寞之时都放不下至高无上的威严。诗语既体现出俗世中不同身份角色的语言特征,更有童话般打破宁静的清亮,"女贼"一词让人忍俊不禁,形成鲜明对比的是太阳眼中的"女贼"原来那样可爱、忠实,只缘她心里不灭的爱,"令人销魂的西方——/宁静——轻盈——紫水晶——/大千之夜!"

  有信,才有梦;有梦,情才不灭;有信,有梦,有情是童话,狄金森的童话。

蜜蜂绕着花朵，忙碌——羞涩——甜蜜；银莲花，等待至高无上、虚无的主，将她采撷；雏菊在梦里追随太阳，仰望故乡与信念，那是无我的极乐。

蜜蜂、银莲花还有雏菊，永远定格在人类最初的梦想中，那是人类长大之后渐行渐远的幸福，伊甸、落日，就连坟冢，沉默不语的世间终结者，也开出银莲花这样"列列行行"的梦；金色旅程尽头，并非只有无边的黑。太阳脚下，可爱的"女贼"撑起"宁静——轻盈——紫水晶——"的"大千之夜"。有情，才有暖。狄金森的童话，不经意间——暖了微渺、沉默之地的梦，是绝望之地开出的希望与幸福。

万物之诗

"为什么我爱"你,先生?
"为什么我爱"你,先生?
因为——
风不要求小草
回答——为什么他吹过时
不能坚持不动摇

因为他明白——而
你不明白——
我们也不明白——
足矣,对我们来说
智慧如是也——

闪电——从未追问过眼睛
为什么总是要阖闭——当他出现时——
因为他明白她有难以——
言表的——隐衷——

细腻的人尤甚——

而日出，先生，让我没法——

看不见——喷薄的光芒

所以——就——

我爱你——

"Why Do I Love" You, Sir?

"Why do I love" You, Sir?

Because —

The wind dose not require the Grass

To answer — wherefore when he passes —

She cannot keep Her place

Because He knows — and

Do not You —

And we know not —

Enough for Us

The Wisdom it be so

The lightning — never asked an Eye

Wherefore it shut — when He was by —

Because He knows it cannot speak —

And reasons not contained — of Talk —

There be-preferred by Dantier Folk —

The Sunrise — Sir — compelleth Me —

Because he's Sunrise — and l see —

Therefore — Then —

I love Thee —

  从未读过这样的"爱",亲切、高贵,犹如大自然一样,天经地义。

  情不知所起,小草在风中摇摆,"爱"悄无声息地降临;"闪电——从未追问过眼睛,"那是心有灵犀,本能的"躲闪"与"明白";"爱",随"喷薄"的日出,破茧成蝶,逃不掉的宿命。

  "我为什么爱",首句引号不落窠臼,渲染出别样的意味,既是对"你"贴心的回应,亦是"我"清醒的独白;转述烘托出女性的温婉,与"喷薄"的阳刚之气交相辉映,刚柔并济的力量回旋在天地万物间,成一首玄妙之诗。

  译诗对代词的处理,充分彰显出这种特有的力量美。其中一处是"She cannot keep Her place",译为"不能坚持不动摇"。译者以双重否定取代原文的"She"和"her",兼顾汉语审美习惯与原文的表达重心。汉语中小草随风摇摆,常有不坚定之感,此处使用双重否定意在强调小草的"不坚定"背后更强大的理由,那是对风的心照不宣。在"让我没法——/看不见——"一句中,译者同样采取了双重否定的译法,语气上的加强,衬托出"她"含蓄外表下因爱而坚定的内心,恰好与第一节中双重否定形成呼应。译诗中这两处双重否定是难得的创译，多变的短横符号中潜藏着不变的诗心；另一处代词变译体"Because He knows it cannot speak —"中的"it"，"它"显然更"忠实"于原文，然而"她"也自有妙处。不仅与"他"形成对照，而且与下文"难以——/ 言表的——隐衷——/ 细腻的人尤甚——"相得益彰，此外，更赋予"眼睛"女性特有的敏感，"他"的"明白"与"她"的善感诠释出"爱"的通透与珍贵，"他"明白，"她"的"阖闭"是对"他"独有的感应。一个"她"字增添了"陌生感"，延长了愉悦的阅读体验，也丰富了诗中短横符号的含义。

　　译文分别用"日出"与"喷薄的光芒"对译原诗中的"Sunrise"，若将两处"Sunrise"都译作"日出"，势必产生审美疲劳，而"喷薄的光芒"与"I see"并置，"他"与"她""直面相对"更能产生避之不及的灵魂震撼，在"我"的眼里，"喷薄的光芒"使"我爱你"呼之欲出，"所以——就——"浅白的口语为"我爱你"更平添几分坦率与真诚，若直译作"因此——然后——"便显拖沓累赘，造成诗意的纷乱，与"喷薄的光芒"更是违和。

读秋天

一回回

一回回，树林红了——
一回回，树林枯了。
一回回，后山脱去了衣裳
在我出生的故乡——
个个头顶着花冠
我素常瞧见的模样——
还有一道道裂隙
依然如故于老地方——
而地球——人们告诉我
绕着它的轴心转！
多么奇妙的旋转——

恰恰十二①而不可!

Frequently the Woods Are Pink —

Frequently the woods are pink —

Frequently are brown.

Frequently the hills undress

Behind my native town —

Oft a head is crested

I was wont to see —

And as oft a cranny

Where it used to be —

And the Earth — they tell me

On it's Axis turned!

Wonderful Rotation —

By but twelve performed!

当代诗人度姆洛妃写过一首《一片枫叶的旨意》,其中有一句"唯有秋天,是神的一次脸红。/ 我明白,我要飞翔了。"无独有偶,

---

① 十二:表征神性与人性的调和,为着完整并完全地执行神的行政,直到永远。完全的数目有两个:一个是七,一个是十二。七是属于神的完全,是今天的完全。十二也是属于神的完全,却是永世的完全。为什么十二是永世里的完全?原来三加四不过是神和人合在一起,不过是造物的主和受造之物相加,而三乘四乃是造物的主和受造之物相乘,意思就是二者调和在一起。乘和加不同。乘是神和人不能再分,是造物的神和受造之物的合一,这个合一是永远的。所以十二所代表的完全是永远的完全。

狄金森笔下的秋，也潜隐着一抹暖色："一回回，树林红了"——一回回，树林枯了。/一回回，后山脱去了衣裳……"度姆洛妃笔下的秋，幸福到可以飞翔，狄金森笔下的秋在树林与后山上"一回回"忘我旋转。

秋天的暖是因为青涩的梦，"一开始就长成天使的样子，绿意仍是青涩的"；秋天的暖是因为不变的誓言，在红与枯中等待，像永不失约的恋人。故乡的后山从来不语，欲将梦深埋在孤单里，偶尔将梦隐于花冠，凝结成"裂隙"，一道道。

四季是心的纤维。转过了梦，红了又枯，枯了又绿，迷了还醒，灵魂的居所，始终都在。"十二"——天地间生命的灵数，后山裸露的赤诚——万物永恒的密钥。

值得玩味的是，译者将"pink"与"brown"分别译作"红了""枯了"，白描出颇具东方神韵的秋色变化，又暗示出生命由成熟到凋零、周而复始的变迁，如果直译作"粉了""棕了"，因脱离"颜色"所附着的英语文化语境，其诗意自当减损不少。"枯"字很妙，和"一回回"搭配，古典诗意油然而生，不由记起"离离原上草，一岁一枯荣"。

逐猎在梦里

我来告诉你太阳怎样升起——
我来告诉你太阳怎样升起——
一缕光,又一缕光——
尖塔飘浮在紫水晶里——
消息快得像奔跑的松鼠——
山岭脱去了帽子——
食米鸟开始"巴巴利,巴巴铃"——
这时的我小声对自己说——
"肯定是太阳!"
可它如何下落——我不知道——
好像有一道紫色的篱笆墙,
满是黄衣男娃和女娃,
乐此不疲地往上攀爬——
直到他们通通爬了过去,
来了个灰衣牧师——
轻轻地关上向晚的栏门——
领着一群——走了——

I'll Tell You How the Sun Rose

I'll tell you how the Sun rose —

A Ribbon at a time —

The Steeples swam in Amethyst —

The news, like Squirrels, ran —

The Hills untied their Bonnets —

The Bobolinks — begun —

Then I said softly to myself —

"That must have been the Sun"!

But how he set — I know not —

There seemed a purple stile

That little Yellow boys and girls

Were climbing all the while —

Till when they reached the other side —

A Dominie in Gray —

Put gently up the evening Bars —

And led the flock away —

　　光明的使者，完美的真理，驾着瑰丽的梦准时奔赴天际。一次次陷入"第一眼"的迷狂，不经意间就是一生。丘比特的箭术拙劣依旧，灰色的隐忧毫不费力地带走了"猎物"，早已守候在"向晚的栏门"，太阳的孩子，"黄衣男娃和女娃"还在"乐此不疲向上攀爬"，逐猎——逃逸——

日神理性是本我的禁锢，酒神迷狂是本我的救赎。渴望做日神的孩子，沐浴在光里，庄严而快乐；却在梦里执着地追随酒神，一眼就是一生，以为快乐的尽头仍是快乐。灰衣牧师是宿命，"向晚的栏门"阻隔了猜想与攀爬，领走了无法折返的一群。

第一眼的世界井然有序："/一缕光，又一缕光——/尖塔飘浮在紫水晶里——/消息快得像奔跑的松鼠——/山岭脱去了帽子——食米鸟开始'巴巴利，巴巴铃'——"日神怎会想到，丘比特正躲在灰色的云里，那一刻，牧师心领神会。

沉默不语的牧师，灰色的隐忧，不知是否如她，也中过神箭的魔咒，梦里像阿波罗一样狂飙？

译诗最出彩的地方在于将太阳初升那一刻的雀跃、兴奋与日落时的落寞、遗憾译得生动、传神。太阳初升，一切都在热烈的期盼中呈现出井然有序的律动感，"一缕光，又一缕光——"；日落，译者同样惜墨如金："领着一群——走了——"并没有详细点明那一群究竟是落日道道余晖，是"黄衣男娃和女娃"，还是牧师的"羊群"，留有回味的余地。对于原诗中"A Dominie in Gray —"中的大写以及标志性的短横符号，译者采用倒装，"来了"二字强调"灰衣牧师"的突然出现，上文的"乐此不疲"随之戛然而止。

通往玄色永恒

祂与我同在——

祂与我同在——望着祂的脸——
我再也不会离开
因为来客——或日落——
死神唯独的隐私

唯一一个——先手
递呈于我
一道密旨——
不——婚——

祂与我同在——听着祂的声音——
我坚持——至今——
只为见证那
永生——

时间——教给我——以素朴的方式

笃信——每一天

如此之人生——永无休止——

审判——无论来日如何——

I Live with Him — I See His Face —

I live with Him — I see His face —

I go no more away

For Visitor — or Sundown —

Death's single privacy

The Only One — forestalling Mine —

And that — by Right that He

Presents a Claim invisible —

No wedlock — granted Me —

I live with Him — I hear His Voice —

I stand alive — Today —

To witness to the Certainty

Of Immortality —

Taught Me — by Time — the lower Way —

Conviction — Every day —

That Life like This — is stopless —

Be Judgment — what it may —

来客，只是幻象；日落之后，玄色永恒，祂的脸——温柔、庄严。望着祂，轻启唯独的隐私。那一刻，心意相通——"再也不会离开"。

"唯一一个——先手"，递呈于我——"不——婚"的约定——爱的箴言。

祂的声音，心之深深处。"我坚持——至今"，见证永生——与祂一起。

时间，以素朴的方式暗示：审判，触之即逝。

永恒之诗，亦是挣扎之诗。诗里有一架云梯：经线指向远方，连接着今世与永生，这一端的我与那一端的祂；纬线是诗的痕迹："来客"是尘世中的羁绊与打扰；昼与夜擦肩而过，定格在"日落"一瞬；"祂的脸""祂的声音"，映着"祂与我同在"的信仰，心灵的密约与唯独的隐私因此温暖而丰满。心绪百转千回，时间拨弄"永无休止"的"人生"，臆测中的"审判"已成悬空。经与纬的空白处，神秘的符号勾勒出爱与信仰的身影，坚持与希望的勇气。

爱如诗，她在诗里永生。诗如谜，沿云梯步入自由，抵达遥不可及——一抹庄严的玄色。

原作中有几处很难处理，如："Death's single privacy" "The Only One — forestalling Mine —" "Presents a Claim invisible —"其中"single" "The Only One" "forestalling"以及"a Claim invisible"蕴藏着欲言又止的秘密，同时也倔强地"宣告"，这是"我"与

"祂"之间独属的隐私,这个隐私不足为外人道,而是他们之间忠实于彼此的信仰。译者在用词上颇为考究,如"唯独""唯一一个""先手"几个词将"密旨"的私密性与唯一性表露无遗,"先手"尤为传神,祂的选择尽在不言中,而"我"是领悟那道"Claim invisible"的唯一灵魂知己。"我"笃信"祂"的选择,沉醉于彼此间的忠贞,竭力保守这唯独的隐私,又掩饰不住拥有灵魂知己的雀跃,一个踌躇于爱情的女子形象跃然纸上。然而,狄金森的伟大之处永远在于她的出乎意料,那是一种难得的通透与智慧。不止于"望着祂的脸""听着祂的声音",诗歌最末一句"审判——无论来日如何"将"我"的选择勇敢地抛向未来,给那份心有灵犀以更长的期限,而上帝的"审判"已不再是羁绊。

相思于归

绵久漫长的别离

绵久漫长的别离——不过
面会的时刻——到了——
在上帝的审判席前——
最后一次,也是第二次

这对没有肉身的眷侣相见了——
惊鸿一瞥在天堂——
天堂中之天堂——荣幸
在彼此的眼眸里——

不再有大限小限——他们——
穿着一新,犹未出世——
若不是亲目——
现在——他们生成了永恒——

有过么——如此之婚礼?

天国——司仪

基路伯——撒拉弗——

还有平常的客人——

'Twas a Long Parting — but the Time

'Twas a long Parting — but the time

For Interview — had Come —

Before the Judgment Seat of God —

The last–and second time

These Fleshless Lovers met —

A Heaven in a Gaze —

A Heaven of Heavens — the Privilege

Of one another's Eyes —

No Lifetime — on Them —

Appareled as the new

Unborn — except They had beheld —

Born infiniter — now —

Was Bridal — e'er like This?

A Paradise — the Host —

And Cherubim — and Seraphim —

The unobtrusive Guest —

推开爱之门，步入思，遥望于归。虽然写别离，但诗中第二句就已经到了"面会的时刻"。因了爱才会有别离，没有爱，便无所谓别离，面会的时刻，爱已归。

诗里的爱层层叠叠。爱是约定。"最后一次，也是第二次"。"上帝的审判"意味深长，怎知"审判"不是深爱的希望？爱与别是最后的永生与无数次轮回的告白；爱是彼此感应。"惊鸿一瞥"是爱人之间的感应，"天堂中之天堂——荣幸／在彼此的眼眸里——"在彼此的眼眸里，归才有意义；爱是永生。"未出世"，便不再有分——离，永恒的爱人，只有上帝。但又怎知，上帝不曾是俗尘中的每一个？"犹未出世"，是真正的天长地久；爱即是归，归于万物长青。"不再有大限小限——他们——／穿着一新，犹未出世——／若不是亲目——／现在——他们生成了永恒——"

译者采用"惊鸿一瞥在天堂"呼应诗中的"A Heaven in a Gaze —"，用"荣幸"呼应"privilege"，与下一句"在彼此眼眸里"一气呵成，贴切地传达出两情相悦的美好；诗中第三节在断句上做了适当调整，节奏上更能传达出久别后重逢的惊喜。狄金森诗歌难译的原因很大程度上在于"一词多义"，译者面临着多重选择，如"privilege"一词同时和"heaven"相呼应，译者需要在"天堂"与"恋人"之间做出选择，而"荣幸"一词在二者得兼的同时，更与下文做到了无缝衔接，渲染出整首诗久别后重逢的惊喜，颇费心思。

暴风雨夜里遇见

暴风雨夜——暴风雨夜！
暴风雨夜——暴风雨夜！
倘若与你结伴
今宵必将
奢侈无边！

风——怎能吹进——
心的港湾——
去吧,指南针——
去吧,航海图!

伊甸园里踏浪逐波——
啊,大海!
唯愿今夜——舟泊——
你的心怀!

Wild Nights — Wild Nights！

Wild Nights — Wild Nights！

Were I with thee

Wild Nights should be

Our luxury!

Futile — the Winds —

To a Heart in port —

Done with the Compass —

Done with the Chart!

Rowing in Eden —

Ah, the Sea!

Might I but moor — Tonight —

In Thee!

一首小诗，掀起一场暴风雨。诗里诗外，心里心外，不辨彼此。

它将悖论的魅力演绎到极致。暴风雨夜可以是一种奢侈，因为有"你"；"罗盘"与"图"不再是风中必备，因为有"你"；舟泊大海犹如重回伊甸，那时还没有性别分化。"你"是消解悖论的唯一，"你"足够坚定，堪比"指南针"，"你"是最初的完美。

暴风雨夜里遇见的可能是"上帝"，可能是灵魂知己，还可能是大海上勇敢航行的自己，最原初的自己，一个活力四射的水手，那几乎是每个西方诗人不曾磨灭的梦。

这样的遇见，一定要选择在"暴风雨夜"。没有"暴风雨夜"，便不会有"今夜"的"奢侈无边"。

其中"our luxury"最难译，是"沸腾的荷尔蒙"，还是无比的精神愉悦，无论取哪一种都会让诗走向单一的绝境，无论是"豪奢的喜悦"还是"我们将共度春宵"，其余一系列意象，"暴风雨夜""你""伊甸园""舟""大海"的内涵想必因此而减损，而"奢侈无边"则可以指涉多重境界。

短横之后又见感叹号，是"暴风雨夜"中的期待，更是"暴风雨夜"中无与伦比的坚定。译语在用词上同样体现出情绪节奏的变化，坚定如："风——怎能吹进——/ 心的港湾——/ 去吧，指南针——/ 去吧，航海图！"期待与婉约并置，如："伊甸园里踏浪逐波——/ 啊，大海！/ 唯愿今夜——舟泊——/ 你的心怀！"

末句"Might I but moor — Tonight — /In Thee!"颇值得玩味。江枫译为："但愿我能，今夜，/ 泊在你的水域！"苇欢译为："今夜——我只想停泊——/ 在你深处！"无论是"水域"还是"在你深处"都忽视了"大海"与"伊甸"因意象叠加而产生的多重意蕴，"Thee"集诸"悖论"意象于一体，这恰恰是狄金森诗歌独特的魅力所在，译作"心怀"无疑具有更好的包容性与解释力。

回忆——沉思——歌唱

所有种种鸣响

所有种种鸣响
都不能叫我投入
一如那枝间老调——
无词的旋律——
然则风——像手——
仙指把天空理梳——
颤悠而下——一串串乐音——
为我和众神——

那是一种遗产,
其造诣远非我们之所能——
其珍贵远非强盗之觊觎,
只因它鬼斧神工——
比骨子还要内在,
金髓中藏——
一生一世——

即使进了陶瓮——

我不敢保证快乐的归尘

不会复活或起舞,

以某种怪诞的花样——

在某种诡异的节日——

当风吹着,一轮又一轮——

鼓弄着门——

鸟儿——高高在上——

把管弦乐奏响——

我祈望赐他以夏枝般的福荫——

若他是个弃儿——

从未领略过天籁之音——

庄严地登上树枝

聆听那驼铃声声——

由大漠响至天穹

飘洒开来——

刷地又编织而成

天衣无缝的队群——

Of All the Sounds Despatched Abroad

Of all the Sounds despatched abroad

There's not a Charge to me

Like that old measure in the Boughs —

That Phraseless Melody —

The Wind does — working like a Hand —

Whose fingers comb the Sky —

Then quiver down — with tufts of tune —

Permitted Gods — and me —

Inheritance it is to us

Beyond the Art to Earn —

Beyond the trait to take away

By Robber — since the Gain

Is gotten not of fingers —

And inner than the Bone

Hid golden, for the Whole of Days —

And even in the Urn —

I cannot vouch the merry Dust

Do not arise and play,

In some odd Pattern of its own —

Some quainter Holiday —

When Winds go round and round in Bands —

And thrum upon the Door —

And Birds take places — overhead —

To bear them Orchestra —

I crave Him Grace of Summer Boughs —

If such an Outcast be —

Who never heard that fleshless Chant —

Rise solemn on the Tree,

As if some Caravan of Sound —

Off Deserts in the Sky —

Had parted Rank —

Then knit and swept

In Seamless Company —

远古的风,"颤悠而下"。聆听风,"我"与众神平等。从梳理天空那一刻起,风唤醒了缪斯的记忆。

风的赞美诗,勾勒出缪斯回忆——沉思——歌唱的三部曲。那是"我"与众神皆能领悟的"遗产"。"陶瓮"是必经的沉思,只因"比骨子还要内在",尔后犹如凤凰涅槃,"快乐的归尘",随风复活、起舞:"鸟儿——高高在上——/把管弦乐奏响——"

"聆听那驼铃声声——/由大漠响至天穹",缪斯在返还中歌唱:"刷地又编织而成——/天衣无缝的队群——"

柏拉图说,看得见的事物,是看不见的事物投下的影子。听得到的风,触手可及,"一串串乐音","一轮又一轮/鼓弄着门","庄严地登上树枝","由大漠响至天穹/飘洒开来——";看不见的风,有着灵魂的质地,"是一种遗产","其造诣远非我们之所能——/其珍贵远非强盗之觊觎"。风与风的影子浑成一曲天籁。带着狄金森特有的气息,"比骨子还要内在"的灵魂之风在无与伦比的想象中抵达至境,分明是缪斯的手笔。

译诗要循着"仙指梳理天空",那可触的风,捕捉"众神"的影子,激发读者"视通万里,思接千载"的灵魂视域,还原缪斯的使命。"仙指",看似不经意的"叛逆",虽有雅化原作之嫌,但却为"颤悠而下——一串串乐音——/为我和众神"埋下了伏笔,与想象的风相呼应,发出"那是一种遗产"的惊叹也就顺理成章,译诗往往凭借这种创造性的"叛逆",才能让人领略到"金髓中藏——/一生一世"的诗歌魅力。

那一抹光

有一种光独现春天
有一种光独现春天,
其余时节
难得一见——
三月尚未开始,
便有一抹
令科学不可企及,
而人类可以感知的色彩
降至孤寂的田野。

它静待在草坪,
现身于最遥远的树,
你所认得的最遥远的山坡上,
它几近与你开口说话。

而后,跟着地平线
或正午的脚步,

不辞而别,

留下我们——

一种好不叫人

懊丧的失落,就仿佛

在一场圣礼上

突然弄起了生意——

A Light Exists in Spring

A Light exists in Spring

Not present on the Year

At any other period —

When March is scarcely here

A Color stands abroad

On Solitary Fields

That Science cannot overtake

But Human Nature feels.

It waits upon the Lawn,

It shows the furthest Tree

Upon the furthest Slope you know

It almost speaks to you.

Then as Horizons step

Or Noons report away

Without the Formula of sound

It passes and we stay —

A quality of loss

Affecting our Content

As Trade had suddenly encroached

Upon a Sacrament —

开辟鸿蒙的第一缕光,"独现春天",唯有"人类可以感知"。"静待",折返"草色遥看近却无"的古雅,"最遥远的"的悠远清净。"独现""静待""最遥远"的光,召唤另一个时空的灵韵。亲近到"它几乎与你开口说话",却"跟着地平线/或正午的脚步/不辞而别","懊丧的失落"犹如"在一场圣礼上/突然弄起了生意",一个"弄"字平添几分失落,烘托出"生意"喧闹而荒唐的氛围,与圣礼的庄严格格不入,译文精准诠释了狄金森一贯的创作风格。她长于凭借声音、光、颜色等意象传递、描摹一种极致的绝对美,有意与无意间流露出狄金森追求超然物外之完美的理想;然而这种完美总在莫名的矛盾冲突中戛然而止,这是她独有的"哥特"式审美追求在诗歌中留下的影子。

在"译"与"创"之间,译者煞费苦心:"exist"译作"独现"而非"存现",显然是考虑到下文,"其余时节/难得一见"的韵外之旨；"wait"译作"静待"而非"等待","静待"与"光"的"独现"相呼应,是一种逍遥自在,不受任何侵扰的境界,是人类可"感知"而不可触及的状态,"等待"则意味着期盼,与光悠游于时光之外的完满至境相违和。"弄"字尤其妙,不仅与圣礼造成冲突,引发"懊丧的失落",还让人联想到"云破月来花弄影"之妙境,此处并非花月弄影,而是"弄起了生意",由联想意义衍生的反差再度唤起了无法排遣的失落,这不能不说是"对话"的至境。只是,现下的我们,可否依然感知那一抹"独现春天"的光,"科学不可企及"的色彩？

虚无是另一种燃烧

红的——火焰——是晨——
红的——火焰——是晨——
紫的——是午——
黄的——是沉降的——昼——
尔后——是虚无——

但见寥廓星汉——于傍晚——
揭开了一场浩瀚的燃烧——
而银的乾坤——永未——完尽——

The Red — Blaze — Is the Morning —
The Red — Blaze — is the Morning —
The Violet — is Noon —
The Yellow — Day — is falling —
And after that — is None —

But Miles of Sparks — at Evening —

> Reveal the Width that burned —
>
> The Territory Argent — that never yet — consumed —

生命如虹,不知因何而起,又因何而落。红而转紫,紫而泛黄,"尔后——是虚无",白日在浓重的色彩中隐没;绚烂而决绝,傍晚"揭开了一场浩瀚的燃烧——/ 而银的乾坤——永未——完尽——",银色的希冀,是参透色彩的辉煌与时间的蛊惑之后,不灭的机缘。凝练的诗语,瞬息万变的气息,编织得天衣无缝。

德勒兹认为,"在语言中创造了一种新的语言,从某种意义上说类似一门外语的语言,令新的语法或句法力量得以诞生。他将语言拽出惯常的路径,令它开始发狂。"[1] 这无疑是狄金森诗歌美学的恰当注脚,她的诗语难以模仿,更无法超越。不由想到德莱顿"戴着脚镣跳舞"的著名论断,不可否认"戴着脚镣跳舞"本身就是一种创造。译狄金森,更要在创造中求得"妙合"。这对译者是极大的考验。

以第一节最后一句为例,"The Yellow — Day — is falling —/And after that — is None —"是按照原文语序译作"黄色——那是白昼——在坠落——/ 之后——什么也没有"[2],还是译作"黄的——是沉降的——昼——/ 尔后——是虚无——"呢?从原文来看,"that"既可以强调"Day",也可以强调"falling",但是要做到两者兼顾,

---

[1] 吉尔·德勒兹:《批评与临床》,刘云虹、曹丹红译,南京大学出版社,2012。
[2] 王家新译。参见王柏华主编《栖居于可能性:艾米莉·狄金森诗歌读本》,王柏华等译,2017,第148页。

就需要译者下一番功夫。前一种译文在诗歌语序上看似乎做到了"忠实",但"在坠落"与"之后"缺乏语义的连贯,若指"白昼之后",那么就无法体现"falling"之后的壮阔;后一种译文,将"沉降"调整为修饰语,"沉降"与"昼"浑然一体,与"尔后"衔接更顺畅。从修辞角度看,"红的""紫的""黄的"顾及原作中形容词的用法,同时也体现出汉语朦胧美的特点,而"红色""紫色""黄色"在引发审美联想的功能上逊色几分;"None"译为"什么也没有"还是"虚无"更合适,则要考虑原作的诗意氛围。从凝练与多涵义两个角度看,"虚无"可以是实在的"无",可以指涉精神游弋的状态,还可以指夜空黑暗之"无",而"什么也没有"终结的意味更浓烈,与诗中第二节熠熠燃烧的银的乾坤有矛盾,但并不能产生悖论美,"虚无"则可以作为"燃烧"的背景,烘托"永未——完尽"的波澜壮阔,燃烧成"虚无",又在"虚无"中燃烧……如此循环往复,绵延不断,"永未——完尽"不正是诗意求索之至境吗?

问斜阳

有一束斜阳
有一束斜阳
午后冬寒——
压抑,犹同那教堂
沉重的咏叹——

上苍,予以我们创伤——
不见毫厘痕斑,
内里却殊悬——
心思的地方——

无人可讲授——无人——
此一铅封的绝望——
无上之磨难
降自于穹苍——

来时,青山听之——

阴影——屏息——
去时，仿佛那距离
将死亡凝睇——

There's a Certain Slant of Light

There's a certain Slant of light,
Winter Afternoons —
That oppresses, like the Heft
Of Cathedral Tunes —

Heavenly Hurt, it gives us —
We can find no scar,
But internal difference —
Where the Meanings, are —

None may teach it — Any —
'Tis the seal Despair —
An imperial affliction
Sent us of the Air —

When it comes, the Landscape listens —
Shadows — hold their breath —
When it goes, 'tis like the Distance

On the look of Death 一

"有一束斜阳",唤醒幽古的诗意,非"一道斜光"或"有某种斜光"所能及。有"城上斜阳画角哀,沈园非复旧池台"之隐痛,有"断鸿声里,立尽斜阳"之悲怆,有"杜鹃喋血唤不来,斜阳更在青山外"之孤独,还有"斜阳寒草带重门"之寒意,但狄金森笔下的斜阳何止于曾经的古典山水。看斜阳,"午后冬寒——/ 压抑,犹同那教堂 / 沉重的咏叹——",一"寒",一"叹",斜阳从未如此"沉重";问斜阳,何以勾起"上苍,予以我们的创伤——",只有"心思的地方——"可知可触,斜阳从未如此深邃;听斜阳,"此一铅封的绝望——",何以"无人可讲授——无人——",斜阳从未如此"无语凝噎";思斜阳,何以"来时,青山听之——/ 阴影——屏息——/ 去时,仿佛那距离 / 将死亡凝睇——",斜阳从未如此神秘难解。

从"一束斜阳"开始,穿梭在古典的忧伤淡远与现代的深邃敏感之中,流连忘返。"斜阳""冬寒""青山"勾勒出似曾相识的古典美,跨越时空,与另一端的自然山水、心灵山水辉映成诗。译诗的迷人之处更在于召唤并创造出一种独特美,是译者、原作、读者之间的默会。斜阳里依然有伤,但那"上苍,予以我们创伤——/ 不见毫厘痕斑 / 内里却殊悬——/ 心思的地方——",是古典诗里不曾遇见的深邃与精微,藏着古典平缓格调里所不曾有的呼吸起伏;斜阳里依然有"思",但已不全然是古典里游子思乡与思归,而是对人生"来"与"去"更深刻的审视,是历经"无上之磨难"后清醒的回望,是极致的蜕变,如"来时,青山听之——/阴影,屏息——/去时,仿佛那距离——/将死亡凝睇——"。古典是遥远的诗,已然浸在我们的血脉里,跟随遥远的诗,潜入狄金森最独特的梦。诗是美的,美是难的,难在字、音、情、理一起指向诗的方向,那是心灵间的私密对话,是爱与美共振,而后呈现出最高规范的诗与译的伦理。

"午后冬寒——","沉重的咏叹——";"降自于穹苍——","心思的地方——";"来时,青山听之——/阴影,屏息——/去时,仿佛那距离——/将死亡凝睇——",一读倾心,再读倾梦。

大地的歌吟永远也不会消亡①

大地有许多秘键

大地有许多秘键

那里听不到旋律

那里即未知的岛屿

美成之于自然

却将桑田和

沧海见证

而蟋蟀的啼鸣

是我最动情的挽歌

The Earth Has Many Keys

The earth has many keys.

Where melody is not

Is the unknown peninsula.

---

① 此句出自济慈的诗《蝈蝈与蟋蟀》。参见《济慈诗选》,屠岸译,人民文学出版社,1997。

Beauty is nature's fact.

But witness for her land,
And witness for her sea,
The cricket is her utmost
Of elegy to me.

真理最好别直说——

真理最好别直说——
要拐着弯说
太耀眼了我们吃不消
将惊艳至极的闪电
委婉地
讲给孩子们听
真理得慢慢地释放光芒
不然会亮瞎眼睛——

Tell All the Truth but Tell It Slant —

Tell all the truth but tell it slant —
Success in Circuit lies
Too bright for our infirm Delight
The Truth's superb surprise
As Lightning to the Children eased

With explanation kind

The Truth must dazzle gradually

Or every man be blind —

所谓诗人

所谓诗人——
就是
萃取奇崛之意
自平凡之词语——
玫瑰精油,多么金贵,

即出自凋零在家门口的
常见花草——
不由得问,缘何不是我们——
捕捉到的它——先行——

披露——那些意象——
而是诗人——是他——
授予我们——相形之下
无止的贫匮——

一笔——不自觉中——
打劫而来——伤不着——

他——且归了他的——财富——

在——时光——之外

This Was a Poet —

This was a Poet —

It is That

Distills amazing sense

From Ordinary Meanings —

And Attar so immense

From the familiar species

That perished by the Door —

We wonder it was not Ourselves

Arrested it — before —

Of Pictures, the Discloser —

The Poet — it is He —

Entitles Us — by Contrast —

To ceaseless Poverty —

Of Portion — so unconscious —

The Robbing — could not harm —

Himself — to Him — a Fortune —

Exterior — to Time —

《斐多篇》记述了苏格拉底生前的最后一个下午,与弟子们对话的情形,斐多的一句"我相信,柏拉图病了",颇值得玩味。柏拉图作为"记录者",既"在"又"不在"的境况,并由此引发的不确定感为《斐多篇》注入了恒久的诗意。希腊语中,诗人与造物者同源。探求真理是诗人与生俱来的使命。而狄金森便是这样一位诗人,她选择倾听万物,对话万物的方式"创造"诗与存在。

《大地有许多秘键》是狄金森全集的第1775首。这首诗里,她依然保持着倾听者的姿态,以独有的方式去倾听"听不到的旋律",去寻觅"未知的岛屿",这难以抵达的存在。她明白,美,"千折百曲","刻意不得",深知"美成之于自然",在千山万水之中。然而美,深藏不露,往往被遮蔽,且只把"秘键"交给懂她的人,唯有他们可以打开天国遗落在人间,关在潘多拉盒子里的希望。诗歌第二节中,"her"一词反复出现三次,究竟指的是大地,是美,还是"她"?或许三者兼而有之。倾听过后,诗人"回应"以蟋蟀的啼鸣,"我最动情的挽歌"。抽象之存在跃入眼前,"听不到的旋律"萦绕在耳畔,"未知的岛屿"在时间中流逝成已知,而"大地的歌吟",隔空的回响将永远回响。译诗中隐去三个"她",将末句译作"我最动情的挽歌"而不是"她的挽歌",除却语言习惯及诗意多涵义的考虑之外,更是对狄金森真理观与诗学观的重塑。

狄金森对存在与美的领悟深刻而独到。"秘键""听不到的旋律"与"未知的岛屿",都以"不存在"的方式存在着。存在与不存在,相悖又相依。但是,在狄金森的笔下,通往不存在之存在的路径却清晰分明,可波澜壮阔,历经桑田沧海;可如蟋蟀啼鸣,平常到难以察觉但永远不会终了。真理亦如是。真理是"惊艳至极","耀眼的让人吃不消",甚至会"亮瞎眼的"闪电,唯有"拐着弯""委婉地""慢慢地"释放光芒才能抵达。无独有偶,尼采也认为,"一切美好的事物都是曲折地接近自己的目标,一切笔直都是骗人的,所有真理都是弯曲的,时间本身就是一个圆圈。"所以,"真理最好别直说。"

一如美的"千折百曲",真理亦"千曲百折",直叫人怀疑它的存在。不由得想起博尔赫斯的那句:"死亡,就是水消失在水中。""死亡"之水以"消失"的方式在水中永生。万物依然是万物的终极归宿,从初生的那一刻起,再难停歇,缓慢而执着地走向归处。通往存在之过程始终与"非存在"对话,只有在归处才会明白,经历了怎样一个诗意之旅,"听不到的旋律"也是一种旋律。

凭何抵达自己?在狄金森看来,诗人,一定是离美与真最近的人。在《如果我来列一份清单》里,她将"诗人——排在第一",只有诗人"消费得起太阳",那是来自天堂"多么不易的恩典——";在《所谓诗人》里,狄金森继续对美与真深入思考,曲折,高贵,得之不易。"所谓诗人——/ 就是 / 萃取奇崛之意 / 自平凡之词语——";诗则是"玫瑰精油",是诗人"打劫"来的一笔"财富",它不属于诗人,又非诗人莫属,它是诗人"打劫"的结果,也是诗人天才而不朽——逍遥于"时光之外"的"创造"。诗,以不断超越诗人的方式奔赴诗。诗人却还要凭借隐秘而平凡的词语,"拐着弯",与诗对话,觅心之所系,直至遁入一首永恒之诗。

追寻"她"的心思,倾听"她"的倾听,随"她"深处的振动而振动。"她"是大地,是美,是真,而拥有"秘键"的"我",作为"她"的译者与"她"共写存在。译者与作者,译诗与原诗难辨彼此,"永恒之诗"再生为"永恒之诗",吟咏着"最动情的挽歌"。

中篇　以诗为径

没有理论，依然有诗，依然有"星光十里"，依然有"耿耿银河"；而没有诗，理论则陷入一口无望的枯井。诗，既是出发的原点，也不妨成为它自身的方式与途径。

作为文学翻译至境，"妙合论"主张在"悖论"中求索，过程本身蕴含着充满智慧的诗径。它是并不缺乏实践意义的诗性理论，为"道"（理论）与"术"（方法），朝向彼此敞开对话提供了无限可能。传统自是一首读不厌的诗，"道"与"术"开启的地方也是诗升起的故园，东学西学皆如是。

选择"对话"这种古老但并不乏诗意的方式，在不同学者之间，以不经意的方式寻求"妙合"，对话中的吉光片羽，其本质就是诗与思凝结而成的生命之光。

通过译诗而思
——刘军平教授访谈录[①]

赵佼　刘军平

摘要:"人,诗意地栖居在大地上",诗与哲有着天然渊源。海德格尔说:"告诉我,你对翻译的想法,我就可以告诉你,你是谁。"译诗将我们引向"思"的河流,"互文"是玄妙的浪花;逆流而上,译诗与"经典"邂逅,潜藏在"创作"中。"做翻译"记录着我们"山重水复疑无路,柳暗花明又一村"的体验与欣喜;"看翻译",则是"蓦然回首,那人却在,灯火阑珊处"的"无我之境"。

关键词:互文性;经典;创作;做翻译;看翻译

[①] 原文载于"中诗网"(http://www.yzs.com/zhgshg/zhongshifanyi/10500.html)。

刘军平（下文简称"刘"），哲学博士，武汉大学外国语言文学学院教授，博士生导师，武汉大学翻译与比较文化中心主任；主要从事翻译学、比较文化及哲学研究。

赵佼（下文简称"赵"） 刘教授认为，在西方翻译理论史上，不少哲学大家要么把翻译作为研究哲学的一种媒介，要么直接通过翻译而"思"，研究语言和哲学问题。翻译既是他们研究的手段，又是目的。可见，翻译与哲学有很深的渊源。刘教授在文章、著作里多以诗词翻译为例证，可谓信手拈来，您的译诗也常被学人引用。翻译之难莫过于诗歌翻译，您可否从哲学角度对"译诗之难"予以阐释呢？

刘 译之魅，因言而生。中国古代有老子的"道不可言"、庄子的"道不可言，言而非也"、孔子的"书不尽言，言不尽意"、王弼的言、象、意之辨；西方有维特根斯坦的语言游戏、奎因的翻译不确定性、海德格尔的现象学翻译观、德里达的解构主义，以及戴维森的不可通约性。诗为言之精华，思为言之极致，由诗可致思。"可道之道"是《道德经》极简之言，是庄子汪洋恣肆之言，还可以是海德格尔晦涩的诗意栖居，东方古国与西方越过语言之差异在诗与思的王国相遇。

布罗姆说："诗歌在本质上是浓缩的隐喻语言，在形式上富有表现力并唤起联想。""新批评"布鲁克斯认为，隐喻就是诗歌语言;"形式主义"雅各布逊则以"陌生化"区别日常用语与诗性语言。中国哲学中有"远去诸身,近取诸物"。刘勰曰"隐也者,文外之重旨也";又曰"情在词外曰隐"。翻译与隐喻是一枚硬币的两面,特别是对于有高度隐喻性的文字而言,隐喻就是译者的思考方式。翻译是一种隐喻,诗也是一种隐喻,译与诗在本质上有亲缘关系。

庄子寓言常解常新,如《轮扁斫轮》《庄周梦蝶》《庄子与惠子游于濠梁》《齐物论》等故事会让我们从别样的视角思考诗之可译与不可译、译诗主体的亦我非我、译诗标准的相对性等问题。庄子的怀疑主义和相对主义认识论又让我们联想到西方解释学、解构主义、后现代等。

以德里达为代表的解构学派认为,译者不是沿着坦荡的大道来追寻意义,而是沿着差异的"嬉戏"在寻找印迹。印迹在空间上如幽灵一般,来无形,去无踪。黄庭坚的《清平乐·晚春》"春归何处,寂寞无行路。若有人知春去处,唤取归来同住。春无踪迹谁知,除非问取黄鹂。百啭无人能解,因风吹过蔷薇。"将"晚春"译作"late spring",就像德里达的印迹一样,随风而过,无法追寻。德里达的印迹既指涉意义,同时又不在场,印迹在一定程度上可以保留过去的词义,但又指向潜在的未知。"江南"译成"Jiangnan",或者"The South",或者"The South of China",也只能作为原文的暂时印迹。"Jiangnan"让人联想到中国的南方,但又不是"江南"的在场。这种意犹未尽则体现出差异的意义,也暴露了意义的踪迹。原诗的"春""江南"本身是多重意义的场所。

语内阅读是一种翻译、理解，语际翻译却是印迹的交叉、会合。

"后现代"要求翻译内容不断创新、突破，风格上不断分化、变异。用新的符号、表现方式和色彩，译者与读者才会因"他者"而产生新的视觉、嗅觉、听觉或触觉。翻译家兼诗人穆旦在保持异国情调的"他异性"方面下了颇深的功夫，且读他所译的《唐璜》中的一节：

> 黄昏的美妙时光呵！在拉瓦那
> 　那为松林荫蔽的寂静的沿岸，
> 参天的古木常青，它扎根之处
> 　曾被亚德里亚海的波涛浸淹
> 直抵凯撒的古堡；苍翠的森林！
> 　德莱顿的歌和薄伽丘的《十日谈》
> 把你变为我梦魂萦绕的地方，
> 　那里的黄昏多叫我依恋难忘！

译文精美，颇具异国情调！没有多余的注释，译者不着痕迹地译出文中的人名、地名，产生了特有的"他异性"（alterity）效果。另一位著名诗人罗厄尔是"中国诗在美国最伟大的知音"。《松花笺》是他用"拆字法"翻译的一本中国古典诗集。像庞德一样，罗氏对中国古典诗歌有许多创造性的"误读"和翻译。用传统眼光来看，拆字法是行不通的，但从后现代角度看，则有余音绕梁的效果。如翻译杜甫的《游龙门奉先寺》时，罗厄尔将"阴壑生虚籁"译为"幽深的山谷里飘荡着寂静的音乐"①；将"欲觉闻晨钟"译为"欲醒之时,传来日出的钟声"②。诗中的"虚籁"指风声,而"晨钟"则指奉先寺的钟声,译文虽与古诗本意有所偏离,但这两种超离尘世的声音相得益彰,营造出别样的禅意。

克里斯蒂娃沿袭解构主义与后现代传统,吸收结构主义所长,提出"互文性",这对中西诗歌翻译的音韵、意象及意向性方面有很多启发。译者首先应把握诗歌语言模式中语序包含的主次意义；其次,诗歌文本的互文性联想应与文本联想保持一致；再次,尽管有时互文性会导致意向性朦胧不可捉摸,但将其置放于整个民族的文化、文学传统之中加以考虑,其诗歌意向就会贯通、豁然开朗,而真正合格的诗歌译者应更好地把握意向的超越性与内在性,真正做到"入乎其内,出乎其外"。

赵 诗歌翻译之"趣"与"难"皆因互文性而生。前几日,美国诗人露易斯·格丽克获得诺奖,中文译本也火遍文学圈,可谓让人欢喜让人忧。事实上,我们并非追随诺奖,有关格丽克的译作早在诗作获奖之前就已上架销售,足可见译者的眼光。同时又必须承认,确实因为诺奖,译作才备受关注。这不得不再次引发我们对翻译经典与文学翻译的关注。就中国古诗而言,您认为难以产生翻译经典的原因何在?

---

① 原文是：The dark ravine was full of the music of silence.
② 原文是：Wishing to wake, I heard the sunrise bell.

刘 翻译是文学进化的原动力，是创造经典和范例的媒介。许多原本默默无闻的作家作品通过翻译而跻身世界文坛。美国作家爱伦·坡当属此列。起初，他的唯美主义诗歌、怪诞小说和推理小说在美国文坛并没有引起多大注意。法国象征主义诗人波德莱尔和马拉美将他的作品译成法文后，人们说坡这个名字下有两位作家，一位是美国的平庸作家，一位是天才的法国人。爱伦·坡因波德莱尔和马拉美的翻译而获得新生。无法想象，一国文学如果没有翻译，它的生命力会持续多久？如果英语、汉语、法语的经典不被翻译，它们能否成为世界经典？道理不言而喻。某种程度上，文学借助翻译才能成为经典。

中国传统文化对世界是一大贡献，但中国现代经典文学作品甚少能够被译介，让人甚为遗憾。瑞典皇家文学院诺贝尔文学奖评委之一马悦然指出，优秀的翻译文本是外国作家入选最重要的因素。说到这里，我不由想到马悦然和法籍华人高行健的作品《灵山》。这部由马悦然身体力行译成瑞典文的作品获得了2000年诺贝尔文学奖。与其说高行健的作品获奖，不如说马悦然的译作使其获奖。高氏获奖的消息一经公布，英译版本随即上架，但译文平庸，乏善可陈。

翻译可以使一国文学之经典登上世界文学经典的殿堂，但并非所有译作都能成为世界文学经典。个中原因，涉及译者的翻译水平、翻译方法、翻译标准等因素。恕我直言，中国古典及现代文学登上世界文学经典圣殿之所以少，最主要的原因是大部分译者拒绝将中国文学"归化"为"异邦"的番地，从鲁迅到杨宪益，无不亦步亦趋地采用逐字译法，其效果不言而喻，译文缺乏"poetic"的味道。中国古典诗歌若想成为翻译经典，难以逾越的障碍不是押韵、格律，而是意象和"隐喻思维"。我在《女性主义与翻译隐喻》一文中提到，如果女性译者能把握男性作者的刚强，而男性译者能传递女性作者的柔美，其译作一定是天作之合，冰心所译泰戈尔《吉檀迦利》则是典范。

另外，还要提许渊冲先生。他于2014年荣获具有国际影响力的"北极光"杰出文学翻译奖。他是迄今为止第一位获此殊荣的中国翻译家。许渊冲先生不仅有大量翻译实践，还有一套完备的翻译理论，且理论根植于自身翻译实践，始终以读者的接受为目标，以实践检验理论而非以理论检验实践。理论与实践的有机结合，成就了许先生独特的翻译事业。不管是学者型译者还是诗人译者，都不妨以许先生为榜样，才能在译诗之路上越走越宽。

赵 不少诗人的创作风格与翻译风格很接近，刘教授可否谈一下翻译经典与创作之间的关系？

刘 翻译他国之经典会给译者（作者）提供全新的感受，而文学互文性的语汇、韵律也随即融入作者（译者）的创作。庞德在翻译《航海者》时运用了大量的头韵，在《诗章》的开篇中就可见到头韵对其作品的影响。如果一位翻译家兼作家大量借用经典翻译的内容，是否有僭越经典地位之嫌？我们是否可以否定他在文学史上的地位？答案是否定的。

许渊冲先生认为，文学翻译以成为翻译文学为最高目标，即翻译作品本身得是文学作品。文学翻译与文学创作同等地位。一流文学翻译家的作品，和一流文学作家的作品，读起来应该没有什么高下之分。翻译求"似"，文学则求"美"，"似"是文学翻译的低标准，"美"是高标准，"似"而不"美"的文学翻译不能算是翻译文学。

乔叟有英国诗歌之父的美誉，又有大翻译家之称，这与他创作模仿法国和意大利作家作品有关，虽师法外国作家，但他善于创新。他首创"双韵体"为后世所沿用，其文学经典地位不可动摇。《庞德诗选》中有许多改编的译作，这些译作同创作的文本一样成为引人注目的经典。

中国古典诗歌从理论上讲是最不可译的。但事实上，它是除西班牙语以外翻译成英文最多的经典诗歌；而且中国传统文化的转换对当代美国诗坛产生了巨大而深远的影响。这里不得不再次提到庞德。他一生钟情于中国传统文化，在《诗章》的扉页上，庞德用汉字"诚"表达了他对中国文化的向往。从庞德翻译的数量和影响来看，他的意象主义之所以成功，确实来自对中国诗歌的翻译和改造。庞德的阐释翻译法充分发挥了他作为诗人的主体性和创造性。译诗《长干行》颇具英美诗歌风格，不少英美诗歌选集没将它作为译文，而是作为原创诗歌。

赵 刘教授多年前出版了《新译唐诗英韵百首》，据悉现已开始着手庞德诗歌的翻译，特别期待。我们从庞德的翻译获得启示的同时,也增加了构建中国学派翻译理论的信心。距哲学专著《传统的守望者:张岱平哲学思想研究》2007年问世两年之隔,《西方翻译理论通史》出版并再版多次,可见其影响力;《中国翻译》2020年第4期发表了您的最新力作《探索翻译学中国学派的知识范型与可行路径——兼论"做翻译"与"看翻译"两种范式之特质》。这些成果是您兼具中西文化宽阔视野,致力于中国学派译学构建的力证。"做翻译""看翻译"是您在学界首次提出,就诗歌翻译而言,郭沫若、成仿吾、许渊冲等很多知名译家都曾将翻译诗歌与人生修为联系起来,这是否可以归为"做翻译"的范畴?刘教授可否谈一下您的观点。

刘 "做翻译"范式的"现量"话语属于重视经验的知识范型。由于中国传统学术重"现量"意蕴,轻"比量"分析,中外翻译学术命题和概念呈现出极大的差异性。传统译论的"信、达"标准大多带有一定的"信念"色彩,其话语特征重知行,轻致知。从早期支谦以"因循本旨"作为普遍性伦理话语,到严复以"信"为根本标准,传统译论与其说追求文本的"忠实",不如说是以"信念"和社会责任为其终极目标,翻译的忠实与伦理的忠信是统一的。因此中国传统译论更偏重价值论,甚至用价值论取代了知识论。

具体而言,中国传统译论经验主义的路数是通过身体的"体认""体知"得来的。译者的体认和体知就是对所译文本和语境的应答,它主要以产品为导向,呈现即席性、直观性和偶然性,所揭示的语言世界具有可感性。西方知识论自16世纪笛卡尔以来实现了主客二分，翻译研究者也把作为文本的对象彻底外在化和客体化。推而言之，"看翻译"模式是用"心眼"观察，用"心智"思考作为对象的文本。因此，"看翻译"和"做翻译"两种翻译范式在知识结构、理性思维、概念表述上迥异，延伸到翻译命题、翻译标准、翻译言说所关注的着力点上，自然存在较大差异。

赵 事实上，刘教授也将"博学之，审问之，慎思之，明辨之，笃行之"当作自己的为学径路。您可否谈一下如何创造性转化的译学理论？

刘 当下的翻译研究已经形成中西话语融合，相互依存、相互阐发的局面，不存在中西译论研究的结构性矛盾。我们需要对西方译论做更进一步辨析与借鉴，看哪些理论对建构本土理论更具有兼容性。质言之，不能因强调学术的自主性，而将本土理论与西方翻译理论对立起来，形成翻译理论研究的"零和游戏"。"和实生物"的原则也可运用到翻译理论创新的方法论上。如果没有这种"间性"思考，所谓的中国学派及其合理性就会受到质疑。

译学中国学派一定带有中国的"前理解"和"前结构"。传统翻译话语已经具备理论的"潜能性"。问题是，如何转化为现实？也就是，如何从知识的立场去看待传统翻译话语，从而在本体论和方法论上重新发现传统的价值，从中返本开新，发现和阐释旧的翻译命题，遵循"历史"与"逻辑"统一的方法？"历史"意味着继承"做翻译"范式的特质，同时要对研究对象的合理性与局限性做出适当的分析和取舍;"逻辑"意味着在提炼概念和知识形态上要借鉴"看翻译"范式之特长。进行翻译学中国学派建设和创新可以从以下四个维度着手:

其一,要对传统译论"做翻译"范式的翻译名义进行寻根溯源和分析批判。

其二,必须深挖"做翻译"范式的概念范畴背后的"人文意识"与"艺术情怀"。

其三,研究"做翻译"范式要注重传统形而上话语的建构与形而下的应用的道器合一的关联性,关注其相互转化的辩证关系。

其四,构建"做翻译"范式为特征的翻译学中国学派要体现时代性。

赵 刘教授通览中西,独具批判眼光,在传统、现代及外来文化错综交织的话语背景下,理论资源纷繁复杂,科学扬弃、选择性借鉴尤为重要;您坚持翻译实践与理论创新并重的为学路径也是我们今后努力的方向。我也有一个想法,打算汲取中国传统哲、美学的精华,辅以当代西方哲美学的思性辨阐释,从诗歌翻译本体(诗歌创作本体、阅读本体、翻译本体)、诗歌翻译大化性质(两一性、变易性、反复性)、诗歌翻译理想(无为、有为、诚)、诗歌可译性的限度(知论)、诗歌翻译方法(心知、身知、谬误原由)等方面构建诗歌翻译美学,刘教授认为是否有可行性?

刘 完全可以尝试,在思考中发现问题、解决问题。继续努力。

从"新性灵"到文学翻译"妙合论"
——龚刚教授访谈

赵佼　龚刚

摘要：诗渡我们到"彼岸","彼岸"并非下一个"此岸",而是"我"与"他者"之间非彼非此、亦彼亦此的中间地带,如"主体间性";译诗固然意味着"超越",然而"超越"并不意味着可以顺利返还"我",其中表现之一就是学界对传统译论模糊性的诟病,究其原因则是忽略我国千年翻译实践基础的特殊性与复杂性所致。龚刚教授所倡的文学翻译"妙合论"以其"新性灵"诗歌创作(翻译)及批评实践为基础,整合中西诗学、译学资源,剖析源语风格与译者个性、翻译过程与翻译境界、译文之形与神的两一关系,文学翻译诗性与哲性之间的张力因而体现。访谈旨在还原由"新性灵"诗学而翻译"妙合论"的思辨过程,以凸显非彼非此、亦彼亦此的"出位之思"。

关键词：妙合论；新性灵；诗话批评；哲性乡愁；比较文学思维

---

① 原文载于《汉语言文学研究》2021年第1期。

龚刚（下文简称"龚"），澳门大学南国人文研究中心学术总监，中文系教授、博士研究生导师；澳门比较文学学会会长，《外国文学研究》编委，扬州大学客席讲座教授；主要从事中国现代文艺思想史、伦理叙事学、比较诗学研究。著有《现代性伦理叙事研究》《钱锺书与文艺的西潮》《心理攸同：钱锺书与世界思潮》及散文集《乘兴集》、诗集《我听到了时间的雨声》等十部著作。

赵佼（下文简称"赵"） 中国传统诗学是当代诗学理论创新的重要资源，这一点毋庸置疑，但如何转化古韵十足的术语，让人望而却步。文学翻译"妙合论"则是化合中西、古今的范例。龚教授认为，理论创新源于深广的知识储备及实践经验（创作及批评经验），其中实践经验较易被忽视。"妙合论"源于当代新性灵诗歌创作（翻译）及批评实践，既是中国译论扎根翻译实践传统的继承，也具备与西方诗学、译论交流互释的发展空间。

龚 新性灵主义作为一种创作倾向，崇尚顿悟和哲性；作为批评倾向，崇尚融会贯通基础上的妙悟。长久的体验、瞬间的触动、冷静而内含哲性的抒情，大抵就是我所谓新性灵主义诗风。而李贽、金圣叹的性灵化批评，加上汇通古今中西文白雅俗的知识视野和美学参悟，即是我所谓新性灵主义批评。

"妙合论"是新性灵主义①在译论和译艺上的体现。文学翻译亦须闪电般的照亮与灵感。所谓神会，是领会其精神，但不是不要形式。若无神会，难得其真。神形兼备才是妙合之译。神会是态度，是过程；神形兼备是结果。从认识论高度而言，神会是凝神观照，默体其真，近于伽达默尔所谓视域融合。

赵 龚教授认为："金圣叹式的文学评点是一种与机械主义作品分析相对立的性灵化批评，融入了作者的性灵与妙悟，并擅长以隐喻思维与诗化的语言对名著的美学特征予以评说，短短数语，即可传其神，摄其魂。"《文学翻译当求妙合》（下文简称《妙合》）一文从篇幅上讲，并非鸿篇巨制，却字字珠玑，这样的撰文方式能否可以看作是评点体在现当代学术话语背景下的一种尝试？

龚 我在《科学思维的局限性与"诗话"批评的复兴》一文以钱锺书对神秘主义思维的辩护为切入点，探讨艺术与科学以及审美批评与科学研究在思维方式上的区别，肯定"美术之知"的价值，提出复兴诗话体的构想，主张文学批评不应排斥性灵与妙悟，而应将理论融入想象和直觉。

诗话是一种"片段性"的文学批评形态，它为唐以来历代学人所习用，但在近现代中国学术的发展进程中，已逐渐绝迹。和札记体著述一样，诗话也是若干没有直接关联或逻辑联系的知识

---

① 参见龚刚：《前言：新性灵主义诗观》，载于龚刚、李磊主编《七剑诗选》，暨南大学出版社，2018。

片段的连缀,因此,诗话可以说是一种札记体的文学批评形态。其具体特征为结构比较松散,内容比较驳杂,行文也比较散漫,作者的种种玄思妙想、审美感悟以至美学趣味、生活情趣因而得以较本真地呈现。这就是诗话何以更贴近人的生命体验、更贴近所考察作品、更具文学性和可读性的原因。钱锺书在肯定"片段思想"的价值时,对诗话的特征做了点评,他说:"我们孜孜阅读的诗话、文论之类,未必都说得上有什么理论系统。"由此可见,诗话的日趋绝迹,可以说是近现代中国学人渐重理论系统和周密思想的研究取向在文艺研究领域的直接体现。

那么,诗话这种文学批评形态是否还有复兴的可能和必要呢?我对此持肯定的态度。纵观20世纪以来的文艺研究,有计划、有步骤、逻辑严密的科学主义研究模式日益占据主流地位。它固然使我们对文艺问题的思考更周到、更全面,但由于科学化研究模式的一个基本特征就是排斥感性与偶然性,因此,中国传统文学批评模式如诗话体以及评点体所显示出的即兴而发或有感而发的偶发性与性灵特征便受到抑制。这一方面使当前的文艺研究由于过分追求科学主义规范而显露出程式化的倾向,另一方面又使崇尚兴会妙悟的文学批评方式得不到相应的重视。

面对评点体在现代学术语境下的尝试与成功,我对诗话体的复兴有了更充足的信心。不过,由于传统"诗话""词话"的研究对象是古诗词,表达形式一般是文言文,这就给诗话体在当代语境下的"复兴"提出了一个难题:如何以白话文的形式对文学作品的文学价值及相关背景(范围广于旧时所说的"掌故")做出片言居要、富于灵心妙悟的评价，且又能在统一的风格下连缀成篇？这是一个需要在实践中去尝试、探索的问题。尤须强调的是，对"诗话"批评的复兴不应做胶柱鼓瑟的理解，它既不是文学研究形态上的复古，也不单纯是诗话体的现代转化。事实上，笔者强调诗话批评的复兴，并欣然于评点体的重现，最根本的着眼点并非诗话或评点这两类体式能否"续命"，而更重兴会妙悟和具体鉴赏的文艺研究模式在现代中国学术演变之大趋势下的命运和前景。

赵 龚教授谈到"海子陷阱"，究竟什么是"海子陷阱"呢？这是否也印证了诗话批评或兴会妙悟式的文艺研究模式在现当代学术语境中的重要性呢？

龚 长诗与诗的本质相冲突。史诗、长篇叙事诗，以及《浮士德》式的诗剧，就像散文诗，本质上是跨文类。"Burns is better than Chaucer in the name of poetry." 乔叟的《坎特伯雷故事集》明明就是"tales narrated in the poetic form"。屈原的《离骚》、杜甫的《咏怀五百字》、李白的《蜀道难》、白居易的《长恨歌》，够长了，也不必再长，不能再长。张若虚《春江花月夜》孤篇冠唐，才多少字？海子的《祖国，或以梦为马》、穆旦的《诗八章》，算长了，也不必再长，不能再长。海子尝试写长诗《太阳·七部书》，结果失败了。当今有什么成功的长诗吗？好像没有。跨文类的不算。很多诗人没搞明白，长诗不等于大诗，包括海子。大诗就是以精短诗行涵盖一种精神、一个时代甚至一部历史，如顾城的《一代人》。对长诗的执迷,可以称之为"海子陷阱",译成英文是"Haizi's trap"。很多长诗,其实是短诗的组合。诗性语言源于灵感、兴会,而两者不常有,更难持续。

法国象征派诗人瓦雷里说:"一百次产生灵感的瞬间也构不成一首长诗。因为长诗是一种延续性的发展,如同随时间变化的容貌,纯自然的诗情只是在心灵中产生的庞杂的形象和声音的意外相会。"

瓦氏的看法从反面印证了长诗(几百行或以上)不合诗性,因为,没有产生灵感的瞬间,不可能有诗。英国浪漫派诗人华兹华斯所谓"诗于沉静中回味得之"的前提是,要有这个被闪电抓住的瞬间。而要把上百次闪电以逻辑贯穿之,是几乎不可能的。当年柯勒律治写长诗《忽必烈汗》(*Kubla khan*),思路被打断,闪电消失,诗也就写不下去了。

华兹华斯的《序曲》为自传长诗,其性质是长篇散文诗,也不是纯诗。读此作,主要看故事、经历及其人生哲学,其中也有警策之句,但就诗艺而言,不如其短短一首《水仙花》(*The Daffodils*),或甚至更短的《我心雀跃》(*My Heart Leaps up*):

> My heart leaps up when I behold
> A rainbow in the sky:
> So was it when my life began;
> So is it now I am a man;
> So be it when I shall grow old,

Or let me die!

The Child is father of the Man;

And I could wish my days to be

Bound each to each by natural piety

试译作：

仰观霓虹

我心雀跃

幼年如是

壮年如是

垂暮之日

亦当如是

若不欣然

与死何异

稚子为父

人生如初

敬天之心

一以贯之

短短数行，道尽浪漫主义自然哲学精义和生之喜悦、死之坦然，语言大巧若拙，堪称大诗。

赵 《从感性的思乡到哲性的乡愁——论台湾离散诗人的三重乡愁》一文中，龚教授首提"哲性乡愁"。对"真"的追问，是诗与哲的应有之义，"妙合论"里有"神会是凝神观照，默体其真"，诗与哲的关系对诗歌翻译有怎样的影响呢？

龚 《妙合》一文中，我谈到诗与哲学都以创造性使用语法的方式表达特殊意涵，如美国诗人狄金森的诗歌喜欢违反语法常规使用大写。俄国形式主义称之为语言诗学，主张突破常规表达与日常语言，令人发现习焉不察的常见事物的本真面目。什克洛夫斯基认为，奇异化的文学语言的功能就是让石头成为石头。雅各布森则进一步强调陌生化效果。罗宾斯的诗观也是什、雅一脉，他所谓"fucking around with the syntax"，可译为操弄句法。从中西诗歌与哲学的大量语用实例可见，个性化或诗化的表达常常有意突破语法常规。格雷认为，如果你是"rap artist"，"Then all rules go out the door, and you become acceptable"。狄金森的诗歌极具个性，又富于神秘体验，以难译著称。译其诗，须有闪电般的照亮与灵感，方能达妙合之境。

赵 龚教授谈到"比较文学首先是一种精神，其次是思维方式（出位之思），最后才是方法（影响研究、平行分析、双向阐发等）"，您所创立的"新性灵诗学"及文学翻译"妙合论"是怎样体现"出位之思"的呢？

龚 昌明国粹，融化新知，才是中华文明演进之道。有一位西方学者说得好，中国不仅是国家，也是一种文明。我在《如何创造中国新文学的民族形式？——回顾 1940 年代的民族形式论争》一文中主张以比较文学思维推进本土研究与理论创新。质言之，比较文学思维的根本内涵是"出位之思"。所谓"出位之思"，即是不为学科、文化、语言藩篱所缚的思考方式与探索精神。

既然比较文学思维的根本内涵是"出位之思"，那么从比较文学的角度研究本土文学、本土文化就应当以不为学科、文化、语言藩篱所缚。我所创立的新性灵主义诗学即是在中西诗学对话的背景下，发展了明清性灵派的诗学思想。不提刘勰、福柯，而刘勰、福柯自在其中。

新性灵主义诗观及批评观孕育于我的研究课题《徐志摩文艺思想研究》和七剑诗派在文学微信群"澳门晒诗码头"的创作实践，是自然生长的，而非标新立异的凭空虚构。拙文《中国现代诗学中的性灵派》与《新性灵主义诗观》已初步搭建起新性灵主义的理论框架。明清性灵派崇尚"独抒性灵，不拘格套"的创作自由，究其实质，是以《礼记·乐记》所谓感于物而形于声的"心物感应说"为思想根源，以人的自然本性、生命意识为核心，以佛教"心性"学说为推动，强调文艺创作的个性特征、抒情特征，追求神韵灵趣的自然流露。性灵派有多个译法，其中以音译加意译的"Hsingling School"最能彰显中国理论话语。因此，新性灵主义可相应地译为"Neo-Hsinglingism"。

新性灵主义诗学源于创作、批评、翻译实践的心得，包括四个方面：一是诗歌本体论，其要义为"诗性智慧，瞬间照亮"；二是诗歌创作论，其要义为"一跃而起，轻轻落下"；三是诗歌批评观，其要义为"灵心慧悟，片言居要"；四是诗歌翻译观，其要义为"神与意会，妙合无垠"。

西人有格言曰：

> Roads in the mountains teach you a very important lesson in life. What seems like an end is very often just a bend.

如以陆游名句"山重水复疑无路，柳暗花明又一村"对译，可称妙合。好的翻译必是比较文化家，优秀的文学翻译是天然的比较文学家。形象点说，优秀的译者是语言演奏家，尽显原著的格调与神理，如风行云起，弦随意动，妙合无垠。欲达此境，须精通两种语言、两种文化，且佐以悟性、灵感。译理通诗理。

赵　龚教授提到"如何在独抒性灵、弘扬个性与逃避感情、逃避个性之间确定必要的张力即是新性灵主义诗学的用心所在"，我们注意到，很多文学翻译家往往有鲜明的个性与创造性，如郭沫若说"好的翻译等于创作"，再如茅盾认为"必须把文学翻译提高到艺术创作水平的高度"，又如许渊冲先生提到的"以创补失论"等等，那么，是否可以说，"妙合"之作也是在弘扬译者个性与"妙合"于原作之间维持必要的张力呢？

龚 我在《妙合》一文中提到"不光要还原本意,还要还原风格,当雅则雅,当俗则俗,当文则文,当白则白。兵无常势,水无常形,运用之妙,存乎一心",同时提及"若无神会,难得其真",只有神会才可以更准确把握原作(作者)风格。袁宏道说:"夫性灵窍于心,寓于境。境所偶触,心能摄之;心所欲吐,腕能运之……以心摄境,以腕运心,则性灵无不毕达,是之谓真诗。"若无性灵,便无以实现情与境会。于译者而言,若无性灵,便无法有感于原作,更无法谈及翻译过程中的"神思"与"妙悟"。焦竑曰:"苟其感不至,则情不深,情不深则无以惊心而动魄,垂世而行远。"屠龙曰:"自谓能发抒性灵,长于兴趣,安在其为诗?且诗道大矣!鸿钜者,纤细者,雄伟者,尖新者,雅者,俗者……如是乃称无所不有。"正因性灵的千差万别,同样的作品,经不同的译笔,便会有千差万别的译作。但原作的风格是既定的,这就要求译者必须体悟作者的创作冲动,对一首作品的形成过程有深刻洞察,作者性灵与译者性灵发生共振,才可以有"妙合"之译作。对译者而言,尽量选择与自己风格接近的作品进行翻译,无疑更能与作者"悠然神会","妙合"之理想也会因此更进一步。因此,"新性灵"翻译观主张"倾听作者的心跳,神与意会,妙合无垠"。对于译者来说,心中情(神会于作者),眼中句(以作者及文本为归宿),刹那相激,方能"妙合无垠"。

赵 据悉,龚教授主编的《新性灵主义诗选》即将出版。与《七剑诗选》相比,《新性灵诗选》在阵容上更强大,汇集当代诗人名家,很期待!

龚 感谢各位诗友!新性灵主义诗学的建构是以"七剑"(七位诗人)的创作为立足点而建立的,追求既有鲜明个性,又心系苍生、民族和天下的大侠精神。新性灵派乃非派之派,妙用随心,也不必自缚手脚,画地为牢。新性灵主义创作观是一种崇尚各随己性、以瞬间感悟照亮生命的诗学信念,并非教条。换言之,新性灵主义创作观是机动灵活的、强调个性的、主张先天与后天相结合的,而非机械的、呆板的、一成不变的。因此,任何有意于此的作者均可从中受益。

从感性凸显到感性融合
——裘小龙先生访谈[①]

赵佼 裘小龙

摘要：因译诗而思。"思理"之尽头，有"声"，有"色"；"心中情，眼中句，刹那相激，妙合无垠"，何尝不是译者踏上归途那一刻的敞亮与欣喜！笛卡尔的二元论引诗走向僵局，而人与诗本来如一。诗为言之精华，情可诗，诗可致思，循环往复，毕竟，"人，诗意地栖居在大地上"。裘小龙先生认为，诗歌是把语言的可能性挖掘、发挥到极致的一种艺术，最能体现语言所特有的深层文化感性。文学翻译中不仅要凸显原文感性的层面，同时要像创作一样，在目标语言中充分发掘其感性，呈现出融合了不同语言感性的文本。

关键词：诗的感性；感性脱节；感性凸显；感性融合；双语写作

---

① 原载于"中诗网"（http://www.yzs.com/zhgshg/zhongshifanyi/11508.html），后转载于罗选民主编《亚太跨学科翻译研究·第10辑》，清华大学出版社，2021。

裘小龙（下文简称"裘"），广西大学君武学者特聘教授。出生于上海，获圣路易斯华盛顿大学比较文学博士学位。著有"陈探长系列侦探小说"（10部）及短篇小说集、诗歌、译诗等著作；"陈探长系列侦探小说"还被改编为BBC广播剧。目前居于美国密苏里州圣路易斯市。

赵佼（下文简称"赵"） 裘老师在《中国古诗与现代主义诗歌在翻译中的感性交流》中写道："诗歌翻译中，可以也应该提出一种不同于传统标准的翻译方法，即注重诗的感性的翻译方法。事实上，已有一些翻译者有意识或无意识地这样做了。从事这样尝试的翻译者大都是诗人，在经过努力后，已在他们的作品中出现了新的地平线。""诗的感性"的内涵是什么？

裘 这是我在1988年出国前写的一篇文章，当时我的工作偏重西方现代主义诗歌的翻译，感觉到在翻译中一般所讲的"信达雅"标准是需要的，但又有一些没讲到的地方。在那篇文章里，"感性"的定义，我从两个方面来试着加以把握：第一个方面，感性是一种语言符号系统所独特拥有的现在和潜在的感受——思维功能或能量，这里所讲的感受——思维能量，是指诗歌创作与阅读过程中特殊的审美心理模式；第二个方面，可以说是从历时性的角度来说。我们上面谈到语言的感性并非一成不变。我们知道，语言与特定的文化背景有着极其密切的关系。在一个时代是充满了感性特点的诗歌语言，在另一个时代也许就不是。这里既包括语言形式本身的改变，也包括在语言形式背后的感性改变。这涉及语言的深层结构，也因此影响，甚至决定这一语言使用者的认知过程以及世界观的形成。诗歌正是把语言的可能性发掘、发挥到极致的一种艺术，最能凸显这一语言所特有的文化感性。如果说这些年我这方面的想法有了什么变化的话，或许可以说是在"凸显原诗感性"的基础上，又发展到怎样"把原诗和译诗中不同的语言感性凸显融合在一起"。这自然与我自己这些年写作、翻译的不同侧重有关系。换句话说，这也是把诗歌翻译与双语写作结合起来的尝试；不仅仅要凸显原文感性这一层面，同时要像创作一样，在目标语言中也要充分发掘其感性，从而呈现出混合了不同语言感性的文本。

赵 裘老师在《论多恩和他的爱情诗》一文中有这样一段话："艾略特在《玄学派诗人》中用'思想感性化'这一说法概括性地高度评价了多恩的艺术技巧。艾略特说多恩象闻到一朵玫瑰的芳香似的感到思想……艾弗·伊万斯说：'他的思想总是在为他的感情服务，他的感情进入他的思想。'品托提到，'多恩在这些诗行中理性和感性的融合是他们（玄学派诗人）杰作的显著标志。'这些评论措辞虽然不同，但都或多或少地阐明了多恩怎样在爱情诗中达到了'理念的感性显现'。"可见，裘老师一直都将"诗的感性"贯穿于诗歌创作、诗歌翻译及诗歌评论中。此外，我注意到裘老师特别提到诗人译诗，诗人译诗与"感性凸显"之间似乎有着不解之缘。

裘 艾略特在《玄学派诗人》中就提到,在英语诗歌发展史上曾经历了"感性的脱节",因此引来现代主义诗人的反拨。其中英美意象派诗人更是独辟蹊径。当然他们并非有目的、有理论地走向注重感性的写作、翻译。他们首先都是一批具有强烈现代意识的诗人,出于对传统英语诗歌的失望,他们在或多或少偏激的反叛和扬弃中,把急切的目光一下子转向了东方诗歌,尤其是古诗。在这样一种背景下,他们对中国古典诗歌的感性形式的高度靠拢和忠实移译,是一件很自然的事。而且,他们不仅是翻译者,还是诗人,出于他们在自己创作中借鉴和模仿感性的需要,他们对诗歌翻译中感性问题的注重是不同寻常的。他们在翻译创作中对感性形式的横移植达到了令人惊讶的强度。这在当时曾引起了一部分英美读者的不解和不满。然而,随着时间的推移,意象派诗人的尝试已逐渐为人们接受,在文学史上的地位也已得到肯定。正是在他们的译作中,我们看到了至少是通向理想的诗歌翻译的希望。

意象派之后,在英语诗歌(尤其是美国当代诗歌)中,这股横移植的势头丝毫未退,还有了新的进展。肯尼斯·莱克思洛斯写过这样一段话:"美国语言正在离开其印欧语言源,它离开了拉丁语那种曲折的微妙、细腻已经很远,相形之下更靠近汉语(古代汉语)那种句法逻辑。"这也许有些片面,但是,古代汉语感性形式通过翻译对美国当代诗歌的影响,以及带来的改变确实存在。在美国诗人中,肯尼斯·莱克思洛斯、卡洛琳·凯泽、加里·斯耐德等都在当年意象派诗人的轨道上向前走去，取得了引人注目的成就。

同理，国内20世纪二三十年代兼搞创作又搞翻译的诗人，在他们的翻译中，也大都或多或少地注意到另一种诗歌语言的感性，并在他们自己的创作中有所借鉴和移植。戴望舒曾将象征主义诗歌追求音乐性这一感性特点移植进了现代中国诗（尽管他没有完全意识到），在卞之琳、冯至等其他人的诗中也都可以看到感性的横移植。这样的例子太多了。

赵 从"凸显原诗感性"到"原诗、译诗感性凸显的融合"，裘老师的译诗观和双语创作经历密不可分。您在《城市、诗、译诗》一文中，将创作经历、人生际遇与麦克尼斯的《花园中的阳光》巧妙编织在一起，诗的感性与对人生的独特领悟幻化如一，如果说，"凸显原诗感性"强调的是原作中心，那么"原诗、译诗感性凸显的融合"强调的则是主体间的平等对话，诗的本质其实也是一种对话，发生在过往与当下、本我与超我、自我与"他者"之间。

裘 近二十年来，我很大一部分精力在英文小说的写作上。这与英文诗歌创作以及中诗英译之间的关系，错综复杂，也阴错阳差。我原想写一本关于改革开放中的中国社会的英文小说，主人公是知识分子，喜欢思考，也喜欢诗歌。但小说却意外地写成了侦探小说，主人公也成了一个"思考的探长"，虽然仍喜欢吟诗。只是，他在办案过程中引用的英文诗，被我的美国编辑删掉了，因为她说这样做要付的"版权费用太高"。结果只能在这些空出来的段落中,改用我自己翻译的中国古典诗词——早就过了版权年限,不用付费。这样做的时候,我却也更进一步意识到,在英文小说中放入中国古典诗词的英译,必须不影响到一般读者阅读的流畅性,就像他们平时读现当代英文诗一样;与此同时,又必须让他们感受到中国古典诗歌的独特感性和诗意。这也可以说是感性融合吧。在小说中写诗和译诗,这同时也让我或多或少有意识地承袭了中国古典小说的一个传统,即小说中有诗,使叙事更富有不同的抒情强度、节奏变化。小说中还有一部分不是译诗,是我自己借着陈探长名义写的诗,这样做也带来一个意外的好处:仿佛让我戴上了陈探长的面具,进入了他的"自我",写出了我自己原来不会去写的诗。

赵 评论麦克尼斯的诗歌时,裘老师写道:"特别欣赏他把现代感性与传统抒情糅合起来的努力。麦克尼斯不像浪漫主义诗人那样,动辄就动情、滥情得忘乎所以,即使在他抒情最高潮的时刻,仍保留着一种现代主义清醒的反嘲与低沉。如在《花园中的阳光》那首诗中,'我们要死了,埃及,要死了'一行,即引自莎士比亚《克里奥帕特拉》,突出的互文性技巧运用,把个人的悲剧推到一个普遍存在的高度。"这让我想到,露易斯·格吕克凭借"她精准的诗意语言所营造的朴素之美,让个体的存在具有普遍性"成为新一届诺奖得主。普遍存在应该是指人类的共同记忆与普遍心理。裘老师在《昨天仍在解释着今天》提到,"关于父亲的回忆就无可奈何地碎片化、片段化了。如果说记忆中还有一些例外的段落相对完整、清晰，隐隐中似蕴含着什么特殊意义，在这些年压抑的空间中仿佛还多少有着些关联。"诗与记忆的微妙关系耐人寻味，对这些记忆片段的独特体味应该也是您对"诗的感性"的一种理解，或是创作风格的一种体现吧？

裘 现代主义文学理论中讲到过"空间形式"（spatial form），这是著名批评家约瑟夫·弗兰克最早提出的一个理论。在他看来，现代主义文学作品是用一种虚构的同时性替代了传统叙事的时序，其支离破碎的片段不能按通常的时间排列顺序来读，而要在"空间形式"中才能形成一个有机的、延续性的整体。另外一位诗人批评家罗森塔尔，在他一本很有影响的现代主义诗歌批评著作《现代延续性诗歌》（*The Modern Poetic Sequence*）中，也进一步发挥、探讨了空间形式的可能性。按照他的观点，因为现代社会生活的复杂性，也因为其他艺术形式的兴起，诗要保持住必须的抒情强度，往往只能是片段性的，可这些片段间还是有着种种直接或间接的关联，在一个独特的空间形式中，形成一个既带有"留白"，又带有内在延续性的整体。艾略特的《荒原》（*The Waste Land*）就是一个很典型的例子，一个个不同的片段充满了感性的强度，却又是一个有机的整体。我自己曾写过一首题为《在中国的堂吉诃德》，也同样是把感性的碎片放到了"空间形式"中。罗森塔尔批评理论的应用其实并不局限于诗歌写作。几年前，我曾做过一次尝试，把它用到我的一本延续性短篇小说集《红尘岁月》的写作中去，发表在法国《世界报》上，一天一个片段，连载了一个夏天。

于是，我在《昨天仍在解释着今天》一文也尝试了一下，把关于父亲的一些感性的特别强烈的记忆片段汇集起来，放在或许不是那么严格意义上的空间形式中。像李商隐的《锦瑟》那样（顺提一句，《锦瑟》也是一首充分体现了"空间形式"的诗），弦已无端断了，只能一弦一柱地去加以追忆，尽管彼时彼地，许多细节都显得如此惘然、破碎，一些意象的片段间甚至很难找到理性的线性连接，就像艾略特在《荒原》这一最能体现空间形式特点的作品中所写的那样，"我坐在岸上／钓鱼，背后一片荒芜的平原／……用这些片段来支撑我的断垣残壁。"

赵 李商隐的《锦瑟》，麦克尼斯的现代感性与传统抒情的糅合，"原诗与译诗感性凸显的融合"，这其中都蕴含着裘老师对"诗的感性"的独特体悟。裘老师可否谈一谈双语写作中如何凸显"诗的感性"？

裘 在两种语言间打转，遇到新的问题，也会促使双语写作者寻找新的写作策略与可能性。换个说法，每一种语言都有其独特的感性，双语写作不能像在一般的诗歌翻译中那样，仅仅简单地强调"信"，同时得兼顾怎样把属于一种语言的独特感性重现在目标语言中，并保持目标语言自身的感性，目的是要产生一种混合了不同语言感性的文本。因此，我早期比较注重的策略是，要特别凸显原文文本的语言感性。这虽然在目标语言中读起来有时不那么"达"或"雅"。这在那一时期英译中诗中更明显一些。但我到美国后开始用英语写作、并从事中译英的诗歌翻译后,就更侧重"原诗与译诗感性凸显的融合"了。毕竟,翻译诗歌在目标文本中读起来也应该是诗歌。人们常说,诗歌翻译是诗的再创作,这说起来容易做起来难,实际上也在一定程度上涉及双语写作。

乔治·奥维尔在《政治与英语语言》(Politics and English Language)中提出了一个著名的观点,即作家在写作中要尽可能地避免陈词滥调,因为用滥了的词语会让读者习以为常,不再对读到的内容独立进行思考。对好的写作来说,语言的新鲜和独特感因此必不可少。但对我这样一个用非母语写作的作家来说,要在英语写作中判断语言的新鲜或独特感,并非易事,但双语写作却给我带来一个原先自己也没想到的优势。

这里是在"陈探长"小说的写作中遇到的一个例子。在中国改革开放的浪潮中,小说的主人公感慨:"麦当劳与星巴克一夜之间遍布了上海的大街小巷。"在英文中最初是这样表达的:"Overnight, MacDonalds and Starbucks appeared everywhere in the city of Shanghai."这句基本上表达了要说的意思,但总觉得语言不够生动,也缺乏新颖感,于是改动了一下:"Overnight, MacDonalds and Starbucks mushroomed up everywhere in the city of Shanghai."(一夜之间,麦当劳与星巴克像蘑菇一样遍布上海的大街小巷。)

第二句的意义基本相同,只是把动词"appeared"改成了"mushroomed up",但还是觉得"mushroomed up"在英语中也用得较多了。一时间找不到自己满意的表达方式,突然想到一句中文成语，便又改动了一回："Overnight, MacDonalds and Starbucks popped up like spring bamboo shoots after rain."（一夜之间，麦当劳与星巴克雨后春笋似的在上海窜了出来。）

我记得以前刚开始学英语时，课本里曾讲成语的翻译要用与之对应的成语，但在双语写作中，我没有刻意去找个对应"雨后春笋"的英文成语，而是把中文成语直译过来，作为明喻改写在句子中。我这样尝试，自己最初也没有把握，但小说出版后，美国公共广播电台以及其他几个批评家都在书评中提到了我的语言，说在英文中掺杂着中英文两种语言的感性，更特地引用了"雨后春笋"的例子，说小说的语言出人意料的新颖。这还真是有些讽刺意味。"雨后春笋"在中文中恰恰是几乎被用滥了的成语，但在英语文化中，"笋"相对来说是个具有异国情调的意象，与"雨后"的关系也有些含混，因此反而获得了感性的新鲜感。

赵 感谢裘老师分享这些生动的例子。刚才裘老师也谈到双语写作与翻译的不同，那么在翻译自己的作品与翻译他人的作品（诗）时，如何把握"诗的感性"？

裘 对诗歌翻译来说，译文首先读起来也应该是一首诗。我对译诗的结构、句式、韵律、排列甚至目标语言的独特感性都做了一定处理。以唐诗《题都城南庄》为例：

去年今日此门中，人面桃花相映红。

人面不知何处去，桃花依旧笑春风。

题目译为"Lines on the South Village"，全诗译为：

> This door, this day, last year,
>
> you blushed,
>
> the blushing faces
>
> of the peach blossoms reflecting
>
> yours.
>
> This door, this day,
>
> this year, where are you,
>
> the peach blossoms still giggling
>
> at the spring breeze?

这两个文本的不同之处太多、太明显了，但意义和意象上却并没有"自由发挥"。这或许是因为翻译别人的作品与翻译自己的作品截然不同的缘故。翻译别人的作品，有一个必须忠于原文意义和意象的前提，虽然这并不排斥在此前提下做一些创造性处理。翻译自己的作品，对于究竟要说什么更有把握，因而能更多考虑怎样在目标语言中把自己要说的写得更有文学性、更充满其独特的语言感性交融，在一定程度上，也就像在另一种语言中重写这一作品一样。

这里还有一个例子，或许可以展示当时我刚开始尝试双语写作时怎样摸索在翻译（写作）中相互切换。20 世纪 90 年代初，我的一首英文诗《原野与海洋》(*The Open Country and the Sea*)，在美国赢得了全美大学诗歌创作比赛的头奖。

The Open Country and the Sea

I would not be the exquisite key-ring on your finger,
nor a fantastic seaweed-mantled obsidian you'd lean on.
So I shaped you into a delicate vase with my eyes,
and in your mouth placed fresh carnations.

Simply because of your white graceful neck
I'd captured the color of dream, the shape of wakefulness.
One morning I found that I had turned to water,
with neither motion nor gesture nor expression.

"Now that it smells," you asked me, "shouldn't we change it?"
In the night you dreamed of open country, I of the sea.

然而，这在很大程度上是根据原先的中文文本改译、改写而成的，曾发表在《星星》诗刊上的中文原诗如下：

现象学的本体论

我不愿成为你手指上玲珑的钥匙圈

或你倚靠的黑曜石，狂想海藻沾满
　　于是你在我眼里生成了精致的花瓶
　　在你的唇中我插满了选择的康乃馨

　　一个早晨我突然发现自己化成了水
　　没有动作，没有思维，也没有语言
　　仅仅是因为你纤秀的脖子，才获得
　　我自己想象的色彩以及存在的形体

　　已经有味了也不知道换一换，你讲
　　在梦里，你梦到原野，我梦到海洋

　　这不是严格意义上的翻译。中文原诗在形式上模仿了闻一多先生讲究的字数、音尺整齐的格律体新诗（俗称"豆腐干"体），但这在英文中几乎不可能。相反，在用英文写作时，诗的音韵、节奏、句式都更多考虑到了现代英语诗歌读者的接受与审美需求。诗的标题也改了。在国内写这首中文诗时，我正在读存在主义，试图在诗中形象地思考主体与客体的转换关系，取了这个抽象的题目，但在英文现代诗中，这个标题显然不合适，因此改成了更具体的，也因此让诗歌奖的评委认为这只是一首爱情诗。当然，这说到底是我自己的诗，可以任意做比较大的改动。在双语写作中能这样做，在翻译他人的作品时却不好做，毕竟我还得忠于原诗的意义内容。

赵 裘老师曾多次提到存在主义，那么"诗的感性"中是否也包含着哲性？澳门大学的龚刚教授创立的"新性灵诗学"，提倡"性灵是厚学深悟而天机自达，新性灵诗风是闪电式的照亮、冷静而内含哲性的抒情。作为一种创作倾向，新性灵主义崇尚顿悟和哲性，主张智以驭情，推崇一跃而起、轻轻落下的诗境"。裘老师怎样理解诗的哲性？

裘 龚刚先生的"新性灵诗学"与中国的传统诗学中的"性灵说"应该各有侧重，很难一言概之。在一定程度上，我觉得这接近浪漫主义诗歌中关于诗是感情表现的主张。从龚刚先生对"新性灵诗学"的定义来看，似还有一点禅宗的意味，崇尚"内含哲性的抒情"和"顿悟和哲性"。艾略特说过，"诗人的职责不在写什么思想"，而是要找到"思想的情感相称物"；"对多恩来说，一个思想是一种经验，修饰他的感性"。或许就像《沧浪诗话》中说的，"诗有别材，非关书也；诗有别趣，非关理也。"这也可理解为诗的哲性不可能像哲学著作中那样论述，而是要在充满诗感性的意境中呈现。司空图说"不著一字，尽得风流"，也是相近的意思，诗人不用刻意去写自己的哲理思想。什么都无须硬塞给读者，而是让读者自己步入诗的感性意境，在审美再造中顿悟。你让我看的龚刚先生那几首诗，其实也是把读者带入诗的抒情境界，"内含哲性"吧。

赵 "诗的哲性要在充满诗感性的意境中呈现。"的确,诗为我们缔造了一个个有情天地。就诗歌翻译而言,似乎古诗翻译更多一些,裘老师可否谈一谈当代中国诗歌走出去究竟遇到了哪些困境?

裘 当代中国诗歌怎样走出去,是我们所面临的一个问题。我在美国生活了许多年,却从未在书店中见到过一本中国当代诗集的译本。与中国古典诗歌在国外的译介现状相比,当代诗歌怎样走出去的"困境"相当明显。这里可能有众多原因,其中有一点是我自己在翻译(双语写作)过程中也想到的。用欧美相对语言学的理论来说,人们对世界的观照是在语言中实现的,不同语言的内在结构会影响,甚至决定人们的思维、认知方式,这也包括了中国古典诗歌独特的审美经验再造。我们上面已谈到,中国古典诗歌与西方现代诗歌在深层语言结构、感性呈现上有很大的不同,这引起了意象派诗人与翻译家们的巨大兴趣,经过他们的努力,产生且有一定规模的读者群。可当代中国诗歌的情况就相当不一样了。我还记得大学老师上现代汉语语法课,基本上还是在英语语法的基础上讲授的,更不要说中国现当代诗人有不少受到了西方现代主义的影响。这样他们的作品让西方读者读起来,至少是缺乏了中国古典诗歌那种独特的不同感性,或者说异质性。几年前,有感于大多数的美国读者对中国当代诗歌了解得太少,我为《洛杉矶时报·书评》写过一篇译介当代诗人王小龙的文章。他的诗不难懂,可怎样把他的汉语口语诗的感性凸显并融合到英文文本中去，却并不容易。这也正是诗歌翻译者努力要做的工作。译诗不仅仅在于说了原诗要说的意义内容，更在于怎样用富有源文本以及目标文本感性的语言说。这样做或许困难重重，但"对于我们，只有尝试，其余不是我们的事。"

赵 裘老师的译诗很多已成为经典，《四个四重奏》在"豆瓣"的评分为 9 分，《丽达与天鹅》的评分 8.8 分。2021 年，裘老师又有几部新作问世，"陈探长系列"之《帝国的阴影》（*The Shadow of the Empire*）中还有鱼玄机、温庭筠、武则天的一组诗的英译，将诗歌与译诗融入小说创作既是裘老师的创作风格，也不失为译介中国诗歌的独特路径。据悉，"陈探长系列"已翻译成多种语言出版：法文、西班牙文、德文、意大利文、日文、丹麦文、瑞典文、荷兰文、希伯来文、俄文、波兰文、芬兰文、捷克文、中文、挪威文、匈牙利文、希腊文、葡萄牙文等，全球销售量达二百多万册。本期访谈很荣幸邀请裘老师与我们分享当代新性灵诗学创始人、澳门大学龚刚教授的一组诗歌译文。

附：五首历史狂想曲与一首轻快的诗（龚刚 作；裘小龙 译）

1. 铜奔马
从千年前的凉州一跃而起
魏晋如龙雀，唐宋如飞燕，明清如游隼
须臾之间，啸聚古今

毕加索在电闪雷鸣的夜晚构思飞奔的鸵鸟
终究慢了一拍,而达利的玫瑰女孩
正从后现代的虚空坠落

饱满的躯体,飞扬的鬃鬣,是一种信念
从大漠,蓝天,浩荡的风云中汲取灵感

菩提树下的王子,马厩里的圣人
虔诚地苦思人间的戒律,缚不住
脱弦而出的利箭

飞矢不动。不是古希腊的诡辩
瞬间凝固的火焰,把热烈
发酵到极致

从打了火漆的酒桶中
斟一杯酒,仅存的红土气息,
有如青春,有如千年前,
那位凉州匠人的想象

从江面上的粼粼波光
从仲秋草坪上的一丛青绿

从海平面上的一艘货轮

从引擎的轰鸣,由近而远

Galloping Bronze Steed

Jump from Liangzhou thousands of years ago

the soaring phoenix of the Wei and Jin dynasties

the flying sparrow of the Tang and Song dynasties

the winging falcon of the Ming and Qing dynasties

In a flash, howling

join time past and time present

In a night of thunder and lightning

Picasso is conceiving

of the racing ostrich, slower

by a step, and the rose girl

portrayed by Dale is falling

from the nothingness hovering

over postmodernism

Robust body, flying mane, a faith

drawing inspiration from the vast desert

blue sky, and the sweeping wind and cloud

The prince under the Bodhi tree

the saint [baby] in the stable

were cudgeling their brains out

about the rules of the human world

unable to tie an arrow

shooting out from the bow

The motionless arrow

in flight. It is not the rhetoric

made in the ancient Greece

the flame congealed in a flash

brings the heat to the extreme

in fermentation

Pour out a cup of wine

from the wax-sealed barrel

with the remaining tang

of the ancient red soil, like youth,

like the imagination

of that Liangzhou craftsman

a thousand year ago

From the glittering ripples

of the river, from a green stretch

in the mid-autumn lawn

from the cargo ship sailing

on the sea, from the loud rumble

of the engine, fading

into the faint distance

2. 楼兰
南方之南,闷雷掠过天际
郁热的天气,仿佛永无尽头
翻过围墙的视线,翻不过墙外的山峦

楼兰在季节之外
漫漫黄沙,是开端
也是结局

一闪而过的繁华,从荒废的城垣
汲取灵感,传说中的红披巾
点亮冷月,万顷月光下,
埋葬着千年爱情

这是一个无须讲述的故事
所有的不朽都拒绝修辞

从寂灭深处,木旋花和骆驼刺
挣扎而出,如陨石溅落的光芒

此刻需要烈酒,天地辽阔
孤狼般的吼叫无人可闻,唯天地可闻
让风沙扑面,让寒风灌进胸口
让刀郎和云朵的歌声在永恒中回响
油腻的尘世,需要一次涤荡

Loulan

South of the South, the thunder tearing
across the horizon, the sultry weather
seemingly endless
The glance sweeping over the wall
is incapable of sweeping
over the mountains stretching
outside the wall

Loulan is beyond seasons
the overwhelming yellow sand
marking the beginning
also the ending

The transient prosperity passing
in the twinkle of an eye
inspiration from the ruins
of the ancient city wall
the red scarf blazing
in the legend
rekindles the cold moon
with love from time immemorial
buried under the vast expanse
of the moonlight

This story needs not telling
The immortal refuse rhetorics
From the depth of stillness,
baill and camel thorn struggling out
like the flash of a falling meteor

This moment needs liquor
against the immense expanse
of the sky and the earth
the lone-wolf-like howl is
heard by no one, except the sky
and earth, facing the sand storm,

and the chilly wind pouring

into my bosom, I let the songs

Of Daolang and Yunduo reverberate

in eternity, the oily world

Of dust, needs a thorough cleaning

3. 玉门关的废墟在史诗尽头
走吧,从村口的小路出发

玉门关的废墟
在史诗的尽头

鼓角与羌笛,比想象更远
不可阻挡的风,古往今来

刺目的沙砾上,芨芨草三五成群
从昏黄的苍茫中,扎住绿色

征蓬出汉塞,归雁入胡天
所有的旅人都是过客

驿站是一壶酒,一弯月,或千里之外
一枝蔷薇攀上窗棂

背景是一面墙
白色，一切俱足
一无所有

Ruins of Yumen Pass at the End of the Epic

Let us go, setting off
from the trail
at the village exit

Against ruins of Yumen Pass
at the ending of the ancient epic

Battle drums, horns, and Qiang flutes
more distant than imagination
irresistible wind keeps charging
through the past and the present

In the glaring sand, clusters
of splendid achnatherum clutching
the green against the vast expanse
of dusky somberness

The military sail moving

beyond the Han pass, the wild geese

returning into the Hun sky,

All the travelers are passers-by

The post house is a kettle of wine,

a curve of the moon,

or thousands of miles away,

a rose is climbing up

onto the window.

The backdrop is a white

wall, containing everything

and nothing.

4. 游牧民族之龙井与敦煌

蓝与绿的切换

在呼吸之间

江山的气息

清晰可辨

多年前种下的茶香

是悟不透的江南

未完的旅途,在万里之外
此刻,马蹄声起,马蹄声落
辽阔的寒意,叩响天际

孤独的风,需要拥抱
在记忆中坚持的,是湮灭于
未来的壁画,和尘封的韶华

反弹琵琶,将妩媚撩拨到极致
云散处,灰瓦白墙,独对青山

仿佛有雨,来自时间深处
那一棵树,那一张茶桌,那些怀中的沉浮

能够被伞遮挡的,恰恰无须遮挡

Nomadic people's Dragon Well and Dunhuang
The change from the blue

to the green,

between breathing in

and out, the remaining tang

of the rivers and mountains

comes so distinguishable

The tea fragrance

planted so many years ago

is the inscrutable South,

and the incomplete journey,

thousands and thousands

of miles away

At this moment, the stampings

of horseshoes rising

and falling, an immense feeling

of chill knocking

against the distant horizon

The solitary wind needs

embracing arms; what's persistent

in the memory: the murals

obliterated in the future

and the dust-covered glories

She playing the pipa instrument

against her bare back

provoke you to the extreme

with her charms

the clouds dispersing

the gray tiles and the whit walls

facing the green mountains

in solitude

It seems to be raining

from the depth of time

that tree, that tea table

those risings and fallings

in your bosom

What can be shielded

by an umbrella needs no shielding

5. 颐和园

把江南拆迁到帝京
湖山亭台，一应俱全
然后是全世界最长的山墙
圈住全世界最大的园林

垂暮的王朝
独享清欢

和历朝历代的禁地一样
照例会有一个无比优雅的冠名
嗅不到腐烂和血腥

百年后,许多秘闻尚待定论
许多碎片需要打捞
唯有天空与阳光,无须考证

白桦树也不必。树干上的松鼠,
轻快地蹿跃,像逃离历史一样,
逃离镜头

柳堤,蓼渚,碧空,秋水
让人无言以对,谁的凤辇从此经过,
无人理会

排云殿要以一身华贵
重新定位历史的重心
但我只关心松鼠和雨水

Summer Palace

Moving the South to the imperial capital

in the north, with lakes, hills, pavilions
and stages, all included, then enclosing
the largest palace garden
with the longest wall in the world

The declining dynasty
lost itself in ecstasy
all alone

Like all the Forbidden Areas
in one dynasty after another
a graceful name was given
in which, you usually cannot smell
any decaying and blood-shedding

In a hundred years, a number of secrets
to be laid open, a lot
of fragments to be salvaged
nothing but the sky
and the sunlight
need no textual research

Nor for the white birch. The squirrel

jumps light-footedly

on the twigs, as if

fleeing from history

from cameras

Willow-shaded riverbanks

duckweed-covered ripples

clear sky, and autumn water

all this renders me speechless

heedless of which empress's chariot

passed here, once

The Cloud-Expelling Imperial Hall tries

to re-anchor history, but I care

only about the squirrel

and the rain

6. 成为风

绵绵细雨是对大地的抚慰

秋凉如风

是的,成为风

成为让自己喜欢的词汇

在梦与现实的关隘穿行

啤酒罐打开了,就无法逆转

醉或不醉,依然可以选择

记忆中的火炉旁

与寒冷一窗之隔

内心的声音

比夜空更清晰

成为风,成为自己的音乐

成为行道树水一般退去的道路

属于你的星光

永远比寒冷更高

Becoming Wind

The drizzle brings comfort to the earth

autumn cold like a wind

yes, it is to become a wind

becoming the vocabulary you like

picking its way through the passes

of dreams and realities

the beer can opened

cannot be closed, but you

still can choose to be

drunk or not. The memory

of sitting by the fireplace

against the window

of chilliness, the inner

voice comes clearer

than the night sky

becoming the wind, becoming

the music that belongs

to you, becoming the road

that recedes like the trees

and the water, the star light

that belongs to you rises

above high above coldness

翻译诗学观
——罗良功教授访谈[①]

赵佼　罗良功

摘要：翻译诗学观仿佛一束光，照亮通往彼岸的路，给我们与彼岸对话、倾听彼岸回音的勇气。巴别塔不再是《圣经》故事里虚构的幻影，重建巴别塔的渴望在我们心底潜藏已久。诗，是我们朝向通天塔的驿站。海德格尔提出"思与诗的对话"，其前提则是"倾听"，这与"以意逆志""知人论世"有着异曲同工之妙。罗良功教授指出，译诗，并不只是翻译诗歌文本，更要呈现文本中凝聚的诗学观。译诗意味着对诗人诗学观的认同，这是对彼岸的接纳与包容，更是坚守故园的自信。

关键词：翻译诗学观；后现代先锋诗歌；诗歌三重文本；诗歌表演；中美诗歌诗学协会

[①] 原载于"中诗网"（http://www.yzs.com/zhgshg/zhongshifanyi/11128.html.）。

罗良功（下文简称"罗"），博士，教授，博士生导师；中美富布莱特研究学者；兼任全国美国文学研究会常务理事、中美诗歌诗学协会（CAAP）执行理事，以及中外多种知名学术期刊编委。在国内外发表学术论文六十余篇，专著、译著、编著等著作近二十部，包括诗歌及诗歌理论著作翻译、诗歌批评专著等多部。

赵佼（下文简称"赵"） 在《查尔斯·伯恩斯坦诗选》后记中，罗老师有一段话让人印象深刻："'诗无达诂'，与其说概括了诗歌意义阐释的开放性和多样性，不如说突出了作为诗歌意义本源的文本的权威性和纯粹性。在阐释诗歌的过程中，如果仅专注于诗歌的意义则无法企及完整的意义；只有关注和尊重诗歌文本本身，特别是诗歌文本所蕴含的意义建构策略与形式，才可能窥探其演绎意义的各种可能性。诗歌翻译活动既是一种阐释活动，诗译者作为阐释者必须立于诗歌文本的高度；同时，诗歌翻译也是一种诗歌建构过程，诗译者必须关注原语诗歌意义的建构策略与形式，才能用另一种语言重构原语文本所蕴含的建构意义的各种可能性，才能避免弗罗斯特所说的'翻译中的失落'。在这一意义上，凝聚意义建构策略和观念的诗歌文本形式是诗歌翻译过程中不可忽视的重要内容。"可以说，这部诗选本身蕴含了"翻译诗学观"，罗老师可否解释一下它的内涵？

罗 "翻译诗学观念"以认同原诗作者的诗学观作为诗歌在跨

语言传播中的核心价值为前提，在充分把握作者诗学观及其在诗歌中表现方式的基础上，用相应策略将作者的诗学观及其表现方式再现出来。"翻译诗学观念"是诗歌翻译的一个普遍性原则，对于翻译先锋派诗歌，特别是后现代时期的先锋诗歌尤其重要。

赵 翻译语言诗歌较之传统诗歌难度更大，罗老师的"翻译诗学观念"给我们提供了学理上的依据。您可否解释下"翻译诗学观"的学理渊源？

罗 18世纪，泰特勒的翻译三原则强调，译者要传达原作的思想、风格和文字效果，并特别指出"在原文含糊或含有歧义的地方，译者可以根据作者的思想脉络作明确的表达"。这无疑是将原诗作者的诗学观念视为解决翻译中歧义的最高权威。这一观点在20世纪得到了纽马克的呼应。当纽马克提出文学翻译即"语义翻译"，将翻译定义为"把一个文本的意义按照原作者所意想的方式迁移入另一种语言"时，"翻译诗学观念"的观点已经呼之欲出。由此可见，原作的诗学观念是解决文本理解问题的权威标准，翻译诗学观念则是有效翻译诗歌的根本保障。

赵 同传统译论相比，"翻译诗学观"似乎更具可操作性。

罗 就诗歌翻译过程而言，原诗作者的诗学观念是解决诗歌翻译过程中诸多技术问题的关键，这就决定了诗歌翻译过程中"翻译诗学观念"的必要性。

从宏观上看，诗歌翻译过程涉及原语文化、作者、作品、原语读者、译者、译作、译语读者、译语文化等多重因素，实质上是这些因素相互作用的过程。

就文化因素而言，原语文化和译入语文化本身具有抽象性，而且诗歌中表现的往往仅是作者个体的文化体认和文化立场。因此，译者无法将抽象的原语文化在译诗中完全体现，而以译语文化指导诗歌翻译又是对原诗价值的抹杀。

就读者因素而言，原诗和译诗对于各自的读者产生相同或相似的效果固然是一种理想的翻译标准，但如何衡量原作和译作对于读者的效果却难以把握，且忽视了对读者产生效果的根源，即诗歌的思想和艺术背后的诗学观念。

译者作为翻译活动主体，其角色开始被重视。虽然透明的译者只是理想，但是像当代接受美学翻译观那样强调译者作为阐释者的身份，像解构主义翻译观那样强调译者的创造性翻译而使译者无意或有意地误读合法化（如 D. 罗宾逊的《译者登场》），其实质是将译者的身份置换为道德家和批评家，这无疑改写了"翻译"的意义。

就文本因素而言，原诗的文本不是独立于作者艺术思想的平面存在，而是作者在一定诗学观指导下的创作活动的产物，是过程的物化。因此，只有把握作者的诗学观才能充分理解作品文本形成的原因及文本内涵，才能在译语文本中以适当的形式体现原诗文本的内涵。

赵 玛乔瑞·帕洛夫是著名的诗歌批评家，罗老师对其诗学观、批评观颇有研究，您所倡导的"翻译诗学观"是否受其影响？

罗 美国当代著名诗歌理论家和批评家玛乔瑞·帕洛夫教授在她的《诗的破格》《辨微：诗歌、诗学与教学》等著作中对新批评和后现代时期的文化研究进行了公开批评。她一方面指责新批评强调修辞手段和对诗歌音乐节奏等的科学化分析而将诗歌文本局限于语言层面而忽视了诗歌中鲜活的声音元素，一方面批评后现代时期文化批评抛弃文学文本。她试图在对两者的批评中将新批评对文本的关注与文化研究对社会文化的关注结合在文本研究之中，以此凸显诗歌文本在诗歌研究中的核心地位。诗歌翻译的对象是诗歌文本，深入理解诗歌文本是批评及翻译的前提，那么诗歌文本到底是什么？如何构成？这些问题都值得深思。

"翻译诗学观"是基于对诗歌翻译三个层面的本质思考，即外部层面（诗歌跨文化传播的社会文化语境）、内部层面（诗歌跨文化传播的内容）、中间层面（诗歌跨文化传播的过程，或诗歌文本语际转换的技术层面），其中英语诗歌文本居于诗歌翻译最核心的地位。就英语文本质地、结构而言，我提出"诗歌三重文本论"，认为：诗歌不仅仅是语言的艺术，诗歌文本不仅仅由语言构成，诗歌文本实际上由三个次文本构成，即：文字文本、声音文本、视觉文本；这三重文本各自的建构策略及其相互关系反映了传统诗歌与现当代诗歌的美学分野。

赵 关于诗歌的声音元素或者音乐性，罗老师在对兰斯顿·休斯做个案研究时曾多次提到。诗歌批评赋予"翻译诗学观"以批评视野，两者的深入研究又促成了"诗歌三重文本"理论的生成，一幅立体式诗歌图景已然呈现眼前，因此，"翻译诗学观"主要源于您对语言诗的思考与研究。

罗 是的，语言诗以其激进而独特的诗学观念和诗学实践，解构了语言的能指与所指的稳定关系而呈现出巨大的能指空间，挪移了传统的内容（形式）二元对立观念中的内容而强化了形式的意义和意义生成能力，突破了现存的诗歌美学而显示出其卓尔不群的美学品性。这些特征使得"翻译诗学观念"的翻译原则成为必要。

语言诗人从一开始就接受了结构语言学、语言人类学等学科的合理成分，具有强烈的、自觉的语言意识，试图突破语言的樊笼，去创造一个自足的语言世界。正如特威切尔所说的，语言诗人最主要的关注点是直接面对或体验语言本身。语言诗人反对视语言为透明纯净的媒介的语言观，凸显了语言诗淡化甚至消解语言指称作用和能指与所指之间相对稳定的关系、强化语言能指功能的诗学主张，这种语言观破坏了等值翻译等传统译论的基础，即语言能指与所指的稳定关系，也瓦解了"神似论"或"形似论"等译论所凭借的语言（意义）的二元对立关系，使得这些传统译论在语言诗翻译中失去合理性。只有充分把握语言诗的语言形式所凝聚的语言观，并在译语中传达出来，才能复现原诗中语言的意义和意义生成潜力。

其次，在美学上，语言诗既反对传统的视语言为透明纯净媒介的诗学观，也反对浪漫主义和现代主义强调主体性的诗学观。传统的诗歌美学和现代派诗歌美学都突出了诗人的主体性，诗人膨胀的自我向诗中倾泻了过多的情感，填注了太多的智性，使语言僵死。语言诗反对通过主观化来呈现单一的声音，而是用客观化来打破主体性对语言的束缚。语言诗试图以语言的突破来建构其独特的美学品质，如若在翻译中忽视这一点，语言诗的美学品性无法得到再现，语言诗的本质也会因此而遭受破坏。因此，强调文化关系和读者接受的关于归化或异化译论不适合指导语言诗的翻译实践。因为无论在作为译入国的中国还是在作为译出国的美国，语言诗都超越了读者的审美经验和期待视野，无论是归化还是异化，都是对语言诗的改写。因而，翻译语言诗的切入点应该放在诗歌形式本身。

再者，语言诗的政治观是其整个诗学体系中十分激进的内容。语言诗的政治参与和政治意识主要是通过诗歌语言和形式来表现语言诗的形式问题（包括语言、文体、书写、排版等多层次）本身具有的政治意义和政治意图十分突出，不容在翻译中被忽略或者被译者过度阐释，而应该根据诗人的诗学观念去理解，在译语中寻找与之相似的方式去呈现原诗的形式，才能再现原诗的意义和意义生成机制。

赵 说到语言诗，自然要提到其代表诗人查尔斯·伯恩斯坦，罗老师编译了《查尔斯·伯恩斯坦诗选》，您可以介绍下他的诗学观并与我们分享他的诗歌吗？

罗 伯恩斯坦的诗学思想无疑是十分激进的，在充分吸收西方现代诗学和哲学中的革命性元素的基础上，彻底颠覆了传统诗学，同时又创造了一种新的诗学传统。然而，由于其自身对反叛性和多样性的追求，这种诗学传统不可能是一种固化的存在，而是处于流动之中，这也正是伯恩斯坦诗学以及语言派诗学的生命力之所在。

简单来说，伯恩斯坦追求"诗学作为诗歌的其他形式延伸"的实用性和"拒绝一致性"的多样性。伯恩斯坦诗学在认知论上表现为美学与政治统一、形式与内容统一及解构主义语言观；其方法论的核心在于反叛，具体表现为"以语言为中心写作"和"反吸收诗学"。他的诗学思想为我们提供了一扇洞察语言诗的视窗。大家可以通过以下两首诗来感受下伯恩斯坦的风格：

一个问题
一个问题是接下来
用什么召唤或者赢回
我情感的陈旧的
外表。那东西
把和谐的假象
贴上了被搅扰的

早熟——毫无防护的
在礼拜仪式上跳跃的
混杂。

举起犁刀
因为简洁刮掉、省略、
埋葬那些船桨（时光）。
罪恶的浸没侵蚀着所有
最优质的船只。人手、人心
不会溜走，稳稳地
（幽幽地）分手。
突然出租的帝国，吸
走片片烟尘，这些（他的）
烟尘。正当
那——日子，被包租
是或者不是。还有诉讼。
简单的事情（杀手）
用初始来毒杀。
工具如
发展成没有教养的
取向。X太太
敦促Z先生分期偿还O
小姐。那雪人下雪了

在下面。上了船舷,偏了目标。

赵 罗老师提出的"诗歌三重文本"及"翻译诗学观"都对诗歌美学予以关注,表演诗歌是否可以看作是"文字文本、视觉文本、声音文本"的美学集合体?

罗 诗歌表演源于诗歌朗诵。诗歌朗诵者常常配合音乐,借助于肢体动作、声音、语气的变化和舞蹈甚至绘画艺术来实现面对观众(听众)的现场朗诵,将诗歌朗诵发展成为诗歌表演,20世纪70年代末达到全盛。诗歌表演以文本为基础,更注重口头表达和修辞性、哲理性表达。诗歌表演的风行催生了表演诗歌的兴盛。表演诗歌作为一种文学样式和文化现象,其定义和内涵比较复杂,对它的界定也是纷繁复杂,但这些描述都认同表演诗歌的基本形态和特征,即表演诗歌是一种基于文本面向受众进行表演的诗歌,它往往借超出文本形式以外的直观手段来营造戏剧性效果。

在美国表演诗歌发展史上,安·瓦尔德曼是一个重要人物,她在诗歌表演和表演诗歌创作方面的贡献得到了广泛认同。

瓦尔德曼的一个重要诗学观是"诗歌促进变化",而她求证和展示这一诗学观的过程就是她不遗余力进行表演诗歌实践的过程。表演诗歌从其形成到完成体现了其独特的美学模式,她称之为"耗散结构"诗学。按照这种学说,一个远离平衡态的开放系统,当某个参量的变化达到一定的阈值时,通过涨落,有可能发生突变,即由原来的无序状态转变为一种在空间、时间或功能上有序的状态。耗散结构美学运行机制的核心是仪式。因此,瓦尔德曼认为,"诗歌是一种梵语中所说的神功或者能量,用于表演的诗歌(或者那些具有表演可能性的诗歌)似乎展示了心理状态以及能量状态"。诗歌本身蕴含的能量越大,其自身结构就越强,而与外界(读者或观众)交流的态势就越强烈。于是,仪式就成为诗歌效能的蓄能库。

赵 表演诗歌的翻译难度一定不小,罗老师可否与我们分享几首瓦尔德曼的诗歌呢?

罗 是的,瓦尔德曼的诗歌在声音和视觉上都表现出强烈的美学效果,翻译时要予以考虑。我翻译过一部分,与大家分享其中的两首:

假设一个游戏

假设语言是一个游戏
它的规则是根据
玩家的协议构想出来的

一旦规则打破,言说者就被扰乱
他们只知道自己的简陋语言而不知其他
不明白唯我论中的任何(明确的)意义

然而在陷入泥沼的过程中
总有持唯我论的旁观者
迷恋自己迷恋经验数据

他们的语言是私有的魔鬼的语言
障碍、所有权、需求
那门开着吗?

这儿下雨了吗?
他们的想法进入了所有人的头脑吗?
这是游戏的终结吗?

他们很快变成前现代派
而你,诗人,进入角斗场
一个为些许词语制定的活生生的原则

引诱它们到你的篇章
轻抚那爆破的动感
将它们敲打成精致的无形

要么句子第一次变得光秃秃的一览无余
对于炫耀风格的事物来说莫不如此:

服饰网页、你手中的镜子

玩家们变戏法一样召来虚无,他们唯一的
让人好奇的方式,徒劳,白费力气
因为混乱削弱口头艺术

他们拿控制论与你交换消息
你相信的是:无论众神的甘露有多充足
糖汁减少的时候蜜蜂都会停止跳舞

他们嘴唇封禁,不告诉你任何事情,你不停地跳舞
难道说那协议是,语言像太阳闪光
或者在月光下像武器一样锃亮?

面反
经过
而这冰冷的
(甜蜜的七弦琴在这里)
世界
在悲伤中……系于弦上
说这唱这
牺牲
万千支箭刺向死者的良心

说他不会滑头

唱这个男人这个阳光青年的直率

唱他的快乐

用神秘的语言说出谋杀的恐怖

肌腱&骨骼&死亡中扭曲的面孔

反面

要求使用这种魔鬼行为正如你誓言要把他

牺牲的大地所见证的一切仇恨和

大地所吞没的受害者化成天使的报身的慈悲之心

各个时代四面八方的神祇

都在这里见证

阿奥姆啊哼这男人这青年他的抚摸阿奥姆啊哼

甜蜜的缪斯我们呼唤你们

让他牺牲的大地成为见证

我们呼唤你们

（波的涟漪）

（蛛网）

（他身体的痕迹）

（然后幻为

光——

苍穹——光。）

赵 感谢罗老师分享，从译诗中的确可以感受到那种"从坚强的身体里升腾起来的烈烈火焰，她的文本简直就是用词语对渗透在纸上精心排列之中的音乐的准确、有力、精巧的记录"。罗老师致力于中美诗歌诗学、译学及诗歌批评研究的同时，还积极推动中美两国诗歌交流合作，在学界颇有影响。作为中美诗歌诗学协会执行会长与创办人之一，您可以给我们介绍下协会的具体情况吗？

罗 中美诗歌诗学协会（Chinese/American Association for Poetry and Poetics，简称 CAAP），是一个致力于诗歌创作和诗学研究的非营利性国际性学术组织，以美国诗歌在中国的译介和研究、中国诗歌在美国的译介和研究，以及两者在全球语境下的研究为核心，不仅致力于诗歌和诗学研究，也兼顾诗歌研究与翻译方法的交流和探讨，力图在整个文学研究的大背景下推动诗歌诗学研究向前发展。自 2011 年 9 月 28 日至 30 日在中国武汉举办"诗歌与诗学的对话：中美诗歌诗学协会第一届年会"以来，已经举办了十届。

协会的发起人是玛乔瑞·帕洛夫、查尔斯·伯恩斯坦、聂珍钊等著名学者。协会成立以来，推荐国内学者以 CAAP 学者身份赴美学习或讲学、组织国内诗人代表团赴美访问交流六十余人；创作、翻译了大量著作；开展了丰富多彩的诗歌文化交流活动。

赵 据悉，协会还组织世界诗人共同撰写了中英文双语版《让我们共同面对灾难:世界诗人同祭四川大地震》(上海外语教育出版社,2008),被评为2008年二十部"中国最美的书"之一,荣获2010年上海市委外宣"银鸽奖"二等奖;组织编译了九部美国院士文学批评理论丛书,包括《玛乔瑞·帕洛夫文选》《查尔斯·伯恩斯坦文选》《苏珊·豪文选》等,并获得中国国家出版基金资助。这足以说明罗老师穿梭于诗与思之间,始终在场,从未缺席,期待您更多的作品,再次感谢!

罗 感谢!

从"以逗代步"到"以平仄代抑扬"[①]
——与王东风教授笔谈

赵佼　王东风

摘要："中国诗里有所谓'西洋的'品质，西洋诗里也有所谓'中国的'成分，西诗汉译是西洋诗在中国的回响，历史从未远去，在对他者的观照中，新诗重塑自己的历史。"从"以逗代步"到"以平仄代抑扬"，译者选择独特的节奏方式与彼岸对话。依据杜威的观点，"深深植根于世界本身……在诗歌、绘画、建筑和音乐存在之前，在自然中就已经存在节奏。"节奏解释了读者或者译者审美经验固有的活力，译者与原作相互合作，构成独一无二的审美经验。获得审美经验并不意味着译者主体性的消失，相反，译者主体性既在自身又在自身之外，这种二重性看似相互排斥，但与艺术作品接触后便会相互融合。

关键词：节奏；以逗代步；以平仄代抑扬；《哀希腊》；《西风颂》

[①] 原载于"中诗网"（http://www.yzs.com/zhgshg/zhongshifanyi/9640.html）。

王东风（下文简称"王"），博士，中山大学外语学院院长，教授，博士生导师。在国内外权威学术刊物上发表论文一百余篇，译著八部。获省级社科奖三次，获宋淇翻译研究奖两次。

赵佼（下文简称"赵"） 王教授在《五四初期西诗汉译的六个误区及其对中国新诗的误导》一文中认为："西诗汉译忽视格律建构。在无视西方诗歌利用音调的轻重（抑扬）来建构节奏的技法的同时，完全抛弃了汉语利用字调的错综（平仄）来营造诗歌节奏的技法。"而"新性灵派"创始人澳门大学龚刚教授也曾在《现代汉诗败坏了汉语言的美？——关于〈"新"其形式须是"诗"〉一文的批评与响应》中强调："现代中国诗人受翻译体的影响太大，以致抛弃了汉语言自身的优势和特点，其中之一就是平仄感。这非常可惜，也是现代汉语诗歌始终未能独树一帜而逼近唐诗宋词在世界文学中的地位的一个重要原因。"事实上，您对西诗汉译的深入研究不仅为我们重新认识新诗的源头提供了重要依据，也为我们重新认识新诗发展与诗歌传统的关系提供了新的视角。可以谈一下您的看法吗？

王 是的。之前我们在理论上没有系统地研究西方诗学，实践上未能在翻译中系统地体现西方诗歌的诗体特征，导致有心向西方诗歌学习的中国新诗共同体未能对西方诗歌的艺术构成有一个系统而全面的认识，新诗创作理念被明显有诗学缺陷的译本所误导。胡适在宣扬西方的所谓白话文运动时，客观上掩盖了中西语言条件上的差异，也掩盖了西方所谓白话文诗歌对拉丁文诗歌传统的良好继承，造成新诗发展过程中对中国传统诗歌艺术传统的几乎是全面的排斥，从而未能像西方白话文诗歌那样在立足传统的基础之上稳健发展。此外，混淆口语体与诗歌体的语体差异，不经诗化提炼的口语体的大量使用导致白话新诗既没有获得西方诗歌的韵味，又丢掉了自身延续千年的诗感。

赵 王教授早在 2014 年就提出"以逗代步"，2019 年又提出"以平仄代抑扬"，这在某种程度上是对传统的扬弃，是"他者"节奏与"自我"音韵的协奏曲。您可否详细谈下这一转变过程？您又是如何将这一方法付诸诗歌翻译实践的呢？

王 古诗中的逗以二字逗为主。这一点，毫无疑问，仅凭我们对古诗的记忆即可认定。王力就说过："律句的节奏，是以每两个音节（即两个字）作为一个节奏单位的。奇数句如三字句、五字句和七字句最后都有一个单音节字，这最后一个字就单独成为一个节奏单位。"对于五言和七言诗的分逗之法，王力与闻一多、朱光潜虽有分歧，但二字逗作为律诗的主要节奏单位则是不争的事实。这种二字逗的节奏单位在诗行中呈规则性排列，以七言诗为例，其排列方式主要是二二三或二二二一。从朱光潜的讨论中不难看出，逗与顿本来是一回事。但后来在新诗格律的讨论中，逗逐渐被顿所取代。于是，逗便成了描述古诗节奏的术语，顿则成了新诗的节奏。至此，顿与逗的差异也就凸显出来了。在新诗中，尤其是在"以顿代步"（以下简称"顿代化"）的译诗中，一字顿和四五个字一顿的情况非常普遍，更重要的是排列方式没有规则。朱光潜对顿长不一的诗歌节奏的评价是："各顿的字数相差往往很远，拉调子读起来，也很难产生有规律的节奏。""顿代化"的翻译原本是想体现原文的节奏，但最终却因"顿长不一"连"有规律的节奏"都没有实现，这实在值得我们反思。由此可见，随着诗歌创作、诗歌翻译和相关理论的发展，本来是一回事的逗与顿，就变成不同的概念了。

既然中国古诗中的逗以二字逗为主，我们就可以利用这个传统，将其改造成诗歌翻译的规则。由于绝大多数英语格律都是抑扬双音节音步（disyllabic foot），因此，理论上讲，我们就可以用二字逗来对应原文的双音节音步，故称"以逗代步"，简称"逗代化"。我提出这一译法，并将此法应用于实践，用"逗代化"的方式将九十六行的《哀希腊》（旧译名，*The Isles of Greece*）和七十行的《西风颂》（*Ode to the West Wind*）全文译出，并没有过多地因形而害义。"逗代化"的译文节奏很明显，读者也一定能读得出来。以下是用"逗代化"翻译了《哀希腊》的第一节：

希腊群岛，希腊群岛！
萨福如火歌美情浓，
文治卓越兵法精妙，
提洛昂立飞布神勇！

> 长夏无尽群岛煌煌,
> 万般皆沦仅余残阳。

不难看出,以"二字逗"来对应原文的抑扬格并非不可能。如此翻译,兼顾了原文的节律、行律、步律以及韵律。"以逗代步"的译法是受闻一多"逗论"的启发而提出的。闻一多认为,律诗的节奏单位是"逗",有"两字逗"和"三字逗"之分。根据汉语律诗的实际不难看出,律诗的节奏单位以二字逗为主。因此,"以逗代步"的基本原则就是以二字逗代原文的双音节音步,以三字逗代三音节音步。

然而,"以逗代步"虽然解决了节奏的音节数或时值问题,但声律的调值问题仍悬而未决。换句话说,无论是"以顿代步",还是"以逗代步",实际上只是译出了原诗节奏的"拍子",但"调子"(声律)还没有译出来。那么,英语格律诗翻译的最后一个堡垒——节奏中的声律,实践中是否可译?

从上一节的英汉格律的对比和声律的诗学功能来看,英汉诗歌的声律是存在形式对应的理据的。如《哀希腊》的第一节就可以译成:

> 希腊群岛,希腊群岛!
> 萨福如火歌美情重,
> 文治卓越兵法精妙,
> 提洛昂立飞布神勇!

长夏无尽群岛灼亮,

天下倾毁,唯有残阳。

在这节译诗之中,每行有四逗,每逗两个字(音节),大多数逗的声律都是"平仄"组合,以对应原诗的抑扬格。由此也可见,"以平仄代抑扬"是建立在"以逗代步"的基础之上的,与原诗的节奏对应模型是:

原诗:抑扬|抑扬|抑扬|抑扬|
译诗:平仄|平仄|平仄|平仄|
或:仄平|仄平|仄平|仄平|

这就是"平仄化"对应抑扬格的概念模型。不可否认,"以平仄代抑扬"的译法要比"以逗代步"要难得多,简直就是语言的一种极限运动。如果所有的抑扬格诗行都要这么翻译的话,这首诗所在的那厚厚的大部头《唐璜》(*Don Juan*),一个译者穷其一生可能也无法译得出来。

如此说来,是不是"平仄化"的译法就不具有可行性了呢?

在进一步分析英语律诗的诗学规则时,我们发现英语律诗在声律建构上的一个特点:宽松。只要一首诗的大部分音步是抑扬格的,那首诗的格律就算是抑扬格的。仍以《哀希腊》为例,该诗的第一节确实十分严谨,一个抑扬走到底,一点也不含糊,但并非全诗都是这样,如第四节的第一行:

A king sate on the rocky brow

其中的"sate on",按"口语重读"就是一个扬抑格。这就与该诗的抑扬格的声律发生了矛盾,但像这样的出格,并不会改变抑扬格的整体格局和格律定性;在格律分析时,这种抑扬格诗行中出现的扬抑格被视为是一种"节奏变体"。"节奏变体"的音步在该诗中还有不少,但由于该诗绝大部分的音步都是抑扬格的,因此这种偶尔的出格,英诗理论会用"节奏变体"来做排解,仍按抑扬格来计,并不影响该诗的抑扬格定位。英语诗歌理论对这一现象不仅仅是宽容,实际上还很鼓励,否则总是一个节奏走到底,单调乏味的效果不可避免。麦考利就说过:"一成不变的规律并不是英诗所追求的理想。"出格在汉语律诗中也比较常见,号称是格律严谨的近体诗中就经常出现出格犯拗的现象,只是宋代以后的诗论家比较苛刻,才认为这是瑕疵,但实际上有很多著名诗人(如李白、杜甫等)的笔下都有这种瑕疵。其实,太严苛了,也就不容易玩出好诗了,因此即便是要求严格的近体诗,也还有"一三五不论,二四六分明"的出格许可。

与近体诗论严以律己的态度相比,英语诗歌理论对于声律则采取了一种宽容的立场,这实际上为"平仄化"的翻译方法放开了可行性的限度。有鉴于此,"平仄化"的方法在使用时原则上只要满足绝大部分的节奏单位是"二字逗+平仄"的条件就可以了,没有必要一个平仄走到底。

再随机以《哀希腊》的最后一节为例:

Place me on Sunium's marbled sleep,

Where nothing, save the waves and I,

May hear our mutual murmurs sweep;

There, swan-like, let me sing and die;

A land of slaves shall ne'er be mine—

Dash down you cup of Samian wine!

我们先看看卞之琳的"以顿代步"法的译文和笔者的"以逗代步"法的译文：

让我登｜苏纽姆｜大理石｜悬崖｜,
那里｜就只有｜海浪｜与我｜
听得见｜我们｜展开了｜对白｜;
让我们｜去歌唱｜而死亡｜,像天鹅｜;
奴隶国｜不能是｜我的｜家乡｜——
摔掉｜那一杯｜萨默斯｜佳酿｜!

（卞之琳，1996）

置身｜苏庙｜玉阶｜之巅｜,
万物｜不存｜唯我｜与浪｜,
但听｜絮语｜喃喃｜耳边｜;
我效｜天鹅｜歌尽｜而亡｜;

奴隶|之士|不属|我辈|——
宁可|砸碎|萨幕|酒杯|!

(王东风,2014)

现在"以逗代步"译文的基础之上,以略带出格的平仄化译出:

置我苏岬云石之顶!
天地空杳唯我与浪,
波涌随我低语相应;
甘效鹄鸣歌尽而丧;
奴隶之土非属我辈——
扬手砸碎沙面酒杯!

以上这节译文中,只有三处出格,即"云石""我辈"和"酒杯"。其实,再努力一下,做到完全平仄化也不是不可能,但既然英语格律诗对抑扬的要求并非那么绝对,译者也就没有必要把自己逼得太紧;按英诗理论,这三处"出格"都可以按"节奏变体"中的"替代式"(substitution)论处,即用不同类型的节奏单元替代基本节奏中的某一节奏单元。毕竟,绝对平仄化的难度太大,如果连一点出格的空间都不允许,那很可能也就无人能及了。而且,五四新文化运动后的白话文不再有入声,中国新诗也已不再用平仄来写诗,当代中国人对于平仄已经没有古代人那么敏感了,再加上一逗一平仄的"平仄化"格律本来就不是中国人的诗歌审美记忆。因此，就节奏的翻译而言，拍律的乐感显示度就远比声律更为明显。这也就是说，英语律诗的汉译，如果能在逗代化的基础上更上一层楼，让译文的大多数节奏单位都能实现平仄化，无论是从理论还是从实践上讲，就都已经达到了最优化的诗律体现了。

为了验证"以平仄代抑扬"的译法的可行性，又于 2019 年用这一方法又重译了《西风颂》。该诗由五个十四行诗组成，长达七十行，既然都能用该法译出，足见这一方法是可行的。以下是该译诗的第一节：

> 风啊，狂野西风，秋纵之气，
> 形影不见，当把枯叶横扫，
> 活像魑魅遭遇巫祝驱离，
>
> 黄色、黑色、白色，红落香杳，
> 一片纷若杂沓，灾孽深重，
> 啊你，驱赶花籽催翅狂飙
>
> 飞往昏暗冬床，飘落丘垄，
> 藏匿深土，俨若尸卧寒墓，
> 当等你的春妹昂首碧空，
>
> 吹响螺号惊醒酣梦之土
> （花蕾初绽，浑似羊漫天庭），

活色生香，铺满原野山阜：

　　狂野精灵，天地随你穿行
　　夷灭，却也呵护，听啊，且听！

　　赵　王教授这一译法的确让人感受到了雪莱式的浪漫，诗语以及音律的考究非但没有束缚削弱表现力，反而让情感浓度瞬间饱和。期待能尽快读到您译的《西风颂》的全部章节。陌生化是诗歌创作的重要手法，处理好诗歌翻译中的陌生化至关重要。您在《反思"通顺"——从诗学的角度再论"通顺"》一文中对诗歌陌生化予以解释，并提到"严复和林语堂的高明就在于避免了以二元对立的极端视域来界定翻译的质量"。他们在信达或忠实通顺之外又设置了一个"雅"或"美"的诗学标准，从而有效分担了施放在通顺上的诗学压力。澳门大学龚刚教授在《文学翻译当求妙合》一文以不小的篇幅谈及陌生化。他认为，"诗与哲学都以创造性使用语法的方式表达特殊意涵，如美国诗人狄金森的诗歌喜欢违反语法常规使用大写……从中西诗歌与哲学的大量语用实例可见，个性化或诗化的表达常常有意突破语法常规。"陌生化使得诗歌翻译处处充满悖论，王教授认为"忠实"与"通顺"是如何体现这种悖论的呢？

　　王　文学翻译中真正难以忠实的往往就是原文对常规的变异和扭曲，即那些并不仅仅是为了传递信息的语言表现，而处在背景地位的常规表达方式的诗学含量则相对较低，单义性较强，一般不是翻译的困难所在。因此，前景要求的是诗意的、反常的体现，而背景要求的才是一般意义上的通顺的体现。韦努蒂的"反常的忠实"是要让忠实指向那些不受拘束的、反常的语言表达。本来，忠实的标准就应该包含对原文反常语的忠实，但传统翻译观在忠实的标准之外还设置了一个遏制陌生化的通顺的标准，使得在两个标准之间走钢丝的译者不敢有丝毫放纵，只能追求四平八稳。

正如解构忠实并不能否认翻译对准确性的追求一样，反思通顺也并非要推翻翻译对通顺的追求。我只是觉得在这一定义含糊的标准的误导之下，原文中有无数奇巧美妙、别出心裁的陌生化表达在这一标准化的翻译流程中被逐出她们诗意的栖息地，想来实在可惜，故做如上反思，最后得出一个可以说是常识性的结论：不同的翻译目的，不同的语体，通顺的标准也应有度的不同。

赵 感谢王教授百忙中对西诗汉译的误区予以解释，让我们可以重新认识新诗；"以逗代步"以及"以平仄代抑扬"不仅是对西诗翻译方法的深入探索，同时也为新诗创作提供了可以借鉴的方法。

尽心、知性、践行
——张智中教授访谈

赵佼　张智中

摘要：希腊神秘哲学家说，人生不过是家居、出门、回家。译诗，是事业，更是灵魂安顿之所。钱锺书说："出门旅行，目的还是要回家，否则不必牢记旅途的印象。"尽心、知性、践行，记录着张智中教授译诗之旅的点点滴滴。"尽心"是译诗者应具备的素养；"尽心"才能"知性"，所谓"观人而识己性情"；"散文笔法、诗意内容"是对译诗理想的"践行"，也是"尽心""知性"之后的选择。重返故园时，译者依然是离开故园时的译者，但又不完全是同一个人。"旅途的印象"足以让心灵丰富。

关键词：尽心；知性；践行；散文笔法；诗意内容

---

① 原载于"中诗网"（http://www.yzs.com/zhgshg/zhongshifangyi/11790.html.）。

张智中（下文简称"张"），南开大学教授、博导，翻译系主任；中央文献翻译研究基地兼职研究员，天津市高校"学科领军人才"。编、译、著九十余部，发表学术论文一百余篇，译诗创作五千多首；电影电视剧及应用翻译实务众多。获韩素音翻译奖、2005年度国际最佳翻译家称号、"蔡丽双博士·世界诗歌奖·杰出翻译家奖"，著作《汉诗英译美学研究》获天津市第十五届社会科学优秀成果三等奖。

赵佼（下文简称"赵"） 张教授好！初学译诗常面临困惑：诗人译诗常不拘泥原作形式，读着更富诗意，学人译诗形式上似乎更贴近原作，但读起来会显呆板，张教授更认同哪一种？

张 译诗好坏与是否诗人所译没有必然联系，但是会有影响，影响还不小。诗歌创作像在白纸上画画，诗歌翻译远不如创作自由，常如履薄冰。没有吃透原作精神，就易拘泥于字、句，译文读着呆板，没有诗味。诗人译者常以欣赏感怀的心境来译，不做过多"考古"，因而有所得；学人译者安住在理性世界，感情活动虽受限，但也有所得。诗人译者与原作更容易相融相即，感慨愈深，描绘愈入神，越容易触及原作精神，译者风格就越突出，卞之琳、闻一多、查良铮等即是明证。但诗人译者会有忘却原文的倾向，要引以为戒；学人译者与原作主客分明，越剖析入微，越显现原作章法。但是，拘于字面以译诗则失之泥，拘于章法以译诗则失之陋，拘于史迹以译诗则失之凿，因此，要尽量避免易词凑韵、因韵害义。理想的诗歌译者应该是诗人兼学人，理想的译诗境界应该就是龚刚教授提及的"心中情，眼中句，刹那相激，妙合无垠"吧。

赵 可否与我们分享您的译诗之道？

张 《孟子·尽心上》曰："尽其心者，知其性也；知其性，则知天矣。"孟子的内省之道其实是一种直觉法，注重反省内求。诗歌创作与翻译都讲求灵感、悟性，用思的功夫自省尤为重要，故将译诗之道概括为"尽心、知性、践行"，三者是辩证关系，缺一不可。

从古至今，翻译之道常与人生态度或修为联系，彦琮提出"八备"，不怕耗时，诚心爱佛法，虚心求益，淡泊名利；严复常为一名之立，旬月踌躇；马建忠推崇"善译"，冥心钩考，经营反复，摹写神情，仿佛语气，而后心悟神解，振笔而书；朱生豪笃嗜莎剧，研诵全集十余遍，自拟为演员，审辨语调、音节是否调和，一字一句未惬，往往苦思累日；傅雷视文艺工作为崇高神圣的事业，损害艺术品犹同歪曲真理；许渊冲"知之，好之，乐之"。这些都是"尽心"的表现，也是"知性""践行"的前提，更是人生修为。

赵 把翻译当作"嗜好"，作为与生俱来的使命感，许渊冲先生、朱生豪先生无不如是，"经营反复""苦思累日"而并不觉其苦，反而"好之""乐之"，所谓"非知不能行，非行不能知"也。张教授翻译并著有多部诗集，一定深有同感。"知性"的具体含义又是什么？

张 性最初指人的天性；至东汉末年，性的个别意义开始彰显，《文心雕龙》中多有物性、性情、癖性之义，我取"性情"之义，观人而识己性情。译者和作者性情上接近，对原作产生共鸣，措辞才能精准，译作既是原作风格的重现，也是译者风格的彰显，方为"妙合"之译。

赵 译者通过原作，"以意逆志"，体察作者性情，激发译者潜藏的"自我"，表现在译作中就是原作风格与译者风格的完美统一，"知性"关涉译者性情与风格。

张 是的。梁宗岱有"心灵融洽"说，认为译者和作者产生强烈共鸣，译作才能与原作达到金石相和之境界。屠岸认为，译者与作者心灵沟通，两者合一才可以译好一首诗。他把济慈视作异国异代同病相怜的冥中知己，灵犀相通，仿佛超越了时空，在生命和诗情上相遇。他与济慈的思想价值观也十分相近。"真即是美，美即是真"是济慈的名言，也是屠岸的座右铭。王宏印说，每读到穆旦，总会深受感动，翻译穆旦时，更是常于不知不觉中热泪盈眶。我认为，如此状态，正是诗歌翻译的最佳状态，心灵上的契合可以让译者精准把握穆旦的丰富与深刻。译者的艺术眼光、感性直觉、知性思维、理性思辨与诗人融合成和谐的音符，诗人的丰富与深刻在译者的"丰富与深刻"中得到回应、重生。

赵 诗歌翻译不仅是文字间的转换，更是译者与作者无声的交流与默契。译者个性彰显与成就"妙合"之译相辅相成，可以这样理解吗？

张 对。没有个性的作品算不得真正的文学作品，尤其是诗歌，更以个性为生命，也就是"诗言志"。一首好诗，必是将客观对象摄取在诗人的灵魂之中，经过情感的熔铸，成为灵魂的一部分，诗的字句是诗人的生命，字句的节便是生命的节奏，这才是灵性之诗、个性之诗。

性情与风格的关系，刘勰的《文心雕龙》已阐明："文章者，盖性情之风标，神明之律吕也。"其中《情采》云："情者，文之经；辞者，理之纬。经正而后纬成，理定而后辞畅。"风格就是创作主体在作品中表现出来的艺术特色。创作论第一篇且有总纲地位的《神思》中"形在江海之上，心存魏阙之下，神思之谓也"，就是说创作主体身在此而心在彼的构思状态。创作主体在进入构思以前，必须积累知识、丰富经历、培养情致，这些又因人而异，从而形成不同的艺术风格。《体性》论述风格与情性二者的关系，"才力居中，肇自血气"，"吐纳英华，莫非性情"，将生命之"血气"和性情视为风格之本源；"才性异区，文辞繁诡。辞为肤根，志实骨髓"，则将才性差异视为风格多样化的精髓。没有个性与生命力，风格就不存在。

　　作者性情关乎原作风格，译者个性关乎译作风格；译者与作者产生共鸣，才可"心悟神解"，译作与原作方可跨越时空实现"妙合"。彰显译者情性与凸显原作风格并不相悖。傅雷认为，他的译文中最传神的就是罗曼·罗兰，一是因为同时代，二是个人气质相近。不少诗歌翻译家本身也是诗人，其原创风格与译作风格不辨你我。成仿吾说："译者首先是诗人，或者说必须懂诗；译诗要选择自己有研究的、流派与风格与自己接近的、有深切人生体验的诗人和诗作。"多年的翻译实践也让我对译诗有更明确的选择，就是选自己喜欢的、感触深的，不管是创作还是翻译诗歌，都要先感动自己，才有可能感动别人。

　　澳门大学龚刚教授所倡"新性灵诗学"翻译观——"妙合"，主张"倾听作者心跳，神与意合，妙合无垠"。明清"性灵派"提倡独抒性灵，重性情，尚天才；而"新性灵"则强调"厚学深悟而天机自达"；钱锺书也有"化书卷见闻作吾性灵"之见。对于译者来说，"厚学深悟""化书卷见闻""尽心""知性"是"妙合"之译的前提，"妙合"之译也必然蕴含译者性灵。

　　赵　"翻译方法对优秀翻译而言并不是决定因素，决定译作优劣的是译者对原著的妙悟。"诗歌翻译中，"妙悟"何以如此重要呢？

　　张　有"妙悟"，才会有"妙合"之译。没有"尽心"，没有"知性","妙悟"就无从谈起。为何诗歌翻译需要"妙悟"呢？冯友兰把科学的方法看作是正的方法，而诗的方法是禅的方法，也就是负的方法。科学的语言，是有所肯定；而诗人的语言，却是无所肯定。因此，诗歌便有空、灵之感。爱因斯坦说："我们知道一些什么东西明明存在，却不能参透；知道最深刻的理与最璀璨的美所表现出来的种种，而我们的理性所能追究到的只是其中最粗浅的方面。"诗，仅凭理性只能观其皮毛，无法触其精髓，所以解诗、译诗类似参禅，一切尽在不言中，正所谓"学到学诗，非悟不进"。

解诗需要"妙悟"，"妙悟"之处即是精华所在，是诗人译诗与学人译诗最明显的区别。译无定法，所谓的方法不过是译后反思。翻译如武术散打，外行靠技巧；内行，或曰行内，无技，则巧。钱锺书有过精妙的论述，评论鲍照《舞鹤赋》时说："鹤舞乃至于使人见舞姿而不见鹤体，深抉造艺之窈眇，匪特描绘新切而已。体而悉寓于用，质而纯显为动，堆垛尽化为烟云，流易若无定模，固艺人向往之境也。"

赵 "尽心"是彰显译者个性即"知性"的前提，译者个性在"践行"中如何体现呢？

张 如果说诗不可译，则"以创补失"才能译出原诗的情趣和意象；如果说诗歌可译，则必然体现译者的主体性与创造性。译者缺乏创造性时，诗歌就是在翻译中流失的东西；译者充分发挥创造性时，诗歌便是通过翻译而获得的东西。因此，创造性是诗歌翻译的生命。另一方面，如果译者的创造性超越了一定的限度，就会断送诗歌翻译的生命；"随心所欲而不逾矩"，当是诗歌译者应该牢记的座右铭。

赵 创造性与忠实并不相悖，"随心所欲而不逾矩"就是两者的辩证统一。

张 是的，道安的"失本"是为符合汉文的规范，这是"失原作之本"却得"译作之本"，"失"是为了"得"，以得补失。严复之"信""达""雅"也是辩证关系，是不可分割的整体。"达"是为了"信"，"达"与"信"统一于道，"雅"使译作有了文学艺术价值，含有译者创造性。郭沫若倡导"好的翻译等于创作"；茅盾推崇"必须把文学翻译提高到艺术创作水平的高度"；许渊冲将"以创补失"与"从心所欲不逾矩"合二为一，这是翻译辩证法的体现。

原作精神、译者风格、创译三者统一不悖。只有与原作深层交流之后的创造才可以成就译者风格。综观古今中外翻译史，凡一流的译文，都出自一流译家之手；而一流的译家，都有着鲜明的个性与创造性。实际翻译过程中，每一篇译作都蕴含着译者智慧的结晶，也融合了译者自身的审美志趣、价值取向，这正是翻译的魅力所在。

译诗中契合原文的创译最为难得。诗人或具有诗人气质的译者会给译诗注入创译的成分，从而保证译诗情感如原诗般充沛饱满。不过，即便是诗人译者，也必须等有了灵感才行。翻译就是再创作。很多翻译观本身就含有再创作的思想。翻译不光是语言运用的问题，也要遵循文学创作上的一些普遍规律，比如想象思维，如刘勰《神思篇》中："寂然疑虑，思接千载；悄焉动容，视通万里；吟咏之间，吐纳珠玉之声；眉睫之前，卷舒风云之色；其思理之致乎！故思理为妙，神与物游。"译诗非纯创作，译好一首诗，创译不容忽视，其中乐趣较原创有过之而无不及。

赵 张教授在做古诗翻译的同时也兼做现代诗翻译，长期浸淫中西、古今诗词间，您最大感触是什么？

张 中国诗蕴藉悠远，用钱锺书的话来说，就是"怀孕的静默"，"说出来的话比不上不说出来的话，只影射着说不出来的话"，译成英文诗就要体现这个特征。但更多情况下，中国诗也不乏"西洋"品质，西洋诗里也有所谓"中国元素"，读外国诗也会有"他乡遇故知"的喜悦，诗歌之间平等交流会产生新的认同与"回家"的感觉。

王宏印说："有人以为只要懂古典诗就行，看不上现代诗，其实，不懂现代诗，对古典诗就缺乏现代眼光和新鲜体验，因此也不可能是真懂。"好诗不分中西、古今，且都有相通之处，细细品读常会有柳暗花明之感。"东学西学，道术未裂；南海北海，心理攸同。"不同文体之间也有可以互相借鉴的地方。

平日我有早读晚读英文原著的习惯，从名篇里汲取精华，如译雍陶的《过南邻花园》后两句"春风堪赏还堪恨,才见开花又落花"时,想到《西风颂》中有:"destroyer and preserver, hear oh hear."故将这两句译作:

As preserver and destroyer
Spring wind blooms flowers only to fall.

英文小说中有这样的句子:

...so I scrambled on until I had got so far that the topmost branch was bending beneath my weight...I found myself looking down at a most wonderful panorama of this strange country in which we found ourselves.

译作:

因此,我继续向上爬,爬到了最高处的树枝上,树枝在我的重压下都弯了下来……我俯瞰着我们目前所在的这个神秘国度绝妙无比的全景,一切尽收眼底。

《登鹳雀楼》英译中的"panoramic",与英文小说里的描写,正相仿佛。于是,内心不觉一阵喜悦,遂将《登鹳雀楼》译作:
Ascending the Stork Tower

The white sun is decaying

behind the mountain;

the Yellow River seaward charges.

To enjoy a panoramic view,

you can climb

to a greater

height.

再如:"The eyes are blank."可译作:眼神空洞。
想起严建文先生的《三月的巴黎印象》,其中的两行诗句:

又如那些宫殿里的画像
空洞的眼神

英译为:

Again like the portraits in the temple
The empty expression in the eyes

当时不太满意"empty"这个单词,心有芥蒂,却也一时没有着落,这也算是"单词奇遇记"了吧。于是,改译:

Again like the portraits in the temple

The blank expression in the eyes

终于心安,理得。

赵 创译的确不容易,并非译者率性而为,而是如涅槃重生,常不得已而为之,心生犹疑之际唯有"厚学"方可"深悟""祛魅"。张教授将蕴藏在不同文类中"莫逆暗契"的"诗心""文心"用于诗歌翻译,足见"化书卷见闻作吾性灵"才是正道,所谓"译无止境"。您刚才说到不同文体可以互相借鉴,这让我想到诗体问题。白居易《与元九书》中说:"文章合为时而著,歌诗合为事而作。"诗以情为根,引起情之时与事既异,风格当然亦不可强合,张教授如何看待文体(译诗体)、时代和翻译风格的关系?

张 清代叶燮认为,"诗递变而时随之",认为一时代有一时代的写作形式,但不妨碍各时代有各时代共同的写作宗旨,意可以不变,文则不妨变。袁宏道认为,同体变是风格变,异体变是体制变;由风格言,同一体制中以独创为奇。《雪涛阁集·序》云:"夫古有古之时,今有今之时,袭古人语言之迹而冒以为古,是处严冬而袭夏之葛者也。"由体制言,又以不袭迹貌为高。无论同体或异体之变,都是艺术技巧上的进步,所以不必摹古。他还提出"师心而不师法",曰:"善画者师物不师人,善学者师心不师道,善为诗者师森罗万象,不师先辈。"袁宏道推崇各极其变,各穷其趣,于是佳处固可称,疵处亦有可取,因为以其变而能存其真。一方面固然是变后能存其真,反过来,亦唯真而后能尽其变。袁宏道这一观点对英汉诗歌翻译很有启发。

诗歌创作不乏其变,创作主体风格因变而彰显。但凡一流作家哪个没有自己的独特文风!"昌黎以古文浑灏,溢而为诗,而古今之变尽"(赵闲闲,《与李孟英书》),"词至东坡,倾荡磊落,如诗如文,如天地奇观"(刘辰翁,《辛稼轩词·序》),苏轼将词诗化并不是取消词作为独立文学样式的体制和格律,而意味着词的题材的扩大,个性更鲜明地呈现。诗歌翻译也要变中求"真"。

"文章之革故鼎新,道无它,曰以不文为文,以文为诗而已。向所谓不入文之事物,今则取为文科;向所谓不雅之字句,今则组织而斐然成章。谓为诗文境域之扩充,可也;谓为不入诗文名物之侵入,亦可矣。"

诗理通译理,文体互相借鉴可以增进文体内部稳定的因素与可变因素之间的交织互动。诗人常"以故为新,以俗为雅",译者也要从不同文类汲取精华,如穆旦以有韵脚的八行体来译拜伦的"八行体"(Ottava rima);严复"不斤斤于求得与原文的形似",把(原作的)思想内容与语言形式("欧化的古文"形式)完美结合,成为既具时代特色,又具译者个性的艺术品。

每个时代有每个时代的但丁,每个时代有每个时代的荷马。如果对比同一首诗不同时代的翻译,我们发现,翻译风格随时风而变的情况就比较明显。

如"桃之夭夭,灼灼其华"的翻译,威廉·琼斯(18世纪)译作:

Gay Child of spring, the gardern's quuen,
Yon peach-tree charms the roving sight;
Its fragrant leaves how richly green!
Its blossoms how divinely bright!

理雅格（19世纪）译作：

Graceful and young, the peach tree stands;
How rich its flowers, all gleaming bright!

阿瑟·韦利（20世纪）译作：

Buxom is the peach tree;
How its flowers blaze!

三种译文，三种风格，都是每个时代最具代表的译诗，把风格的不同归结为诗体的不同似乎并不全面。因时风而造成风格变异，不容小觑，但要避免"有体无情"。

赵 《文心雕龙·附会》云："必以情志为神明，事义为骨髓，辞采为肌肤，宫商为声气，然后品藻玄黄，摛振金玉，献可替否以裁厥中，斯缀思之恒数也。"辞采宫商是外形的两方面；情志事义，是内质的两方面。世易时移，诗歌翻译中"形"与"质"的问题一直是争论的焦点，张教授如何看待？

张 前面我们谈到时代与诗体的关系，因此也不妨参照当代诗学理论资源。澳门大学龚刚教授的"新性灵主义"诗学倡导以现代汉语写自由诗，不拘格套，不拘束于外在格律与声韵，讲究气韵，注重诗歌内在节奏，强调厚学深悟而天机自达，注入现代人的主体意识和现代诗学理念。诗歌创作如是，译诗也如是。诗体即"形"，因人而异，随时风而变，变是为了存真，真即质，存真还需求变，变无定数，译无定法。

现代诗创作追求自然节奏，讲究气韵胜过音韵，诗歌翻译也不妨提倡自由、开放的风格，不做字词上的刻板对应，不必机械移植原作格律，而要以当代诗人的眼光捕捉诗歌的内在神韵，译诗为诗。傅雷认为，"原文风格之保持，绝非句法结构之抄袭。有些形容词决不能信赖字典，一定要自己抓住意义之后另找。"诗之为诗，包括古典诗词，重点不在韵，而在于诗歌借助于各种包括音韵在内的诗的技巧和手段所传达的诗情、诗意、诗韵。时风变迁，读者审美体验也随之而变，如果旧的诗形不足以传达诗情、诗意，那就要革新，否则就是"有体无情""有形无质"，但是，"形"之革新并非如时代更迭显而易见，我们只有通过大量创作、翻译摸索前行。

赵 张教授之前提到"散文笔法，诗意内容"，这个可以看作是您的译诗风格吗？著名作家、文体家废名谈道："要做新诗，一定要这个诗是诗的内容，而写这个诗的文字要用散文的文字，以往的诗文学，无论旧诗也好，词也罢，乃是散文的内容，而文字是诗的文字。只要有了诗的内容就可以，就可以大胆写我们的新诗，格律，不拘平仄，不拘长短，有什么题目，作什么诗，该怎样做就怎样做。"他还说到西洋诗里的文字同散文里的文字是一个文法。张教授是否受其影响？

张 早年读过废名先生的这本书，当时应该也有触动。"散文笔法，诗意内容"是近年受到洛夫解构唐诗和新诗英译实践的启发，以李白《静夜思》为例，译作自由体，如下：

Missing in the Dead of Night

A moonbeam through the window

is suggestive of frost

on the ground;

upward glancing

at the bright moon

reduces me to

homesickness

soon

以散文读之，译诗只是两个英文句子，断开之后，成为八行。英语的跨行，乃是英诗之所长，有助于造成一种连贯而流动的感觉。除采取自由诗体之外，译诗多有变通："床前"变为"窗前"，"举头"淡化成为"抬望眼"，"低头"则省译，变是为了存真，将原作浓厚的思乡之情传达。美国作家和翻译家艾略特·温伯格认为："一首诗的翻译不会跟原作一模一样，但好的翻译能够在目标语言里唤起一些原作中不存在的东西。这不仅是给原诗带来新生，也是给译文语言的文学带去新鲜的活力。"

译诗又如歌唱。好的歌手要饱含深情，沉浸其中，运用自己的独特唱法，打动听众。诗歌译者要在另一种语言里激活汉语诗歌的字符与活力，才能成为中国诗歌的经典传唱人。这就是我说的"尽心""知性""践行"吧。

赵 张老师如何看待中外译者合译汉语诗歌？

张 翻译如果仅涉及语言层面的转换，中外译者合作似乎不失为良策，但诗歌翻译之魅力在于原作精神、译者风格、创译的完美统一，每一首诗都是译者与诗人无声的交流，中外译者合译很难产生这种默契。事实上，语言层面的困难我们可以通过大量阅读英文原著来克服，林语堂就是很好的榜样。当然，也有中西合璧的翻译伴侣，如杨宪益和戴乃迭，但杨宪益独立翻译部分居多。翻译如同创作。文学史上，两个人合作完成一部名著的情况很少见。《红楼梦》八十回之后的部分是高鹗独立续写，并非共同创作，曹雪芹未能全部完成，多少给我们留下了遗憾。

以史为鉴,诗歌传播新格局
——李少君、马士奎访谈[1]

赵佼　李少君　马士奎

摘要：新诗的诞生,与诗歌译介密切相关,其中媒介起着举足轻重的作用。当代诗歌译介愈发呈现出多元化趋势,但随之必然产生一系列新的问题,诸如新诗草创期。诗歌译介重在引进,那么当前中国新诗的"输出"是否如引进般顺利,与国外诗歌交流过程中是否存在身份焦虑,接受程度如何衡量,"输出"前景如何,译介史会带给我们怎样的启悟等,访谈就以上问题逐次展开。

关键词：诗歌传播；媒介变革；心学；跨界；中国特色；译者身份；贵远贱近；厚今薄古

---

[1] 原载于"中诗网"(http://www.yzs.com/zhgshg/zhongshifanyi/13240.html.)。

李少君（下文简称"李"），1989年毕业于武汉大学新闻系，主要著作有《自然集》《草根集》《神降临的小站》《应该对春天有所表示》等十六部，被誉为"自然诗人"。曾任《天涯》杂志主编、海南省文联副主席，现为中国作家协会《诗刊》主编；一级作家。

马士奎（下文简称"马"），博士，中央民族大学外国语学院教授，主要研究领域：翻译史、文学翻译、典籍英译。

赵佼（下文简称"赵"）《诗刊》于2021年10月开始与短视频平台"快手"合作，推出"快来读诗"活动，有人说这是"诗歌传播的现象级事情"，作为《诗刊》主编，您如何解读这次活动？

李 习近平总书记在中国文联十一大、中国作协十大开幕式上的重要讲话中指出："各种艺术门类互融互通，各种表现形式交叉融合，互联网、大数据、人工智能等催生了文艺形式创新，拓宽了文艺空间……要正确运用新的技术、新的手段，激发创意灵感、丰富文化内涵、表达思想情感，使文艺创作呈现更有内涵、更有潜力的新境界。"习近平总书记多次强调媒体融合发展的重要性。

媒介变革深刻影响诗歌发展，可以说，诗歌革命与媒介变革相伴相生。从中国诗歌史来看，伴随媒介的进步革新，诗歌发展逐步呈现出平民化、草根化，即"走向大众"的总趋势。自殷商至晚清，中国的主导媒介经历了从龟甲兽骨到竹简布帛，再到纸张和印刷术的普及，直到现代印刷革命和出版革命，大规模机械复制时代来临，每一场深刻的媒介变革都极大地提高了诗歌的普及和大众化程度。唐诗之所以能够呈现"布衣文学"的景观，得益于造纸工艺和技术的大发展。到了宋代，印刷术的发展进一步推动了诗歌的传播。如果按照传播学者哈罗德·伊尼斯的说法，传播媒介具有时间或者空间偏向，那么造纸术和印刷术的发展作为深刻影响了中华文明进程的技术革命，极大增强了诗歌在地理空间上的传播扩散，并且逐步打破知识垄断，让诗歌受众更加广泛。

伴随着互联网的普及，在新媒体语境下，BBS、微博、微信和短视频等媒介生成去中心式的传播机制，推动诗歌大众化、平民化和草根化，诗歌由此进入真正的民主化时代。在BBS时代，"天涯社区"通过引入知名诗人发表作品而获得海量关注，不仅重新聚集诗歌群体、诗歌部落，而且诞生了许多草根创作者，为文学创作和传播开辟了新空间。随着"新浪微博"时代的来临，网络短评的形式和碎片化阅读方式让诗歌大规模网络传播成为可能。（书籍翻译相对滞后）

微信时代，是诗歌网络传播大繁荣的时代，微信碎片化、去中心化、强社交性等特性十分适合诗歌的传播。汉语诗歌微信群遍布世界各地，人在海外，心在汉语，其后续影响值得关注。正是在这样的语境下，国内诗歌权威刊物《诗刊》杂志公众号收获了大量粉丝，并且推动了如草根诗人余秀华的诗歌作品大受欢迎，成为现象级传播事件。从造纸术、印刷术到现代出版业,再到网络 BBS、微博、微信,诗歌虽然经历媒介革命,但仍然以文字为载体。

到了视觉文化时代,随着短视频的崛起,诗歌开始以视听为媒介,打破了文字阅读的局限性,《诗刊》杂志和"快手"的合作正是这一媒介转向的突出体现。2021 年中秋和国庆期间,《诗刊》联合"快手"推出"快来读诗"诗歌朗诵活动,得到了众多网友的热烈响应。诗人李元胜、树才、卢文丽、安琪、王单单、刘笑伟、冯娜、王二冬和俄罗斯诗人唐曦兰等积极参与,随后,大量诗歌爱好者、朗诵家热烈参与,在"快手"投放了三千多个朗诵作品。文化名人于丹、戴建业、冯唐等也参与了活动。中秋之夜,中央电视台联播主播海霞、郑丽、康辉、宝晓峰分别连麦了"工地诗人"李小刚、《中国诗词大会》第五季总冠军彭敏、外卖小哥高治晓和乌鲁木齐消防救援支队队长艾迪哈木·马合木提,一起用诗歌遥寄相思。此次活动,总播放量累计超过 1.7 亿!

赵 《诗刊》是国内诗歌的重要阵地,请您谈谈当前语境下,《诗刊》与国际诗坛的交流情况,交流中是否存在身份焦虑?新诗的传播前景如何?

李 其实这几个问题可以一并回答,从《诗刊》创刊时说起吧。记得第一次看到《诗刊》创刊号时很惊讶,一是其阵容强大,毛泽东主席十八首诗首发《诗刊》是轰动性的诗歌事件,这已载入各种诗歌史；二是艾青、冯至、徐迟、闻捷、萧三等人的诗作，重读仿佛回到当时的历史现场。但最令我惊讶的是，《诗刊》创刊号刊登了当时还没有获得诺贝尔文学奖但已有广泛国际声誉的聂鲁达的两首诗《国际纵队来到马德里》《在我的祖国是春天》，翻译者分别是袁水拍和戈宝权。另外，仿佛是与诗歌格局配套，评论既发了张光年的《论郭沫若早期的诗》，也发了吴伯箫的《记海涅学术会议》，国内国际一视同仁。这些，都可见《诗刊》一创刊就显示了开放性和国际视野。

因为好奇，我随即查阅了接下来的《诗刊》，希克梅特、阿拉贡等人的诗作也赫然在册，由罗大冈等人翻译。当时，这些人都处于诗歌创作黄金期。《诗刊》复刊后，继续刊登在世的世界各地的诗人诗作，1979年9月号刊登了荒芜翻译的盖瑞·司纳德的诗作。盖瑞·司纳德现在一般译为加里·斯耐德，是美国自然诗歌的代表诗人，当时翻译的诗作选自其刚出版的诗集《海龟岛》，并且前面还附了一个简短的《译者前记》，介绍了司纳德的生活经历和生态思想。可以说，《诗刊》一直和世界诗歌保持同步。如果说《诗刊》是国内诗歌界的一个风向标的话，国内诗人同国际诗人的交流是积极的、敞开式的，身份焦虑在现实场域中并不明显。

不过，新诗与翻译的关系密切，众所周知。我想这也是你为什么会提出"身份焦虑"这个问题的原因吧。确实，新诗从一开始就受到来自翻译的影响，甚至可以极端地说，没有翻译就没有新诗。新诗革命一开始只是观念革命，理论先行，并没有具体实践，所以胡适才尝试着写作《白话诗八首》，刊于《新青年》1917

年第2卷第6号上,没想到引起轰动,一鸣惊人,但其文本粗糙,也饱受批评。不过,新诗革命还是拉开了序幕。胡适白话创作的真正成功之作,是1919年他用白话翻译的美国女诗人蒂斯代尔的诗作《关不住了》,刊登于《新青年》1919年第6卷第3号,被众诗友高度赞赏,其效果之好,以至胡适自己一直把这首翻译诗称为中国新诗的"新纪元",觉得自己的新诗理论和创作实践都有了范本和方向。

朦胧诗也是从翻译诗开始的,翻译家也一度被称为那个时代的文学英雄。马原、王小波等人甚至认为他们创造了另外一种文学史。进入21世纪以后,翻译对中国文学和诗歌创作的作用和影响力有所减弱,中国当代文学本身成为世界文学中最有活力和创造力的部分。在此之前,中国诗歌一直说要走向世界,其实,我们就在这世界之中,关键是我们如何看待世界与我们自己。

2014年,我到《诗刊》工作后,负责编务,慢慢发现了一些问题,比如"国际诗坛"栏目,喜欢刊登经典诗歌译作,原因是经典诗歌更少争议。我认为,《诗刊》同时也应该关注世界各地那些正活跃着的诗人,而《诗刊》要想取得国际声誉,不妨通过发表世界各地诗人的诗作,将《诗刊》影响力辐射到世界各地。而且,随着其中一些诗人诗作经典地位的逐步奠定,《诗刊》也就能获得国际性诗歌大刊的历史地位。

2017年,我们实现了愿望,智利诗人尼卡诺尔·帕拉、加拿大诗人洛尔娜·克罗齐、瑞士诗人菲利普·雅格泰、美国诗人比利科·林斯等各国代表性诗人的最新诗作,迅速出现在《诗刊》

上。2017年度诗刊首个"国际诗坛诗人奖"获得者是加拿大女诗人洛尔娜·克罗齐，她被誉为当代加拿大诗歌的标志性人物之一；2018年度"国际诗坛诗人奖"则奖给了西班牙的胡安·卡洛斯·梅斯特雷，在本土和拉美世界拥有相当的影响力、号召力，还曾多次到中国。颁奖时，西班牙驻华教育官郝邵文专程陪同梅斯特雷到会并致辞感谢。就这样，《诗刊》的"国际诗坛"栏目真正引起了国际关注，参与到了世界诗歌的共同建设与创造之中。

2018年，《诗刊》顺应网络全球化进程，推动当代新诗参与世界诗歌的共同发展。《诗刊》官网"中国诗歌网"与美国华盛顿同道出版社（Path sharers Books，出版有季刊 21st Century Chinese Poetry）签订协议，合作开展汉诗英译活动。"中国诗歌网"设置专栏"汉诗英译"，由美国同道出版社组织翻译，将《诗刊》与"中国诗歌网"的优秀诗歌及时翻译成英文，每天推出一首。"中国诗歌网"推出后，同步发表于"美国诗歌"网。到目前为止，已有近千首诗歌被翻译成英文。通过网络，中国当代新诗真正做到了与世界同步。在关于这次合作的声明中，有这样一句话："一百年来，汉语新诗的发展与外国诗歌及其翻译的影响密不可分，但双方的互动也始终存在不对等的问题。随着中国当代文学的崛起，当代汉语诗歌期待在更广阔的语境中发声，同世界文学达成愈加丰富的交流与对话。"我认为，交流与对话，才是诗歌共同建设、共同创造、共同发展之路。

赵 说到交流与传播，自然绕不开诗歌翻译。有一种说法认为诗歌不可译,您刚才提到《诗刊》官网"中国诗歌网"与美国同道出版社合作开展"汉诗英译"项目,您认为诗歌可以译吗?诗歌由谁来译更合适?

李 我认为诗歌是一种心学,古代诗学多有阐述。诗歌源于心灵的觉醒,由己及人,由己及物,认识天地万物。个人通过修身养性不断升华,最终自我超越达到更高的境界。诗歌的起源,本身就有公共性和群体性。中国古代诗人喜欢诗歌唱和与雅集。诗歌本身就有交往功能、沟通功能和公共功能,可以起到问候、安慰、分享的作用。古人写诗,特别喜欢写赠给某某,这样的诗歌里暗含着阅读对象,也因此,这样的诗歌就不可能是完全自我的,是必然包含着他者与公共性的。中国诗歌有个"知音"传统,说的就是即使只有极少数读者,诗歌也从来不是纯粹个人的事情,诗歌永远是寻求理解分享的。从这个层面讲,诗歌本身是应该具备交流分享以及翻译潜质的,所以,诗歌可以译。

以心传心,人与人之间的心灵是可以感应、沟通的。人同此心,心同此理,心通万物,心让人能够了解世界。天人感应,整个世界被认为是一个感应系统,感情共通系统。在中国古典文学和诗歌中,"情之一字,所以维持世界",宇宙是"有情天地,生生不已"。天地、人间、万物都是有情的,所谓"万象为宾客""侣鱼虾而友麋鹿""好鸟枝头亦朋友"等等。可见,诗情同样可以传递,人们常说好诗难以翻译,其实不然。比如"寂静"的感觉,人皆有之,诗人与译者也可以有共同的交流基础。当然,世界各民族的语言之美是很难翻译的，比如音律，比如氛围。所以有人说，能翻译的是意，难以翻译的是美。无论从意的角度还是美的角度，海外译者和国内译者所面临的难题都是一样的。对于海外译者而言，他们受语言环境浸染，在语言与传播方面占有优势；对国内译者而言，在汉语诗歌理解上占一定优势，但也不是绝对的，这也是我们汉译英项目选择中外译者合作的原因之一。

赵 "诗歌是一种心学"，这个观点对诗歌翻译很有启发，其中的深奥有待进一步探索。就传播力而言，从传统纸刊到云传播，从与国外网站合作到与短视频平台联手，您认为云传播具有哪些优势？

李 从诗歌发展史、媒介发展史来看，诗歌传播渠道理应多样化。诗歌云传播具有广阔的前景，将各种传播的限制降到更低，更加能够走近大众，被越来越多读者接受，这也是我提出诗歌"草根化"的原因之一。此外，某种程度上，云传播还可以弥补单纯文字翻译所不及之处。2019年，《诗刊》社联合安徽广播电视台推出大型文化诗歌类节目《诗·中国·第一季》，自2019年10月13日起在安徽卫视每周日晚黄金时段播出，获得业界广泛赞誉。节目精选大众耳熟能详的古今诗歌经典，综合运用朗诵、访谈、纪录片等多种形式，讲述一首诗的前世今生，挖掘诗歌背后不为人知的文化内涵。继"第一季"取得成功后，2020年，安徽卫视继续与《诗刊》社合作，联合出品《诗·中国·第二季》，于3月

14日起每周日在安徽卫视播出。这为我们今后国际诗歌交流提供了新思路，语言文字翻译带来的局限有望进一步克服。

《诗刊》一直都在不断开拓诗歌传播新渠道、新方式，力争破圈跨界，打开诗意的新通道。2020年以来，《诗刊》推出多场云端诗歌活动、阅读分享会、朗诵会等。2021年9月12日下午，《第37届青春诗会诗丛》首发式暨诗歌故事纪录片《青春之诗》启动仪式在北京举办，开启了以电影形式讲述青年诗人故事的序幕，这是诗歌跨界的又一举措。纸刊与网络媒体多方联动，推动了诗歌的创造性转化和发展，生成新的文化因子。诗歌将不再停留在纸面上，而成为"动"起来的文化形象，我们期待开创新时期诗歌国际交流与传播的新格局。

赵 从译史角度，马老师如何看待（诗歌）对外翻译行为？这种行为是否属于"中国特色"？

马 从母语译入外语的行为，实际上在世界范围内普遍存在，很多国家都有促进文学对外传播和翻译的举措，但真正成规模地主动译出本国文学作品的现象较为罕见。我国当下在文学译出方面投入远超绝大多数国家，因此将这种翻译现象视为"中国特色"也不为过。

中国是世界上少数拥有对外文学翻译传统的国家之一，自晚清起，陆续将包括诗歌在内的大量文学作品译入英语等语言。有些外译作品曾经产生一定影响，部分译作还被收入国外教材，但总体而言，接受效果明显低于预期，我们的慷慨"赠与"远没有获得目的语文化同样积极的反应。文学作品走出去包括以下层次：走进外语—走出国门—走进国外图书馆资料室—走进小众群体—走进大众群体。应该说，我们的外译文学作品中，真正走进外国读者群体，尤其是英语世界大众群体的少之又少。当然，接受效果不能作为唯一评判标准，这种主动送出文学的行为在相当长的时间内有其积极意义和存在的必要性。

我认为可以用以下几句话评价对外文学翻译的现状：政府的重视、译家的自信、域外的冷遇、国外汉学家的恶评、研究的升温、评价标准的模糊和评价主体的错位。一个比较突出的现象是，我们的译者，尤其是一些古典诗词的译者常常自信满满，对自己译诗中的妙处津津乐道，但这种妙处有时能否为目的语受众感知，尚存较大疑问。另外，由于国外对我们的译出作品往往缺乏关注，现有的评价大多来自国内学界，这种脱离目的语环境的评价，客观性和可靠性也存在一定疑问。

赵 译史上是否有比较成功的诗歌外译案例，译者身份构成情况如何？

马 诗歌有别于其他文学形式，相较而言，不可译因素更多，或者说翻译过程中的损失更多，尤其是中国古典诗词译成英语等语言后，往往减色不少。这几乎是不可避免的现象。纵观中国文学外译历史，可以说，清末和民国时期的外译作品接受情况优于

1949年以后的译作，尤其早期旅法人士的法译作品，包括曾仲鸣、梁宗岱和罗大冈等人的法译中国诗歌，在法国各界，尤其是文学领域产生了积极影响。如瓦雷里即通过梁宗岱法译的《陶潜诗选》，认识到中国古人的"勇气、耐性、朴素、纯洁与渊博"等品质，感受到"中国民族是，或曾经是，最富于文学天性的民族"，并且预感"中国会在世界的发展进程中发挥极其重要的作用"。罗曼·罗兰读了译诗后，更为中法两国之间显现出的"姻亲关系"和心灵上的"酷肖之处"而感到惊喜。

英译中国诗歌中，1932年由美国芝加哥大学出版社出版的《唐诗英韵》（*Chinese Poetry in English Rhymes*）是第一部由中国本土学者独立完成的英译中国诗集，所收译诗虽因显得呆板而受到批评，但译作完成过程和译作本身都很有特点，也曾产生一定影响。译者蔡廷干是晚清和北洋时期政治、军事和外交界显赫一时的人物。鲜为人知的是，他在学术研究领域也有开拓性贡献，而且也是对外译介中国古典诗歌的先驱者之一，我国古代蒙学经典《千家诗》首个英译本即出自他手。为保证译稿质量，蔡廷干在翻译过程中曾向众多中外人士求教。因其特殊背景和经历，蔡氏与许多在华外国各界人士建立了友谊。除燕京大学校长司徒雷登、时任燕大生物系主任C. S. Wu教授之外，蔡廷干在《译序》中还向另外七人致谢；其中，曾完成《中庸》《论语》等中国典籍英译的英国汉学家、时任中国海关官员赖发洛，美国圣公会传教士郝路义，供职于《京津泰晤士报》的英国记者伍德海，上海《字林西报》（*North China Daily News*）经理戴维斯，英国学者蒋景德以及美国驻大连领事兰登等外籍人士均曾对译诗语言进行润色,或者指出译诗存在的错误。

晚清和民国时期的许多译者,背景多样,身份多重,阅历丰富,尤其早期留洋人员还主动融入当地社会,与当地文学和学术名流往来密切,熟悉目的语社会的诗学特征、学术规范、出版体例和读者的审美情趣及接受习惯,如梁宗岱与法国象征派诗歌大师保尔·瓦雷里结成异国忘年之交,"得常常追随(瓦雷里)左右,瞻其风采,聆其清音"。他和法国文豪罗曼·罗兰也结下了深厚的友谊,认为罗曼·罗兰"在精神和道德方面"曾给自己"不可磨灭的影响"。这种经历在当今不易复制,但理念值得借鉴。对比来看,当今以外语教育界和涉外机构从业人员为主体的翻译队伍欠缺不仅体现在语言,还包括知识结构和阅历单一,自身文学素养欠缺,对目的语文学规范的认知明显不足。

赵 马老师如何看待海外华人译者的传播力量?

马 从事中国文学外译者包括中国本土学者、国外学者、海外华人学者,也有相当多的译作是中外学者合作完成的。不同群体的资质和从事中国文学翻译的优劣之处显而易见。看上去,海外华人学者可以避免中国本土译者和国外学者的劣势,但实际上,他们的英文创作往往远比英译中国文学作品更受欢迎。在翻译主体方面,一味纠结译者身份,尤其是译者国籍没有太大的实际意义,重要的是看其生活阅历、语言背景、文学素养、个人兴趣和翻译能力等条件。

晚清和民国时期旅法学人对中国文学的译介经验不无借鉴价值。他们大都具备良好的文化修养和突出的创作能力，留法时间普遍较长，不仅外语水平达到相当程度，还熟悉目的语社会的诗学特征、学术规范、出版体例和读者的阅读情趣及接受习惯。他们普遍注重副文本手段的运用，尤其是一些作品附有法国知名人士的序言以及致法国本土人士的献词等，一定程度上可以拉近与读者的距离，减少外来作品的陌生感，降低读者的理解成本。另外，作品多由法国主流出版机构出版，相对比较容易汇入目的语国家的文学系统，而且当地文化界知名人士在报刊上的正面评价对作品的接受也是一个巨大的促进。同时，他们身居海外，洞悉法国译者介绍中国文学时的盲点和死角（尤其是对中国现代文学的忽视），也便于学习过往法国译者的经验，有助于提高作品的传播效果，其贡献是法国本土译者无法完全取代的，甚至可以起到补充和匡正作用。总体而言，这些学者没有留下太多翻译理论，有些人曾在著译序言中谈及自己的体会，可以看出其选题原则和翻译理念不尽相同，但他们在译介中国文学和传播中国文化方面的经验在今天仍然可以给人启迪。

赵 您认为文学外译中有哪些经验举措可供我们学习借鉴？

马 说到文学外译，我们不得不提到2007年出版的《译出与否——PEN/IRL国际文学翻译形势报告》（下称《报告》），虽然有些久远,但仍然具有重要的参考价值。首先,《报告》说明世界各国都有被外界了解和理解的愿望,非英语国家对全球化过程中的文化屏障,即伊利·格鲁沙所言"交流之痛"(the pain of communication)有着同样深切的感受,面对文化和文学"走出去"这一难题表现出同样的焦虑,所反映出的译者的困境也带有一定的共性,各国的应对措施则同中有异。

其次,这份《报告》以相当篇幅介绍了非英语国家推动作品外译的措施。倘若没有源语国家资助,出版机构特别是英美重要出版社通常不愿意出版源自其他语言的作品。政府介入文学外译最常见的手段是通过专门机构为相关出版社直接提供资助,或者为本国作品的译出营造条件。如加泰罗尼亚的拉曼·鲁尔研究院在2003年至2007年间为250余本图书的外译提供资助;成立于1991年的"荷语文学创作和翻译基金会"(Foundation for the Production and Translation of Dutch Literature)常年为出版荷语文学译作的国外出版机构提供资助,符合条件的作品可以获得70%的翻译费用支持;法国政府向来高度重视在世界各地特别是美国推广法国文学,法国国际出版总署(BIEF)早在1873年即告成立,得到法国文化与交流部及外交部的支持;性质类似的机构还有创建于1963年的"柏林文学论坛"(LCB)、法国国家图书中心(CNL)、爱尔兰图书交流公司、波兰图书协会、芬兰文学信息中心和韩国文学翻译院等。一些较大的欧洲国家还在国外设立中心或办事机构,并且组织开展丰富多彩的活动,以加强与所在国出版界的交流,扩大本国文化和文学的影响。

此外，《报告》还体现了各国促进文学外译的其他具体措施。不少国家充分发挥互联网的作用，或者创办英文杂志，及时向外界介绍本国文学出版动态和作品翻译情况等，如比利时政府在网上提供弗莱芒语文学作品的详尽数据，并且明确公布资助翻译的条件和计划；斯洛文尼亚也在互联网上列出了外译本国作品的详细目录；荷、德、法等国的相关网站不仅信息量大，而且内容更新及时；在伦敦出版的英文杂志《德语新书目》(*New Books in German*)全球发行，每期印数3000册；荷兰也每年两次用英语出版荷兰非小说作品和儿童文学作品书目。各国经验还表明，在当今国际环境下，单靠作家和出版商的努力难以真正达到文学走出去的目标，文学经纪人或中介机构的作用不可小觑。同时，《报告》还指出，译作的出版并不意味着大功告成，还需要借助目的语国家文学评论家和报刊的力量，为作品进入其文学系统铺平道路。各国采取的措施还包括出资邀请国外作家、翻译家和出版商来访，资助本国作家出访、参加国际文学节，或者在国外举办文学活动，而法兰克福和伦敦等地举行的有影响的国际图书展也是推广文学的良好契机。

赵 具体到当前文学外译现状，马老师认为我们应该如何拓宽传播渠道？

马 近年来，我国采取了一系列推动文学外译的举措，成绩显著，同时困难和问题也不断显现出来。就翻译出版而言，长期以来，在译前、译中和译后环节均存在一些不足，因此，条件具备时，争取使更多的译作进入欧美主流出版社，如20世纪30年代，初大告的英译本《中华隽词》和蔡廷干的《唐诗英韵》均由英美重要出版社推出，并且请国外知名学者作序，译作出版后不久即获得较好的反响。其次，进一步吸引国外学者参与中国作品的译介，除部分项目对国外招标外，积极尝试国内作家、学者与国外译者的合作，在寻求合作时不必局限于欧美国家，应充分考虑其他国家和地区学者对中国文化的兴趣。如印度作家、诗人维克拉姆·塞斯，他所翻译的李白、杜甫和王维三位中国古典诗人的作品在1992年出版后曾引起广泛关注。另外，在译材选择方面，由于古典诗词译本较多，宜酌情多译介现当代作品。随着中西文化交流的发展，文化需求方面渐渐由"贵远贱近"转为"厚今薄古"，新作的译出也有助于西人认识中国社会的变化。

赵 "述往以为来者师也"，史为"鉴"而非"限"，因此才有了当下的"新格局"。媒介技术的广阔前景为当下诗歌创作与传播注入了无穷活力，中西文化交流需求则呈现"厚今薄古"之势。如果说历史与未来使当代人的生存空间得以延伸，那么聚焦当下之"新"则赋予我们栖息大地、仰望星空的自由，再次感谢李主编与马老师对中诗翻译栏目的大力支持。

译诗及其他
——范静哗访谈[①]

赵佼　范静哗

摘要:"所有的文人相轻都不如译人相轻严重。译人相轻是应该的,不然就没有新译本了,不过与此并列的应该是译者的自知之明。"无论中国新诗还是外国诗,都有"难懂"的诗歌,究竟难在何处,其可译性有多大,译介"难懂"的诗歌对新诗创作有什么影响,这些都是诗歌译介中不容忽视的问题。此外,延续上一篇有关诗歌传播的访谈,本篇还以不同的视角关注在当代数字媒体盛行的语境中,"经典"的内涵以及诞生的条件是否发生了衍变。

关键词:经典;译诗;衍变

[①] 原文《哦,你的诗被译成了外语啦?——得一忘二访谈录》载于"中诗网"(http://www.yzs.com/zhgshg/zhongshifanyi/12387.html)。

范静哗(笔名"得一忘二",下文简称"范"),诗人,译者,1965年生于江苏,毕业于北京师范大学、新加坡国立大学,以中英文写诗,著有诗集以及诗歌与学术理论译作多部。目前定居新加坡,从事教学研究工作。

赵佼(下文简称"赵") 您认为中国古诗好译还是当代诗好译?

范 古诗译成当代汉语诗,你觉得好不好?好和不好的依据是什么? 除了格律,失去的是什么? 那么,在此基础上谈古诗英译,显然,格律不可能译,一种语言的格律是基于语言自身特质的,因此古典汉语诗的格律不可能套进英语格律,语言的音乐性自有系统。如果硬要把两套格律系统互通,就是做作,所以如果哪个译人说自己是古典汉诗英译大师,也就是自嗨加骗外行,据我所知,我们的那种译文在西方没有人读。

于是,我们只能从翻译中的语感转换角度谈,也就是,古典汉诗与现代英语之间是否有语感转换的可能,如何把古诗中被感知为诗的那种东西表现出来。这需要现代英语诗人做。英语并非我们的母语,因此其中几乎没有能够做的,甚至在英美大学教书的绝大部分人也做不了,因为他们可能是学者,可能写出很好的学术论文,但不是诗人,甚至不是写文学作品的人,所以你不能指望他们翻译出文学的质地。

赵 当代汉语诗英译之难究竟难在哪里?

范　就你在国内能够看到的，无论是国内哪家杂志上的，还是充斥在网络上的，我敢说基本上没合格的，85%不忍卒读；包括我的英译，都还不能成为像样的英语诗。所以绝大多数英译汉的著名译者们都不敢做汉译英，也算是有自知之明，免得译出来露怯啊。倒是那些连英译汉都做不好的人，到处译到处贴汉诗英译，绝对的无知无畏。即便我直接写的英语诗可以发表在英美诗刊上，也不能表示我的汉译英能够达到发表水平。因为汉译英要照顾汉语原作，就算原作达到发表水平，英译的汉语诗还需要英文眼光的认可；而翻译要靠向原文，这就不可能完全英语化。再说，诗人大多护短，觉得自己的诗已经完美，每个字都有各种潜在意义，不能更动，各种含义不能损失。（这就像我们对中国古诗的护短，一看到外语翻译的中国古诗，就觉得"那是什么玩意啊"，但他们不想想自己有能力用外语读诗吗？）说到底，是自己不懂外语，但又对译者不信任，总觉得自己的好是别的语言传达不了的。（当然，译者是否值得信任很关键，译者的自知之明最重要，但当前太多译者缺这个。）如果说，一个诗人可以忍受在母语中的各种误读（声称"诗无达诂"），为什么不能容许外语误读，甚或错位地接受呢？对于汉诗英译，应该容忍的是译错，哪怕有理解不充分甚至错误之处，而不能容忍的应该是没有英语语感的译文，非当下英语的表达，以及英语语言关都没过就敢说是诗歌语言破格的翻译。

我总是说，所有的文人相轻都不如译者相轻那么严重。从某个层面来说，译人相轻是应该的，否则一个人翻译了，就再也不会有新译本了。译人只有相轻才能进步。但是，与这句话并列的是，译者首要的素养是有自知之明。很多译者欠缺自知之明，尤其是不少诗人译者，自以为是诗人，就膨胀得以为可以将自己所谓的诗人创造力覆盖到翻译上，导致自己胡乱"发挥"，还声称翻译是创造。拜托，翻译首先是努力再现原文中的各种可能，而各种可能的"译本"就是语言文字的最基本意思，这是实实在在的语言能力；翻译需要创造，但这种创造，并不是找不到译入语中的对等，或是没吃透原文，就自己乱造。

赵 也对，这正是它的价值所在。您所说的"乱造"是否也影响到新诗创作呢？

范 是的，乱造也会有意想不到的结果（包括误读），这是文化交流中另一个方面的现象或问题。但乱造不是翻译。一个时代流传最广的外国文学作品经常是那个时代母语中的二流或偏上一点的作品，但不太会是一流的，因为一流作品在母语中也不可能是流行的嘛。越是一流作品越可能对母语本身造成颠覆，那本身就难以按其实际或可能效果再现于另一种语言。如果一流原作经过二流译者给三流读者阅读，你觉得一流作品还是一流的吗？

赵 一流的作品有可能是超越当时语境的，尽管在当时语境中流行度不高。

范 对呀，所以一流作家不太可能通过读译本来提高自己，尤其是语言方面。

赵 有种看法，认为有的新诗过于艰涩难懂，是受到欧美诗歌翻译体的影响。欧美诗歌是否必然艰涩难懂，还是当初英译汉没有达到"妙合"之境造成的？

范 所有诗歌在其母语系统中都有好懂和不好懂的，汉语当代诗也一样。你喜欢读好懂的还是不好懂的呢？好懂的，我们站在现在的位置上，可以说徐志摩、贺敬之、汪国真、席慕蓉，当代口语诗都是好懂的，朦胧诗现在也很好懂。那么，如果你是外语读者，你愿意读译成你母语的这些诗吗？它们能够给你带来什么，是你从母语中好读的诗中得不到的吗？那些诗翻译出来，能够比你母语中类似的诗更好更值得读吗？所以，翻译诗本身就已经选择一种不一样，这种不一样自然就有阅读难度，这些诗大多数在母语中就有阅读难度。我们选择值得翻译的诗，就已经可能是不好懂的（当然，有些诗不是因为不好懂才翻译，而是因为主题上的差异）。

从某种意义上来说，如果译诗特别好懂，我相信更多时候其实是把原作扁平化了。（这个扁平化的问题我前两年在西南交大的一个国际会议上专门讲过。）无论编辑还是读者，都会以流畅的译入语来衡量翻译，这就是彻底的外行评论。诗歌，如果不对语言造成冲击，就很难称之为大师诗歌。大多数诗人都追求对于语言的创新，那么我们翻译的诗歌怎么会首先是流畅的？然而，编辑们一定要你流畅自然可读,这很可笑吧?对于普通读者评论翻译诗歌,很多时候我是不以为意的;普通读者,包括面向读者市场的编辑,很多并没理解诗歌翻译的实质。当然,普通读者就是一个市场,市场是需要迎合的。迎合即扁平。不懂原文的人能够评价翻译吗,有多大的可信度呢?当然,我说的译者都是指严肃的、负责的、有自知之明的、对语言抱有很高敬畏感的译者。

赵 这让我想到了对策兰的各种"解读"与翻译,策兰的诗是否也正如很多译本那样"不知所云"。

范 我一直对翻译几个人的诗敬而远之,时时读,奉若神明。策兰就是其中之一。我几乎没有译过,但我读多种英文版。策兰要求一种新语言,不是我们习惯的汉语所能翻译的,我们也要被策兰培养去阅读策兰,那么谁或者什么才能培养我们阅读策兰?这就像是一个循环论证或悖论,策兰必须通过策兰才可以理解,而我们的语言中没有策兰,我们如何理解他?

赵 得一,您认为咱们的语言里没有策兰,那情感呢?

范 我们总说人类情感是普遍的、共通的,但是个体的情感是独特的、有质地的,而我们更多时候太容易泛化、类比。事实是,你的任何痛苦,我都不可能与你感同身受,所有痛苦中的人都是不可安慰的,唯一能做的不过是拥抱,让人有一种在场感;而这种在场感没有了,也就是人身体的不在、人性(作为大活人的那种特性)的缺失。这是很恐怖的,我们害怕死亡就是害怕这种缺失,一种是人不在了,一种是自己无感知了。人恐惧于无法感知。每个个体的感受,别人是无法在场的;这很绝望。策兰有妻子,有好友,但他还是绝望到自杀。我要说一句比较绝对的话,时至今日,当代汉语中,还没有谁的语言修养刚好也配上苦难修养,能够翻译策兰。

赵 您前面说到"一流作家不太可能通过读译本来提高自己",但翻译也促成了新诗,某种程度上加速了旧诗的分解,这似乎是一个公认的事实。

范 这没错,因为当时中国的翻译直接使用了一种新语言,不仅是语法表达系统不同,而且审美传统也不同。最初,我们也有用古典格律诗歌翻译外国诗,但削足适履,无法行走。

赵 不过,当时做翻译的多半也是诗人,翻译的影响就更明显。

范 因为那些诗人本身的创作就已经在重建汉语。我们的汉语有断裂,西方大多数语言没有这种断裂。

赵 诗意的内涵会不会因为这种断裂更丰富?

范 会。然而，当代汉诗对于古典诗意的继承还是不够的，我想主要是我们还没有发现如何在当代汉诗中发扬那种诗意。

赵 前面说到翻译也促成了新诗，这还让我想到庞德与"意象派"的诞生。

范 庞德通过中国古诗创造了意象派，那首先是一套语言表达方式的转换。汉语节奏其实被他抛弃了，他并没有将英语诗歌节奏融入他的翻译。如果对意象派诗歌很敏感，就会发现他们也在英语中创造了一种新的语言节奏。而我们也必须看到，意象派诗歌本身并没有产出重量级作品，这主要是因为意象派诗歌的意义在于一种手法或者观念，凸显了诗歌的具象性；但意象是汉语的优势。

赵 接着前一个问题，古诗营造的诗意和当代诗还是不同的。自然山水对古代诗人的意义和对当代诗人的意义是否不同？

范 当然不同。对于古人来说，古代是真的山水、真的生活、真的性情，而对现代人，最多是"难得一日闲"的伪性情。如果连性情感受都需要端着装出来，那性情就不是那个人的本质，仅仅是一响贪欢的小感受而已。

赵 何以见得古人是真的？因为庄子有《逍遥游》？当代的生

态诗歌或者自然诗歌内涵是什么？有些诗歌里是见着"自然"之物了，却不见"自然"之心。

范　一个人的审美与生命意识是如何构建的呢？那时的山水是自然，现代生活却由虚拟与水泥堆砌，山水还能直接作用于人的生命意识和感受吗？那时候，人生在其中，活在其中，而现代人面对山水时感到的生命意识，恐怕只剩下怀旧是真实的：面对山水我们感受到的是逝去的山水。爬山，不能直面感受到山对自己生命的构成，而是感到我们生命中一直没有山。就像是没有神的时代，现代诗人如何呼唤神明。这个话题有点神神在在，但需要静下心来想。

赵　像失去故园的感觉……

范　对，我们现代见到山水，更多的是失去故乡的感觉。

赵　如果还像古代那样抒情，反而会不真实。

范　是，我们现代人只有失落是最真切的，但是失落毕竟是负能量，不能多写。但当代人写山水，如果还写徜徉山水的满足感，其实是伪古代诗。

赵　因此，失落反而可以激起共鸣。

关于经典
——范静哗访谈[①]

赵佼　范静哗

摘要：伽达默尔阐释"经典是不受人世沧桑和趣味变换之影响的作品；经典是立即让人心动的作品……称一部作品为经典，大多是因为我们感受到了它的恒常性，它那不朽的含义，它超越了一切时空坐标，常在常新……归根结底，所谓经典，绝不是关于某一逝去之物的声明，也不是关于某一待阐释之物的证据；相反，所谓经典，就是一本在任何时候都有意义的书，读者翻开它就会感到是为自己而写"。所谓"经典"，无疑是超时的，不过超时性也是一种历史的存在模式。在当代，经典的内涵是否发生了改变？我们是否可以见证经典的诞生？

关键词：经典；经典的内涵；经典化

[①] 原文《与喜欢的人一起读·读一朵花·栏目导语》载于"中诗网"（http://www.yzs.com/zhgshg/zhongshifanyi/17011.html）。

赵佼（下文简称"赵"） "与喜欢的人一起读"是之前做的一个栏目，题目很安静，安静读诗是一种很美的生命状态。读经典是自然而然。说到经典，总离不开时间这把标尺，然而媒介发展迅速，时间似乎也不再是"从前慢"的样子，那么"经典"是否会有不同于以往的含义？我们可以有"经典的"当代诗吗？或者在当代诗的经典化的过程中，我们如何可以成为一位有效的见证者？

范静哗（下文简称"范"） 经典，要经得住时间的考验，时间是一个非常重要的检验标准；另一个是经典多出自水平稳定的诗人，这是一个概率问题。

赵 经典的产生都有哪些因素呢？

范 天时、地利、人和。天时：诗人主题关注（天下，世界性，人性，是否对天下、对人类具有永恒的呼唤）；地利：接地性（文化特色，语言特性的发挥，在诗歌技艺中的体现）；人和：被阅读、被评价，纵向阅读（诗歌史上的进步性）、横向阅读（与同代本族与外国人比）。

赵 天时，关乎诗人的眼界和胸怀；地利，关乎诗艺；人和，似乎一言难尽。

范　人和,是社会诗歌语境和批评生态,这也是一个不断建设、不断完善的过程。主要包括两方面内容:一方面是理论建构为核心的诗学批评,一方面以评价导读为核心的书评、诗评分别面对不同的读者需求。

赵　生态批评很重要,生态的完善还有很长的路要走,而且每个阶段也有不同瓶颈需要克服。

范　一是诗学理论创新力不足,二是缺乏客观性,也就是诗评太功利。

赵　诗评很多是评名人,名人是谁评出来的呢?媒介炒作?

范　缺少原创力和判断力的诗评和诗歌奖才会只盯着"著名诗人",真正的诗歌批评要有发现"优秀诗人"的雄心和能力。所谓"名人"在被"发现"、被"认可"之前也没什么人知道,只是他们被"发现"之后越写越好,并获得更高的奖,从而获得更普遍的认可,也在实践上佐证了发现者和诗歌批评的意义。诗歌批评和诗歌奖可以专注于某个方面,因此设置一些小圈子奖完全可以,只要规则明确,就没问题。例如,我只给口语诗颁奖,我颁发的是生态文学奖,我只在乎诗歌形式的创新等等,这样,各种文学都可以有一席之地。这也应该是生态的应有之义。

赵 说到"奖",难免又绕回近来备受关注的一个话题,"诗歌体制"问题。

范 体制之所以那么强大,就在于太多人在乎,不管是反对还是拥护,这样永远没有破解。
　为什么不可以只做自己,只在乎诗歌呢!谈历史,谈体制,越在诗歌之外,在诗本身之外费力,你越没有诗歌。谈绝境,走不出绝境,因为已经预设好了绝境。

赵 预设,本身就是偏见,也是我们认知上的障碍。不过,诗歌"之外"果真没有诗歌吗?是不是也要打个问号?

范 认知就是不断破除"我执"的过程,不小心就会陷入沼泽。就诗歌而言,就该琢磨怎么写好,就是要思考、实践、坚持。大诗人都是独特的,不是迎合的,大诗人需要时间让人们越来越接近。多少大诗人都得独孤一生,身后多少年还难以被认识。

赵 传播媒介越来越多,各种角度、各种观点(当代很多所谓的观点,不过是没有纵深的一点之见,意见而已),在这种喧哗声中,当代诗歌最经典的特征会不会是没有经典呢?

范 我们要坚信任何时代都有好诗。但当代诗的经典化肯定是一个大浪淘沙的过程,还需要我们慢慢去发现,我们所要做的是坚持不离开现场,做一个实实在在的写诗人、读诗人。

赵　在读诗的路上继续努力。得一兄的"读译写诗"是个宝藏,一个很有态度的公众号。期待得一持续更新,不断有新作。

范　谢谢,努力中。

下篇 以诗为诗

诗,究竟是什么?还是一言难尽,但不妨试着回答。诗,是万物之间深刻的倾听与对话;是由混沌而生的悖论之间寻求妙合的过程;是巴别塔之后,中学西学,心理攸同;是大雪中纷飞的火焰;是永远的"哲性乡愁";更是升起在天地人伦与生命审美之间,历经"豹变"的性灵之歌。

从诗出发,终究返还到诗。"妙合论"植根于诗,不断朝向他者理论对话,朝向自身对话,径自实现一种完满自足之境;这一刻,成为诗,自然包蕴了生命勃发、再次前行的力量。理论凭何而生,又另当何为,已不言而喻。

"新性灵"主义诗学的"常"与"变"
——因《唐诗解构》而思①

近日,王东东、一行、张伟栋、冯强、张光昕、颜炼军等多位老师发起的话题"当代诗歌的困境与危机"以及"如何想象一种未来诗学"引发了不少关注。历史之"困境"与当下之"危机"让我们充满对"未来"的期盼,这其实反映出沉重的话语焦虑,既源自对外在语境的焦虑,也出于对真实抒写的焦虑;既指涉西方诗学资源的影响焦虑,也流露出对传统诗学无法创造性转化的焦虑。多重影响的叠加,使诗人越来越成为游离的"他者",游离在诗之外而辗转于话语焦虑之中。焦虑是症候,关注焦虑困境乃批评职责,正视问题并积极探求解决方法同样是批评不可推卸的责任。一行老师借用德里达的《绝境》开题,论证大胆深入,产生了很多共鸣。下文同样从德里达获取灵感,聚焦当代"新性灵诗学",引用诗人洛夫《唐诗解构》中的诗句,围绕诗之"常"与变进行探讨。当代"新性灵诗学"创始人龚刚所倡"哲性乡

---

① 本文参加王东东等人发起的关于"未来诗学"的讨论,发表于《拾壹月论坛》。

愁""非派之派""非诗意之诗意"是"常"与"变"的辩证统一。这既是对"困境"的回应,也是对"未来"已来的自信。文章从"他者"的不在场、远游的诗神、更迭与消解以及"他者"的回眸四个方面逐一展开论述。

一、"他者"的不在场

你问我从哪里来?
风里雨里
茅店鸡鸣里,寒窗下的灯火里
从丢了魂的天涯
从比我还老的岁月里
有时也从浅浅的杯盏里

孩子,别说不认识我
这乡音
就是我守护了一辈子的胎记[①]

诗人是结着"哲性乡愁"[②]的"他者"。
"中国诗是早熟的。早熟的代价是早衰。中国诗一蹴而至崇高

[①] 《回乡偶书》(贺知章),载于洛夫:《唐诗解构》,江苏文艺出版社,2015。
[②] 出自龚刚:《从感性的思乡到哲性的乡愁:论台湾离散诗人的三重乡愁》,《淮北师范大学学报(哲学社会科学版)》2017年第1期。

的境界,以后就缺少变化……"① 钱锺书认为,"缺少变化"的显然不是指诗体的变迁,因为诗歌史本身就是一部诗体变迁史。叶燮认为:"诗递变而时随之。"刘勰曰:"练青濯绛,必归蓝蒨;矫讹翻浅,还宗经诰;斯斟酌乎质文之间,而櫽栝乎雅俗之际,可与言通变矣。"文质之间的矛盾、雅俗的交替以及时代的变迁都会促成"变","变"是不得已而为之,但无论怎样变化,诗仍然为"诗"。换言之,诗体之"变"始终围绕"诗道"之"常","缺少变化"的是"诗道",是一种渗透了民族审美传统的"诗意","一种蕴藉悠远,一种怀孕的静默"。美国心理学家威廉·詹姆士提出:"河或水流是人类精神生活的最佳隐喻。"② 钱锺书认为,"精神不安地追求安定,永不止歇地寻找休歇处。在永不停息的思想发展过程中,任何休歇处都是不易而易的,当视其为精神臻于'完足'之境的特定点时,它就是不易的。"③ 诗,作为人类精神生活的复杂体现,精神臻于完足之时,诗就是"陌生的熟悉";未完足之前,诗人都是凭借"他者"的身份,无休止地寻找"休歇处",呈现给历史的就是恒常之"变"。

钱锺书将这种无休止的寻找休歇处,即掌握本质真实的愿望当作一种身在他乡的故园之思。一切有目标的思考都可以在情感

---

① 钱锺书:《谈中国诗》,载于《大公报》1945 年 12 月 10 日、14 日。
② 原文是:"A 'river' or a 'stream' are the metaphors by which it is most naturally described." 参见:James W. *The Principles of Psychology* (Vol. 1). New York:Holt, 1890. pp.239.
③ 转引自龚刚:《从感性的思乡到哲性的乡愁:论台湾离散诗人的三重乡愁》,《淮北师范大学学报(哲学社会科学版)》2017 年第 1 期。

层面被喻为一种乡愁,一切对存在本质与形上归宿的求索均可被视为"哲性乡愁"。庄子的"旧国旧都"即为人性原初或本真状态之喻。"时至唐代,'还乡隐喻'逐渐从哲学术语演变为诗歌词藻。唐诗人中最精于禅宗思想的白居易对此极为偏好。'我生本无处,心安是归处'(《出城留别》),类似的诗句在他的歌咏中反复出现。"① 诗,寄托了诗人因不在场而产生的"哲性乡愁",诗人始终有"他者"的疏离感,是结着"哲性乡愁"的"他者"。像洛夫这样"越是经过了许多的去国离乡,越是经历了复杂的离愁别绪",他的"乡愁"就越微渺。从前文所引洛夫《唐诗解构》的诗句不难发现,这种"乡愁"已升华成生命本体的"哲性乡愁"。

"哲性乡愁"是一种抽象的可能,亦是性命安顿之学,其诗学意义在于为诗人作为"他者",不停追寻恒常诗意、探索生命本真提供注解,从创作主体的立场揭示"诗"之常变的内因,而只有将"诗人个体生命情感体验导入自然深宏的生命世界里,主体的审美心灵在深邃浩瀚的宇宙天地之间,自由洒脱地俯仰绸缪,优游回度,才能悟得宇宙玄妙永恒的生命本体的真宰,抵达人生本真圆融的最高化境"②。因此,我们才能更深刻理解"中国文化的美丽精神"是如何对美国现代新诗运动产生重要影响的。当前对"诗歌体制"的焦虑从更深层次来讲是诗人"哲性乡愁"无法疏解的一种表现。

---

① 龚刚:《钱锺书与文艺的西潮》,南开大学出版社,2014,第278页。
② 朱良志:《中国艺术的生命精神》,安徽教育出版社,1995,第156页。

二、远游的诗神

马鸣萧萧

离愁被一阵秋风送出老远

带上你的干粮,雨衣和琴

江湖水深啊,

万里征途上还得小心搁浅

也别太相信

水里的月亮是如何的纯粹

你是游子

披一身浮云上路

我乃故人

怀抱一颗落日取暖

你颤颤地指着远方

说去楚国

去听离骚里的一声永恒的哀叹

我则黯然无言

但愿下次重逢时

你的琴未哑

我的酒尚温 [1]

---

[1] 《送友人》(李白),载于洛夫《唐诗解构》。

是远游,亦是重逢。

"意象派可能是追寻中国魔术的开始,而这种追寻会继续下去。我们将会越来越深地挖掘这个长期隐藏的遥远的宝石矿。"① 中国诗中有所谓"西洋"的品质,而西洋诗里也有所谓"中国"的成分,因此,在读外国诗的时候,"每有一种他乡忽遇故知的喜悦,会引导你回到本国诗"②。异国文化相似元素的碰撞无疑会给不知置身何处的"他者"带来更深刻的认同与陌生的熟悉感。"意象主义只是中国风的另一种称呼而已",庞德出于对中国古诗的热爱,做了大量古诗翻译,尽管多有不尽如人意的地方,但也因此而有所得,即以"他者"的身份从异国文化里寻到了暂时的休歇处。很多美国新诗运动的中坚分子都认为"美国新诗运动本身是一场中国热"。庞德心目中的最高理想是儒家哲学,他曾说,"很可能本世纪会在中国找到新的希腊。"有人评价弗莱彻的诗:"当他把想象、音乐性、文词美和一种中国艺术的奇特感融合在一起,成为一组迷人的、美丽的抒情组诗时,他的诗作最出色。"而弗莱彻本人也声称,1914年后写的全是东方诗,"我对东方艺术各个方面的力量一直很了解,我自《辐射》起所有的诗作,毫无例外,都是由东方艺术提供题材,并支配处理方法。"③ 弗莱彻的说法未免夸张,但是,他的确从中国诗里找到了激发灵感的题材与写作手法。某种程度上,

---

① habrriet Monroe, "Chinese Poetry," *Poetry*, sept, 1915, pp.167.
② 钱锺书:《谈中国诗》,载于《大公报》1945年12月10日、14日。
③ 赵毅衡:《诗神远游:中国如何改变了美国现代诗》,四川文艺出版社,2013,第34页。

所处文化背景不同，才更容易从"他者"的角度发现对方的可贵之处，而这种可贵之处却是本土文化中的诗人们急切想抛弃的。

承载着"哲性乡愁"的诗人，无论是异国的还是本土的，都不停地寻求各自抵达生命本真的途径。华盛顿·霍尔评论说，"如果目前这个诗派在历史上作为一个'文学运动'而不是一个'实验'延续下去，那么许多功劳应归于中国这个最古老的文明大师，她正默默地教我们如何写诗。"[1]爱德华·加尼特有言道："庞德译的中国诗是他最出色的作品。"哈丽·德蒙罗在编辑新诗运动总结时，声明翻译诗一律不收，但是"庞德－费诺罗萨改写的李白诗却不能不收"[2]。庞德的诗歌创作很大程度上得益于"翻译"，以别样的方式抵达诗的本真。在中国，"昌黎以古文浑灏，溢而为诗，而古今之变尽"；"词至东坡，倾荡磊落，如诗如文，如天地奇观"；"文章之革故鼎新，道无它，曰以不文为文，以文为诗而已。向所谓不入文之事物，今则取为文科；向所谓不雅之字句，今则组织而斐然成章。谓为诗文境遇之扩充，可也；谓为不入诗文名物之侵入，亦可矣。"[3]直至20世纪初，在中国，展开了轰轰烈烈的新文化运动。"远游亦是重逢"提醒我们，所谓的"困境"很大程度是人类自身无法摆脱视角固化而造成的，解铃还须系铃人，这样的"困境"还需要我们自己解开。

---

[1] 赵毅衡：《诗神远游：中国如何改变了美国现代诗》，四川文艺出版社，2013，第27页。
[2] 赵毅衡：《诗神远游：中国如何改变了美国现代诗》，第29页。
[3] 钱锺书：《谈中国诗》，载于《大公报》1945年12月10日、14日。

三、更迭与消解

独酌是对酒的一种傲慢
可是,除了不解饮的月亮
我到哪里去找酒友?

天上也月,地上也月
花间也月,窗前也月
壶里也月,杯中也月
我穿上月光的袍子
月亮借去了我全身的清凉

举杯一仰而下
一个孤寒的饮者月下起舞
下酒物是壁上零乱的影子
我把酒壶摇呀摇
摇出了一个寂寞的长安
摇呀摇,摇出了一个醉汉
一卷熠熠生辉的盛唐[①]

诗意的碎片唤醒"他者"遥远的记忆。

---

① 《月下独酌》(李白),载于洛夫《唐诗解构》。

1. 浪漫主义之反浪漫

伫立山楼观看夜景
只见金陵渡口潮起潮落
江水中的冷月如刀
把旅人的愁绪
切割成楼外的两三星火

那,闪闪烁烁的
是否就是梦里的瓜州①

闻一多最初明确推崇浪漫主义诗学:"诗家的主人是情绪,智慧是一位不速之客,无须拒绝,也不必强留。至于喧宾夺主却是万万不得的。"②然而,六年后,他出版了诗集《死水》,沈从文评价其是"一本理智的静观的诗"。继长诗《奇迹》发表之后,闻一多开始极力抨击诗坛流行的自我表现诗风,在《女神之地方色彩》等文中,试图恢复旧文学的信仰,了解韵雅的东方文化,实际上反映出他对古典传统的依恋。而徐志摩也开始质疑"诗如白话"的观点:"我们信完美的体形是完美的精神的唯一表现,我们信文艺的生命是无形的灵感加上有意识的耐心与勤力的成绩。"③闻

---
① 《题金陵渡》(张祜),载于洛夫《唐诗解构》。
② 闻一多:《泰果尔批评》,载于《时事新报·文学》1923年12月3日。
③ 徐志摩:《〈诗刊〉弁言》,载于《晨报副刊·诗镌》1926年4月1日。

一多、徐志摩虽不同程度选择英美浪漫主义诗人的模式，但同时也转向古典传统，在格律的框架中探索新诗对于散漫的超越。①

2. 古典主义之多元质

> 他静静伫立在
> 夕阳
> 与黄昏之间
>
> 待月待醉待紧握怒拳待冷水浇头
> 他心事重重
>
> 他扬眉，穿过一层薄雾
> 踟蹰在
> 美
> 与死之间②

唯美感伤主义曾风行一时。钱锺书在《论俗气》一文中，运用瑞恰慈的理论："批评家对于他们认为'感伤主义'的作品，同声说'俗'，因为'感伤主义是对于一些事物过量的反应'（A response is sentimental if it is too great for the occasion）——这是瑞恰慈先生的话，跟我们的理论不是一拍就合。"③"过量"就容易朝着一个方向走向极端。梁实秋曾引用阿克龙比教授的观点阐释古

---

① 孙玉石：《中国现代主义诗潮史论》，北京大学出版社，1999，第146页。
② 《登乐游原》（李商隐），载于洛夫《唐诗解构》。
③ 钱锺书：《论俗气》，载于《大公报》1933年11月4日。

典与浪漫区别:"浪漫主义是一元质……古典主义呢,绝不是一种元质,而是许多元质混合的一种状态……古典主义就是艺术的健康:即各种元质的特点之相当的配合。如你要寻出一个古典的成分,以与浪漫的成分相对立,必定是劳而无功,因为二者不是对立的。无所谓古典的成分!不过有许多成分可以平稳的配合起来,这种健康,就是古典主义。我不知道这些成分有多少,也不知道究竟有没有确数;浪漫主义却是其中之一。"① 梁实秋所说的古典就是一种理想的诗意,这种诗意是对无数不确定性情感元素的包容,并在诗中呈现出和谐的艺术之美。诗,寄托着"他者"的哲性乡愁,要将难以名状的各种冲突包容,人性与诗性才能完美统一,反映在创作风格上就是"不涉理路,不落言筌",因此古典主义本身也有"非派之派"的含义,当代"新性灵"诗学倡导"非派之派",兼容并蓄,其深意可见一斑。

在新诗自由化的浩大声势中,重视传统文学、重视人性的完整统一的声音也一并存在。如燕卜荪向中国学生灌输艾略特的"非个性化""客观对应物""玄学诗"等诗论;又如瑞恰慈认为:"经验的冲突与调和使西南联大诗人们冷落了浪漫主义,而走向反浪漫主义的现代诗。"

3. 现代主义之古典、欧化倾向

刚拿起笔想写点什么

---

① 梁实秋:《文学的纪律》,载于《梁实秋论文学》,台湾时报文化出版公司,1978,第117—118页。

窗外的桂花香

把灵感全熏跑了

他闲闲地负手阶前

这般月色，还有一些些，一点点……

月亮从空山窜出

吓得众鸟扑翅惊飞

呱呱大叫

把春山中的　空

把春涧中的　静

全都吵醒

而他仍在等待

静静地

等待，及至

月，悄悄降落在稿纸上

让光填满每个空格①

　　白璧德认为，"古典以现代为前景就不会产生枯燥呆滞的弊端；现代以古典为依托则能免除浅薄和印象主义的命运。"② 艾略特的传

---

① 《鸟鸣涧》（王维），载于洛夫《唐诗解构》。
② 安诺德：《诗歌题材的选择》（即《诗集·序言》），载于伍蠡甫等编《西方文论选》，上海译文出版社，1988。

统观影响了不少人,如卞之琳在其影响下写出《音尘》《尺八》等古今交错、古典意象与现代物象相交融的佳作;叶公超试图写作一首包容从诗经时代到现代的诗歌,虽然未能如愿。1948年,以《大公报·星期文艺》《文学杂志》为中心,曾经掀起一阵"沟通古今"的热潮。"虽然新诗旧诗有显然的差别,但是我们最后的希望还是要在以往整个中国诗之外加上一点我们这个时代的声音,使以往的一切又非从新配合一次不可。假使文学里也要一个真正的民族主义,这就是。诗人必须深刻的感觉以往主要的潮流,必须明了他本国的心灵。如果他是有觉悟的人,他一定会感到这个心灵比他自己私人的更重要几倍。"[1]

20世纪30年代,现代派诗人将"化古"与"化欧"作为目标。卞之琳凭借对艺术的敏锐直觉,在我国古典诗重"意境"和西方现代诗的"戏剧性处境"、中国古典的含蓄与西方现代诗暗合之间找到契合点。他认为,"一方面,文学具有民族风格才有世界意义。另一方面,欧洲中世纪以后的文学,已成为世界的文学,现在这个'世界'当然也早已包括了中国。就我自己而论,问题是看写诗能否'化古''化欧'。"[2] 戴望舒认为:"旧事物中也能找到新的诗情"[3];何其芳说:"从陈旧的诗文里选择着一些可以重新燃烧的

---

[1] 叶公超:《论新诗》,载于陈子善编《叶公超批评文集》,珠海出版社,1998,第63页。
[2] 卞之琳:《雕虫纪历·自序》,载于《雕虫纪历》,海燕出版社,2018。
[3] 戴望舒:《诗论零札·十》,载于吴福辉、陈子善主编《雨巷·我用残损的手掌》,复旦大学出版社,2006。

字……"①无论"化古"与"化欧",都存在选择、消化的过程,是现代诗歌发展所应面对的问题。

就"化古"而言,现代派诗人常把眼光更多投向一些富于情调的唐人绝句,特别是李商隐、温庭筠等人代表的"晚唐五代时期那些精致的冶艳的诗词"。作为"他者"的诗人,着重于抒写复杂的内心情绪,同时又给这种情绪披上迷离惝恍朦胧的外衣,寻求"故园之思"的迷茫感表现得淋漓尽致。晚唐诗词不同于盛唐诗的透明清晰,与现代诗人群注重隐藏蕴藉、追求象征的审美情趣暗合,从这里也可找到同西方象征派、意象派、现代主义的契合点。

无论是浪漫主义之反浪漫,还是古典主义之多元质,抑或是现代主义之古典、欧化倾向,诗人始终都是徘徊在"故园之外"的"他者"。所处境地随时空的变迁愈加复杂,作为"他者"的焦虑也愈加深刻,心中的故园时而清晰时而模糊。"他者"更需要一种独立天地间的静观,统揽错综复杂的情绪体验与现实物象的纷繁芜杂。宗白华作为一个诗人和美学家,对"他者"游离在边缘,始终"不在场"的感触很深,一方面"期待着一个更有力的更光明的人类社会到来";另一方面,"莱茵河上的故垒寒流、残灯古梦,仍然萦系在心坎深处",使他"常时做做古典的浪漫的美梦"②。作为诗人的"他者"常处在"被抛弃"的孤寂与忧伤中,现代派诗人群对"故园之思"的深切体验促成了更浓、更富哲性的非比寻常的诗意。穆旦的诗歌正是典型代表。王佐良称他的诗"总

---

① 何其芳:《梦中的道路》,载于《何其芳文集》(第二卷),人民文学出版社,1982。
② 林同华主编《宗白华全集》(第2卷),安徽教育出版社,1994,第153页。

给人那么一点肉体的感觉,这感觉之所以存在是因为他不仅用头脑,还用'身体思想'"。他认为穆旦的《诗八首》"将肉体与形而上的玄思混合"。唐湜也认为穆旦试图统一"生理的自我"与"心里的自我","以感官与肉体思想的一切,使思想与感情,灵与肉浑然一致,回返到原始的浑朴的自然状态"。现代诗在看似远离古典的路上与"原始的浑朴"意外相遇。而洛夫的《唐诗解构》也让我们产生一种恍惚之感,穿梭于古典与现代间,在陌生中品味似曾相识的感动。龚刚"新性灵"诗学倡导的"非诗意之诗意"则传达出当代诗人作为"他者"不在场的疏离感,那是一种离古典传统渐行渐远的怅然,未来仍然充满着不确定,当下又转瞬即逝,诗心始终在路上徘徊的哲性之旅。虽然"乡愁"始终在路上,然而对诗人灵魂深处的探寻却也带给我们意外的曙光。"他者"渴望倾听,渴望更多听众的诉求几乎是人类的本能,而诗人感触尤为深切,体制困境或历史困境更是不可及之"彼岸"的一种表象。与其说是诗人、批评家的困境,不如说是人类自身的"困境",诗歌问题更是人类自身与语境之间关系的问题。

四、"他者"的回眸

重要的是你那毫无杂质的
痴
琴也好弦也罢
你的曲子总教人想起三月的桃花

>五月石榴内部的火焰
>
>教人无悔地把前生卖给你
>
>又无怨地把今世赎回来
>
>五十弦，岂仅仅代表
>
>五十年华，五十又如何？
>
>庄生迷乱中变成了蝴蝶
>
>月亮从大海中捞上一滴泪
>
>是泪，还是寒玉的前身？
>
>在蓝田中埋了千年
>
>就等那
>
>惘然的追忆
>
>如烟升起①

回眸古典，"他者"的哲性乡愁又平添几分。

诗不说明哲理，但诗可以暗示容纳更大的哲学。20世纪20年代末，穆木天提出的理想到30年代现代派诗人创造中得以实现，哲性在有限的篇幅里启示无限的世界。诗人抒发自然情感时，如果能以"他者"的眼光超越个人、具体的现实社会，进行审美观照和深度体验，直抵形而上的生命存在，探寻、追问人生终极价值，诗作就会呈现融审美本体情感与普遍性、永恒性与宇宙人生哲理为一体的审美意趣。英国诗人华兹华斯直接将其称作"真理"，

---

① 《锦瑟》（李商隐），载于洛夫《唐诗结构》。

他认为:"诗的目的是在真理,不是个别的和局部的真理,而是普遍的和有效的真理,这种真理不是以外在的证据作依靠,而是凭借热情深入人心。"①朱光潜认为,诗人对宇宙人生的哲思是对宇宙、自然与生活的审美观照中领悟出来的,"与感情打成一片,蕴藏在他心灵的深处,待时机到来,忽然迸发,如灵光一现"②。古代也有专门诗学范畴(即"理趣")来指称这种审美意趣。其最初源于佛教典籍,原意是指佛法修证过程中所悟到的义理趣,如"证此识有理趣无边,恐有繁文,略述纲要"③,之后移用到诗学批评领域。清代,"理趣"与"理语"在诗学论著中连类并举。如沈德潜《说诗晬语》(卷下):"杜诗:'江山如有待,花柳自无私';'水深鱼极乐,林茂鸟知归'……俱入理趣。邵子则云:'一阳初动处,万物未生时',以理语成诗矣。"纪昀《唐人试律说》评卢肇《澄心如水》诗:"诗本性情,可以含理趣,而不能作理语,故理题最难。"钱锺书认为,前人虽意识到这种审美性意趣的存在,但是"仅引其端,未竟厥绪",故从生命本体论角度对其深入剖析,并赋予其"诗意的认识"。他认为,"人类最初把自己沁透了世界,把心钻进了物,建设了范畴概念",并以喻说明:"好像小孩子要看镜子的光明,却在光明里发现了自己。"④这与诗人作为"他者"

---

① 华兹华斯:《〈抒情歌谣集〉一八〇〇年版序言》,载于伍蠡甫等编《西方文论选》(下卷),上海译文出版社,1979。
② 朱光潜:《诗论》,三联出版社,1998,第292页。
③ 钱锺书:《管锥编》,中华书局,1979。
④ 钱锺书:《中国固有的文学批评的一个特点》,载于《钱锺书散文》,浙江文艺出版社,1997。

寻求"故园"的境况是何其相似。折射出浓郁审美精神的"诗意"哲学，正是"哲性乡愁"的诗学意义所在。

　　李商隐的《锦瑟》哀怨深婉，悲戚凄迷，呈现出"珠泪玉烟"般的诗意。洛夫的解构深得其"奥义密旨"，一个"痴"字点出诗的真谛，古代抑或现代，诗人作为"他者"的疏离感始终未曾消失。今日解构之"诗"已非昨日之诗，我们不妨沿新性灵"哲性乡愁"的路径，进一步反思"非派之派""非诗意之诗意"的意义。当然，现代诗已不是古典意境的复活而是在现代与古典的交响中把握现代生活特有的节奏，并由此守护诗意。① 洛夫的"回眸"是一种清醒的理智选择，他不苟同得意洋洋的"回归"之说，尊重传统又不沉溺于传统，② 是诗人作为"他者"的明智之选，正视现状而又不拘泥于当下或许是批评者应有的态度。现实带给我们的困境，既要在现实中寻求答案，也要与自身深度交谈。人类是贪玩的孩子，总在建构与解构中乐此不疲，我们不妨从自身求解。"性灵"是人类独有的光，也是值得期待的归宿。2001年8月，第五届"全球新性灵诗赛"评选结果将揭晓，聆听性灵的声音，迎接源自心灵深处的光。

---

① 汤拥华：《宗白华与"中国美学"的困境：一个反思性的考察》，北京大学出版社，2010。
② 叶橹：《回眸中的审视与超越：从〈唐诗解构〉说起》，载于洛夫《唐诗解构》，江苏文艺出版社，2015。

中西诗学"妙合"辨①

龚刚基于"新性灵派"诗学,结合诗歌语法分析,提出了诗歌翻译"妙合论",既是对传统文论与译论的传承,又是现代翻译诗学的创新,呈现出当代诗歌翻译批评的"中国气象"。实践层面,"妙合论"可为诗歌翻译提供"妙合"之径;理论层面,可为英美自由诗与中国文言诗互译提供诗学理据。诗歌具有本体性,故诗意常独立于诗歌语言,成为自足的存在;诗歌语言经常"陌生化",多特殊诗学功能而少日常语言的指称功能;诗歌的思维模式多为跳跃性而非直线性;诗歌的气韵与节奏是诗意的重要体现。在诗意、诗语、诗思、气韵等方面,英美自由诗和中国文言诗有诸多"妙合"之处,这二者之间的互译、互参、互鉴、互彰,可使原作的诗意获得新生或增益。因此,实践上,"妙合"理应成为当代诗歌翻译的新尝试;理论上理应是诗歌翻译研究的重要内容。

---

① 原载于《名作欣赏》2019年第3期,稍作改动。

一、"妙合译论"与传统译论一脉相承

罗新璋指出,我国传统译论自成体系,"案本""求信""神似""化境"等译论一脉相承,其中内涵在学人的不断实践与解读中得以丰富、发展。传统译论的发展素以我国古典文论、传统美学为根基。严复在《译例言》中称其译论沿用古代修辞学和文艺学;"传神"源于东晋顾恺之的绘画美学观,傅雷将译事与绘画相比,将"神似"用于译论,翻译学因此与美学、文艺学结缘;"化境"本源于佛经,意指精深超凡之境,钱锺书援引之与翻译的最高境界相比,翻译由美学范畴走向艺术极致之境。传统译论的发展求诸我国发展较为成熟的文艺美学领域,这是区别于其他译论的鲜明特征。沿袭传统译论的发展思路,龚刚提出:"翻译是为了打破语言障碍,信是第一位的。要做到信,不光要还原本意,还要还原风格,当雅则雅,当俗则俗,当文则文,当白则白。兵无常势,水无常形。运用之妙,存乎一心。严复有信达雅说,钱锺书有化境论,顾彬有超越原文论,此外西方译界又有诗化论,我之翻译观或可称为妙合论。"追溯"妙"字起源,较早可见于《老子》:"故常无,欲以观其妙;常有,欲以观其徼。"又曰:"此两者,同出而异名。同谓之玄。玄之又玄,众妙之门。"这两处"妙"字意指物之始而微者。魏晋南北朝时期,刘勰在《物色》一文中提及"吟咏所发,志惟深远,体物为妙,功在密附","妙"指刻画形象惟妙惟肖。唐代皎然《诗式序》开篇曰:"夫诗者,众妙之

华实,六经之菁英,虽非圣功,妙均于圣。"诗乃天地万物至微至妙的精华,只有诗才可以达到深邃幽远之境。《二十四诗品》中多次提及"妙"字,如《形容》《精神》《实境》中分别提到:"风云变态,花草精神,海之波澜,山之嶙峋,俱似大道,妙契同尘","生气远出,不著死灰。妙造自然,伊谁与裁","情性所至,妙不自寻。遇之自天,泠然希音"。《二十四诗品》以自然之道论诗之美,认为创作主体须从自然天性出发,与天地之道自然契合,才可臻于妙境。明清时期,王夫之在《夕堂永日绪论·内编》曰:"情景名为二,而实不可离。神于诗者,妙合无垠,巧者则有情中景、景中情。"从"妙"至"妙合",意义不断生成,所指不断延伸。"妙"合于天道,诗道与天道相通,"妙"与诗具有天然的渊源关系;"妙合"指不假人力、臻于自然之艺术妙境,亦可指诗歌创作主体物与神游、物我两忘的创作境界。龚刚援引古典文论、诗论、画论中的"妙合"一词至翻译学科,与传统文论、译论一脉相承,体现出当代翻译诗学批评的"中国气象"。

二、"妙合"之诗学背景

"妙合"与诗学有着天然渊源,是龚刚"新性灵"诗学在译论上的重要体现。"性灵说"作为一种泛指生命灵性的美学思想,早在南北朝时期刘勰的《文心雕龙》中可见端倪,如"岁月飘忽,性灵不居,腾声飞实,制作而已"。作为一种文学思潮,"性灵说"是在明中叶之后,随哲学启蒙思潮的兴起而诞生的。王阳明首倡

"良知说",之后王畿将"良知说"推向"性灵说",曰:"致良知只是虚心应物,使人人各得尽其情,能刚能柔,触机而应,迎刃而解,如明镜当空,妍媸自辨,方是经纶手段……从真性流行,不涉安排,处处平铺,方是天然真规矩。"这里的"真性"实乃"性灵"。至罗汝芳,已直接使用"性灵"一词,曰:"信其善而性灵斯贵矣,贵其灵则躯命斯重矣。"袁宏道为代表的明清性灵派"以生命意识为核心,以佛教'心性'学为推动,强调文艺创作的个性特征、抒情特征,追求神韵灵趣的自然流露",至此,"性灵说"已成熟完善。龚刚在传统哲学、美学基础上,结合当代诗歌的发展趋势,吸取西方新批评派、俄国形式主义什克洛夫斯基的"陌生化理论"及雅各布森的"相似性原则"与"毗邻性原则"的精华,发展了性灵派诗学主张,提出了"新性灵派诗学",认为"性灵作为创作倾向,当包含顿悟与哲性,而非纯自然本性的流露;肯定虚实相生,以简驭繁是诗性智慧;作为批评倾向,崇尚融会贯通基础上的妙悟"。具体来说,主要包括以下几点:"闪电没有抓住你的手,就不要写诗;写诗需要审美启蒙,突破线性思维;自由诗是以气驭剑,不以音韵胜,而以气韵胜,虽短短数行,亦需奇气贯注。"作为"新性灵诗学"的根基性观点,闪电论、审美启蒙以及气韵说,三者看似平行孤立,实则有内在关联性与一致性,形成了独立的体系。以闪电喻灵感、兴会产生的瞬间,象征诗意闪现出不可言传的存在状态;审美启蒙即诗歌的跳跃性思维是对闪电表象的描摹;气韵说是对闪电本质即诗意的状写与探索,沿袭我国古代哲学本体论的"元气一元论""精气论"等观点。闪电是大自然的惊魂,虽一时偶然之得,实合大化流行之"天钧"。"天钧"实指天道,诗意的产生,合于天道,诗歌因此具有形而上特质。钱锺书曾言:"诗者,神之事……艺之极致,必归道原,上诉真宰,而与造物者游。"朱光潜认为,"诗是人生世相的返照,是本于自然的艺术创造,是在人生世相之上建立的另一个宇宙,诗供人凝神观照的'独立的小天地'……每首诗都自成一种境界。"气韵说既是对诗歌之道的探索,也是赋予自由诗完美诗形、独特诗意的必然途径。后现代主义者奥逊和克尔在诗的力学中曾提及气的运行,认为诗的本身每刻每处都是一个高度的气的建构,同时也是气的放射……形式随着内容的活动,随着气的运行而延展成形。一个感悟的瞬间,必须立刻直接引起下一个感悟的瞬间。自由诗是诗歌语言高度陌生化的产物,在没有格律的束缚下,极易成为分行的散文,"气韵"可以一以贯之使诗歌的跳跃性思维保持内在关联。闪电般的兴会、跳跃着的诗性思维、一以贯之的气韵三个根基性的观点彼此紧密相关、缺一不可。

三、"妙合译论"之诗学内涵

"妙合"具有丰富的哲学、美学意义及独特的诗学背景,沿用至诗歌翻译领域顺理成章。就诗歌创作过程而言,瞬间的灵感、兴会是诗歌"妙合"于天道的前提;就诗歌翻译过程而言,译者从原作中捕获瞬间的感动,产生闪电般的共鸣,是译文"妙合"于原作某个层面的前提;就语言层面而言,"新性灵派"诗学揭示了诗歌语言、诗歌思维及诗歌气韵的独特性,与《妙合是翻译的最高境界——兼谈诗歌语法》一文对诗歌语法的分析互相辉映,成为独特的诗歌翻译批评观,不仅指出"妙合"为诗歌翻译理想,也指出了"妙合"之径。诗歌语言与哲学语言最为接近,诗语的陌生化只为寻求真意,陌生化的限度要以闪电般的兴会做基础,并依循自然之势,奇气贯注,方可"妙合"于"天道",诗道即天道。

1. 独立的诗意

诗意并不简单等同于诗的意义,而是诗之所以为诗的东西,抑或"诗外的东西",尽管"意"与"诗外的东西"内涵不完全等同,但都强调诗是文字以"外"的东西并可成为美感主体,这一点是相同的。因此"意"可以引申为"意绪",指"兼容了多重暗示性的纹绪",可感而不可尽言的情境与状态。换言之,"意"指作者凭借一种美感活动领域,发散出多种思绪或情绪,读者进入此领域获得与作者相同的情绪。文字本身的述义并不构成诗之本质,诗意的传达仍须借助语言文字的诗性功能。如艾略特的《荒原》,不能仅凭文字的述义去捕获诗意,诗歌利用了交响乐的组织方式,并非遵照因果律来进行。我国文言诗中的《诗经》常利用低回往复、一唱三叹的方式来传达诗意。诗意通过诗性语言、非直线型思维及气韵的生成瞬间妙合于"天道";译者进入作者所暗示的美感活动领域,再造出"妙合"于原作的译文。译文须具备独立的生命力才可实现真正意义上的妙合。译文的诗意既是原作诗意的延续,又不完全相同,必然有新的诗意产生,焕发新的生命力,原作借此得以重生。读诗的过程是再造诗歌的过程,每次再造,都要以当时当境做基础,每次再造的结果必定是一首新诗,创造永不复演,再造亦不会复演,天道恒常变,而诗意永无限。读诗是译诗的前提,读诗是再创造,而译诗则是再造基础上的创造。既是创作,译诗本身也必须是诗,拥有独立的诗意是译文与原文"妙合"的重要体现。

2. 陌生化的诗歌语言

俄国形式主义又称语言诗学,提出了一系列影响深远的概念与原则,如"陌生化""文学性""诗性功能"等。什克洛夫斯基认为,文艺创作并非照搬所描写对象,而需要进行艺术加工与处理,陌生化是艺术加工不可或缺的方法。他将诗歌定义为扭曲的、受阻碍的语言,将本来熟悉的对象予以变形,进行陌生化处理,给读者带来新颖别致的阅读审美体验。这种经过陌生化处理的语言已丧失语言的社会功能,只有诗学功能。雅各布森认为,诗歌的诗性功能越强,语言的社会指示功能就越少,越偏离实用目的,而指向语言本身的形式因素,如音韵、文字和句法。诗的功能就在于"符号"与指称的不能合一,即诗学语言往往打破符号与指称间的稳固逻辑联系,这种陌生化的语言结构是诗性功能赖以生存的形式基础。龚刚认为,"从中西诗歌与哲学的大量语用惯例可见,个性化或诗化的表达常常有意突破语法常规,语言形式上的突破是为了妙合于深层次的意蕴。"诗与哲学都以创造性使用语法的方式表达特殊意涵。诗意通过语言文字来暗示而非直接说明,中国文言诗与英美自由诗都具有不限指性和关系的不确定性,如象征派诗人所进行的语言革命,试图通过多种读法来突破语言的单向性。诗歌语言的陌生化，目的并不在让读者关注语言本身，因此需要对意象、语字、述义进行处理；读者阅读时，不会注意到意象、语字、述义的存在，即察觉不到语言本身，而是关注其中涌现的无限诗意。中国画中的留白就是诗中弦外的颤动，是激起我们要做美感凝注的东西，如脍炙人口的"星临万户动""月落乌啼霜满天""星垂平野阔"等，数不胜数的诗句都可以毫不费力地把读者带入如诗如画的意境中。英美自由诗也会通过各种陌生化手法，超脱分析性、演绎性，让事物直接呈现，企图实现兼绘画、雕塑、音乐及蒙太奇效果于一体的境界。庞德等意象派诗人经常减少诗中连接词，有意违背英语语法规则，造成强烈的疏离感。中国文言诗与英美自由诗都会减少连接媒介，使空间时间化或时间空间化，为读者呈现耳目一新的蒙太奇效果。写诗需要创造，译诗亦不可亦步亦趋，需要充分发挥主观能动性，获取灵感，因地、因时创造新的形式，才可以在更深层次上"妙合"于原作。诗歌语言需要创新，成功的译诗在于让读者忘掉译入语而去凝神贯注诗外之意。学界历来主张以诗译诗，事实上形神兼顾很难实现，放弃原作所传达的诗意，片面追求诗形上所谓对等，无异于舍本逐末，这样的译文很容易让读者过多关注语言形式本身，而对原诗作的诗意无从体验。翻译诗歌和创作诗歌一样，也要在追求形式创新与化创新于无痕两者间做出努力。龚刚认为，"兵无常势，水无常形。运用之妙，存乎一心。"这就要求译者最大限度捕获瞬间的灵感，尽管这样的灵感与兴会并非原诗的全貌，但只有与原诗意瞬间妙合，产生一触即发的共鸣，译作语言才能像滔滔江水一样自然流畅,一泻千里。译作在诗形上或与原诗背离,却实现了诗意的"妙合",这是判断译文优劣的重要依据。

3. 跳跃的诗性思维

诗歌语言具有强大的能指功能,所指功能几乎丧失。诗的文字不做解释,犹如闪电,引渡读者瞬间感受文字以外的诗意。所谓"诗如画""诗如歌",即是说诗可以凭借语言文字达到如画如歌的美感境界,此种境界的实现离不开诗歌跳跃性的思维方式。英美自由诗尤其是后现代诗歌往往不强调时间的顺序,没有事情始末的说明,把闪电般的灵感瞬间提升到某个高度或浓度,或者瞬间把握蕴含丰富内容的时间"点"而非时间"段"。虽然语言是有秩序的,事物发展也是顺次进行,在美感意识里却是瞬间经验向周围空间延伸的过程。中国文言诗往往根据事物活动、经验的状态组织结构,或依顺经验的显性过程进行,把读者瞬间带入实境,这是惯用的跳跃性思维,如"行到水穷处,坐看云起时"。诗中文字、语法、自然三者妙合重叠,读者可以顺其转折进入自然活动,有了向诗外飞渡的力量,从有限的文字进入无限的自然活动,实现空间上的飞跃。诗性的思维模式还可以通过让诗歌自然发展,不干涉、不安排来实现,如《天净沙·秋思》中"枯藤老树昏鸦,小桥流水人家,古道西风瘦马。夕阳西下,断肠人在天涯",景物自然呈现在读者眼前,不被意义所羁绊,把读者引向另一个空间。这与庞德的《巴黎地铁一站》(*In a station of the Metro*):"The apparition of these faces in the crowd; /Petals on a wet, black bough"(颜影重重人中浮,犹似花瓣润乌枝)有异曲同工之妙。无论英美自由诗还是中国文言诗，都尽量避免因果式的追寻，采取多向发展，为英美自由诗与中国文言诗的互译提供了诗学理据。不同的是，英美自由诗常通过消除严格受限的语法或者突破僵化的架构实现诗思的跳跃，这样多会落入刻意扭曲的境地，中国文言诗语法的灵活性却可以有效避免这种尴尬。

4. 一以贯之的气韵

诗意的捕捉除了陌生化的诗语、跳跃的诗思，一以贯之的气韵也必不可少。以"孤帆远影碧空尽"为例，诗句依循人们接触事物时感到的远近、明暗、气势或姿势做出层次变化，强调某种态势或闪电般的瞬间，从而显现出"气的运行"。"气韵"是保持诗意独立的有效途径，也为诗思的跳跃性及诗语的陌生化提供了限度，即要以与自然气势"妙合"为依据。苏东坡曾评价自己的文章犹如"万斛泉源，不择地而出，在平地滔滔汨汨，虽一日千里无难。及其与山石曲折、随物赋形而不可知也"。气之势，乃自然天道之势，也是诗歌"妙合"于天道的应有之义。龚刚认为"自由诗应当胜在气韵而非音韵"，如果没有内在的气韵与自然的律动可依，"诗"将不能称之为诗。后现代主义奥逊和克尔里也提及"气的运行"，认为"一首诗就是诗人将自己感触到的'气'用一口气转送给读者"。诗歌需要依赖绘画、音乐结构中"气的运行"来消除文字的述义性。现代英文诗人庞德、艾略特、史蒂芬斯及黑山诗人都曾使用题旨转逆、变易或寂音交替等音乐状态和并列式罗列的绘画结构来体现诗中"气的运行"；《诗经》中则常用缠绵低回的音节来体现。再如文言律诗的五言句则常可分为两"顿"，落在第二与第五字上；七言常作三顿，落在第二、第四、第七字上，每读到"顿"处，往往语调提高延长。律诗的精巧是文言诗歌发展的极致，"诗如白话"的主张却让白话诗丧失了一部分由节奏生成的气势。因此以中国文言诗的韵律来应和英美自由诗中"气"的运行，也具有合理性。

四、"妙合译论"对当代诗歌翻译的启示

1."妙合"之变易性

诗道妙合于天道，天道常变，诗道亦常变，所谓"诗之源流本末正变盛衰，互为循环"。清初叶燮认为，万事万物都由于"气数"而"递变迁以相禅"，诗也不例外，"诗之为道，未有一日不相续相禅而或息者也"。"妙合论"以新性灵诗学主张为其诗学背景，新性灵诗学与以袁宏道为首的性灵派应相沿袭，性灵派文学发展观主张：其一，"世道既变，文亦因之"；其二，"法因于敝，而成于过"；其三，"各极其变，各穷其趣"。语言所暗示的诗意不是一个封闭的、一成不变的单元，而是一个不断开放、参悟、衍生的美学空间。诗意随着社会发展而越发复杂、精深时，诗歌语言形式的革新就提上日程。英美自由诗语言纷繁复杂、不断陌生化，追求精深的诗意，这正是中国文言诗不阻不隔就可实现的自由之境，这种跨世纪的不期而遇可谓是新性灵派诗学"以简驭繁"诗性智慧的最好体现，也是诗语经历了不断变易后在不同语域下的"妙合"。对译作而言，与原作"妙合"的程度也会随时空、社

会历史的变化而变化，对经典诗歌的不断重译既是诗意无限的魅力所致，也是应时之必需，常译常新。张智中将文言古诗翻译成英文自由诗不失为诗歌翻译的有益尝试，使原作与译作的诗意在异质语言中碰撞、"妙合"，如他将李白的《静夜思》译为：

Missing in the Dead of Night

A moonbeam through the window

Is suggestive of frost

on the ground;

upward glancing

at the bright moon

reduces me

to homesickness

soon.

同样将美国诗人狄金森的自由诗译成文言诗也未尝不可，如狄金森诗《*The Red — Blaze — is the Morning*》：

The Red — Blaze — is the Morning —
The violet — is Noon —
The Yellow — Day — is falling —
And after that — is None —

> But Miles of Sparks — at Evening —
> Reveal the Width that burned —
> The Territory Argent — that
> Never yet — consumed —.

这首诗被龚刚译为《晨而泛红》：

> 晨而泛红，午而转紫，日落昏黄，一切皆空。星光十里，余焰何广，耿耿银河，万世不竭。

2. "妙合"于原作之受限性

《文学翻译当求妙合》一文很大篇幅谈论诗歌语言的特殊性及陌生化，语言本身具有局限性，"妙合"只能是某种程度上的妙合。艾略特认为，文学批评理论常犯的错误之一就是假想一面只有"一"个作者，另一面只有"一"个读者。批评中常见到"正确的意义""正确的品位"，或者"理想的读者"等诸如此类的表述；然而，事实正好相反。诗的读法有多种，有些甚至相互矛盾冲突，然而似乎都有道理。"理想的读者"是不成立的，一旦约定俗成的社会契约发生改变，语言必会受到影响，"理想的读者"必定受限于历史上某种批评倾向，受制于体制化的语言文化模子，语言思想在一个特定的思维、语法系统里建构、解构。读是译的前提，翻译活动又使语言思想成为一个开放的系统，在不同的历史境遇下交流、衍变，因此"理想的译者"也是不存在的。首先，原作者产生闪电般的灵感时只有强烈而意义不明确的心象，进入创作时才会逐渐生成明了的意义，此时的意义已与原初的心象有了距离，所谓"言不尽意"。一方面，作者会迁就所处的体制化的语言环境而对原初的心象加工处理；另一方面，经过艺术加工即陌生化的诗歌语言本身会激发新的意象、新的诗意，这为不同读者有不同的理解与阐释奠定了基础。其次，诗歌作品诞生后就成为不依赖于作者而与读者（译者）不断进行交流的存在。作为读者的译者，对诗歌进行解读，本身就是再创造，读者心中产生的闪电已经与作者创作前产生的闪电有了差异与距离，诗意也因读者时空的差异有了变迁。语言也会随历史不断变化，就译者而言，其任务就是利用异质的语言创作出"妙合"于原文的诗作，这种"妙合"只能是某种层面上的妙合，是有限的。因为读者阅读作品往往会受制于特定历史场合的体制化的思考模式、审美模式及语言模式，种种差异，使两种诗语的转换产生了无限的可能性。最后，从原作的产生到译者作为读者而产生的共鸣，到译文的诞生，最后再到译文读者，有多少次闪电般妙合的瞬间，就有多少次再创造的瞬间。用单一的标准去考量和束缚诗歌的翻译与诗歌的特质相背离，因此应充分调动译者的积极性、能动性和灵性，鼓励、接受和理解不同的诗歌译本。

五、小结

独立的诗意、陌生化的诗语、跳跃的诗性思维、一以贯之的气韵及诗歌翻译变易性与受限性,既为诗歌翻译提供了妙合之"境"与妙合之"径",也为多种译法并存提供了注解。就独立的诗意而言,中国文言诗与英美自由诗殊途同归,诗歌创作都以闪电般的灵感与兴会为基础,借助一定创作手法暗示出独立的诗外之境;就陌生化的诗语而言,中国文言诗和英美自由诗都通过灵活的语法,减少连接媒介来进行暗示,以达到蒙太奇效果;就跳跃性的诗思而言,两者都采用非分析性、非演绎性的表达式直取境界,不依直线进行,不做因果推断而用蒙太奇的手法来实现意象的叠加;就浑然天成的气韵而言,中国文言诗有顿,有平仄,英美自由诗凭借内在之"气",吸引读者一口气读完;就诗歌翻译的变易性与受限性而言,诗歌发展规律决定不同时代应有不同译本出现,而同一时代也应有多种译本并存。中国文言诗和英美自由诗在诗学上存在诸多妙合之处,使中英两种文字得以摆脱文字形式上的差异,在互译互鉴中使诗意重生或增益,是当代诗歌翻译实践的新尝试。

"妙合"：文学翻译的佳境[①]

一、引言

"妙合"与"道""境"范畴有着深厚的渊源，反映出对文学翻译境界的终极关怀，揭示了翻译过程中的诗性与思辨性，体现在神思与妙悟对作者、译者、原作、译品、读者诸要素的沟通，翻译过程的时空结构因而凸显，翻译本体性也更加明晰。就翻译境界而言，"妙合论"是对严复之"信、达、雅"、傅雷之"神似"、钱锺书之"化境"的继承与发展；就翻译过程而言，"妙合论"融合"神思""妙悟"及波德莱尔德的"契合"，并以"神会"对话伽达默尔的"视域融合"。此外，"新性灵"诗学丰富了"妙合"作为文学翻译理论的内涵，关涉翻译风格与译者性灵的辩证关系。对"妙合论"的诗性与思辨性深入研究有助于激活当下传统译学的话语权，对构建中国译学有积极的作用。

中国哲学范畴是构成中国译学的基础，而以中国语言哲学命

[①] 原载于《当代外语研究》2020 第 1 期。

名的语义系统,虽涵盖文、道、气、名、实、言意论、形神论、意境、风骨等范畴却"缺席"当代翻译理论。[1]传统哲学概念的扬弃对中国译学构建具有重要的现实意义。文学翻译"妙合论"始见于2019年龚刚的《文学翻译当求妙合》[2]。该文沿用"妙合"概念揭示翻译过程及翻译境界的诗性与思辨性,翻译的本体性因而明晰。

"妙"字可追溯到老子"故常无欲以观其妙,常有欲以观其徼。此两者同出而异名。同谓之玄。玄之又玄,众妙之门"。所谓玄妙之道,合于有无,具有不可言说性。《道德经》第四十五章有言"大直若屈,大巧若拙,大辩若讷",张岱年予以解释:"直而若屈,实际上便已既非直亦非屈了,而可以说是直与屈之'合'了。物都是要反的,必容纳反面的要数,成为该物与其反面之'合',然后才是大顺……而老子实不曾发明'合'的观念。可以说已经有了合的观念的萌芽……却没有发明合的抽象的'合'概念。合概念的确立有赖于庄子。庄子曰:'以天合天,器之所以疑神者,其是与'。"[3]此处之"合",应是心之自然(天)与物之自然(天)之间所产生的契合同构。至中晚唐,皎然、刘禹锡等引入佛经中"境"的概念,其佛学本义为"心之所游履攀缘者,谓之境"。[4]因此"境"的生发也是心物契合的结果。王夫之《姜斋诗话》(卷

---

[1] 刘军平编著:《西方翻译理论通史(第二版)》,武汉大学出版社,2019。
[2] 龚刚:《文学翻译当求妙合》,《太原学院学报(社会科学版)》2019年第5期。
[3] 刘军平:《传统的守望者——张岱年哲学思想研究》,人民出版社,2007,第114页。
[4] 郭外岑:《意象文艺论》,敦煌文艺出版社,1997。

下）将"妙合"一词引入文艺范畴，曰："情景名为二，而实不可离。神于诗者，妙合无垠。"①

"妙合"与"道""境"的渊源关系在演化轨迹中显示出：玄妙之道具有不可言说的诗性；"合"意味着物极必反，反者，"道"之动，看似对立的事物皆统一于"道"的范畴，道是生生不息，大化流行，因此具有思辨性；妙合之境指情景、主客、物我、天人合二为一之境，既是诗境也是理境，体现出"道"的超验性与终极性。

二、妙合过程的本体性

切斯特曼指出："翻译已越来越多地被看作是一种过程，一种形式的人类行为。"②而广义的翻译过程"则不仅包含狭义的语言转换活动，还包括文本的选择、文本的生成和文本生命的历程等过程"③。因此，不只是原作到译作的图式转化，更是"原作者、原作、译者、译品、读者等实体凭借摄入和感受，既与过去关联，又对未来开放"④的每个瞬间的延续，译者对原作的感悟与作者跨时空的交流贯穿过程始终，翻译过程本体性因而彰显。此过程既是对生活经验诗性的玩味，亦是思辨性的求索。斯坦纳也曾提出翻译

---

① 参见胡经之、李健：《中国古典文艺学》，光明日报出版社，2006。
② 参见胡庚申：《翻译适应选择论》，湖北教育出版社，2004。
③ 许钧：《翻译论》，湖北教育出版社，2003，第80页。
④ 张思洁、余斌：《翻译的哲学过程论》，《外语学刊》2007年第3期。

过程的四个步骤,即信赖、侵入、吸收和复原,却并非哲学意义上的过程,而是与"原作→译者→译品"时间过程毫无二致。"妙合"论则可以凸显翻译过程的本体性。

《文学翻译当求妙合》一文中提及:"妙合者,译者与作者悠然神会之谓也","神会是领会其精神","若无神会,难得其真";"神会是态度,是过程";"神会是凝神观照,默体其真,近于伽达默尔所谓视野融合"。王昌龄的《诗格》曰:"一曰生思。久用精思,未契意象,力疲智竭,放安神思,心偶照镜,率然而生。二曰感思。寻味前言,吟讽古制,感而生思。三曰取思。搜求于象,心入于境,神会于物,因而心得。"这其中道出:"神会于物"来之不易,虽"久用静思",仍"未契意象";"力疲智竭,放安神思"之际"神思""妙悟"往往不期而至,具有神秘性;超越时空,"寻味前言,吟讽古制"自成一格;若能"搜求于象,心入与境"便成高格。[①]

"神会"是一种诗性智慧,类似文学创作过程中的"神思"与"妙悟",翻译无疑是一种再创作,"神思"的重要性可见一斑。不同的是,译者的"神思"因为有了预设,迥异于作者的创作神思,更需要与作者(原作)深度对话,才可顺利进行;"妙悟"随之转化成翻译主体间的"凝神观照",欣然于每个"神会"的瞬间。"神思"与"妙悟"融思辨性于诗性,体现了我国古代文艺范畴的独特魅力。

---

① 陈良运:《中国诗学体系论》,中国社会科学出版社,1992。

1. 神思

波德莱尔的十四行诗《应合》(又译作"契合")写道:"自然是一座庙宇,那里活的柱子,有时吐出了模模糊糊的话音,人从那儿经过,穿越象征的森林,森林用熟识的目光将他注视。"[1] 梁宗岱对此做出阐释:当我们放弃了理性与意志的权威,把我们完全委托给事物的本性,让我们的想象灌入物体,让宇宙大气透过我们心灵,因而构成一个深切的同情交流,物我之间同跳着一个脉搏,同击着一个节奏的时候,站在我们面前的已经不是一粒细沙、一朵野花或一片碎瓦,而是一颗自由活泼的灵魂与我们的灵魂偶然的相遇:两个相同的命运,在那一刹那间,互相点头,默契和微笑。[2] 梁宗岱对波德莱尔的契合论予以中国化的解释,认为"契合论"是物我间的"深切的同情交流",这是发生在"自由活泼的灵魂"之间的"宇宙大气"的自然流动,反映了独特的中国生命哲学观,物我是可以平等交流的生命主体。

波德莱尔认为,诗人就是神秘自然的翻译家,只有诗人才可以体会这种神秘的契合。如果大自然就是"原作",诗人即译者"必须切肤入里渗透于作品所创造的生命,逐渐和作者表达的情思心心相印,彻底感受继而你仿佛觉得那是你自己的作品"[3]。译者与原作进行交流,感悟作品的生命力,这一过程相当于古代文艺范

---

[1] 郭宏安译。参见郭宏安:《波德莱尔美学论文选》,人民文学出版社,1987。
[2] 梁宗岱:《诗与真》,商务印书馆,1975。
[3] 雷纳·韦勒克:《近代文学批评史》(第4卷),杨正伍译,上海译文出版社,1997。

畴之"应感",译作的完成仅依赖原作的文字远远不够,还要"逐渐和作者表达的情思心心相印",这需要将原作当作平等的有生命的主体,与作者深度对话,还原作者创作过程中的"神思",方可明白原作匠心所在,这才是"妙合论"所谓"神会是态度,是过程"。梁宗岱说:"文艺的欣赏是读者与作者间精神的交流与密契;读者的灵魂自鉴于作者灵魂的镜里。"① 同理,文学翻译之"妙合"与波德莱尔之"契合"都将"物"(包括翻译中的原作)看作是有生命的主体,但并不完全等同,古代文艺范畴中,"神思"是"应感"的进一步延伸。

刘勰《神思》中:"古人云:'形在江海之上,心存魏阙之下。'神思之谓也。文之思也,其神远矣。故寂然疑虑,思接千载;悄焉动容,视通万里;吟咏之间,吐纳珠玉之声;眉睫之前,卷舒风云之色:其思理之致乎。"② 失落了时空的物象曾经活跃在作者的神思中,此刻却牵引着译者,翻译过程以这种方式融合了现在、过去与未来,成为一个充满诗性与思辨性的本体。"神思"突破生命的有限性,原作、作者、译者(读者)、译作因每个瞬间"妙合",而有了千丝万缕的联系,这也使翻译过程具备了充满生命活力、超越时空的本体属性。

2. 妙悟

"神思"凸显了"妙合论"中"神会"的过程,"妙悟"则类

---

① 梁宗岱:《诗与真》,商务印书馆,1975。
② 周振甫:《文心雕龙选译》,中华书局,1980。

似于"妙合论"所言"凝神观照,默体其真"①,是保证"神思"畅达不可或缺的环节。因为"道,可道,非常道""惚兮恍兮""淡乎其无味,视之不足见,听之不足闻,用之不足既",只有排除杂念,亦即"凝神观照"才可体道。

熊十力认为,体认就是"觉人所觉,浑然一体不可分"。②在翻译中,这种体认又何尝不是诸翻译实体间的"妙合"呢!成玄英注曰:"体,悟解也。妙契纯素之理,则所在皆真道也。"禅宗之悟自带神秘性与个体性。唐代张彦远的《历代名画记》中提到"唯顾生画古贤得其妙理,对之令人终日不倦,凝神遐想,妙悟自然,物我两忘,离形去智"。可见,"妙悟"作为一种审美观照方式,具有浓郁的诗性,到明清时期摆脱了禅光佛影,成为标举个性、自由的诗思互涵的重要文艺范畴。李日华认为,"妙悟"是心灵与对象的合一,是智慧的观照,是不为尘蔽的"湖海溪沼之天具在"的本然世界。③这里的"妙悟"已然有了超越"我障"的意味。

伽达默尔的"视域融合"有超越我障、突破自我中心、实现人我互观的含义,笔者曾对钱锺书"阐释之循环"与伽达默尔"视域融合"做出比较,认为:"钱锺书以人我互观、古今互观为喻,说明'阐释循环'这一'局部'与'整体'互动的解释模式或现象。人我互观所强调的,乃是自我中心意识的突破,也即超越'我障'。古今互观所强调的则是今人或现代人对古人或古代文献的

---

① 龚刚:《文学翻译当求妙合》,《太原学院学报(社会科学版)》2019年第5期。
② 郭齐勇编:《熊十力学术文化随笔》,中国青年出版社,1999。
③ 张泽鸿:《宗白华现代艺术学思想研究》,文化艺术出版社,2015。

'同情之了解'。而人我、古今互观的结果也就是哲学解释学大师伽达默尔所谓的理解者与被理解者的'视域融合'或'眼界溶化'。"①因此"视域融合"中有"妙悟"的成分,而"人我、古今互观"也是"妙合论"的应有之义。

受伽达默尔影响,顾彬认为"我们翻译的不是原文,而是我们对原文的理解。翻译就是理解的问题。翻译与哲学有密切关系"②。每一个译者(即理解者)都是处于一定的"前理解"中。借用诗人杨炼的话,顾彬提出了翻译"超越"论:"如果我要翻译他的诗,就应该使他那些被我翻译成德文的诗作,在德国文学史上拥有一定地位。"③"翻译表达着顾彬的世界主义姿态"④,"超越论"是其世界文学观在翻译理论上的体现。顾彬理想中的"世界文学"是种经典化文学,具有超越性,超越民族、语言、时代、地域,并为世界各国人民所分享。⑤某种意义上,"翻译就是一种摆渡,它将原作的生命力摆渡到了另一种形式之中,更新了译者及其语言的生命,因此打开了一个民族的视域,更新了其内在精神并使其获得了精神上的责任。"⑥顾彬的"超越论"虽然以视域融合为基

---

① 龚刚:《钱锺书与文艺的西潮》,南开大学出版社,2014。
② 顾彬、魏育青、姜林静:《翻译对社会发展的意义——顾彬与魏育青对谈录》,《东方翻译》2016年第1期。
③ 郭建玲:《在中国文学里栖居——顾彬访谈录》,《当代作家评论》2012年第5期。
④ 胡桑:《翻译—民族国家—现代性和传统型——论顾彬的汉语诗歌批评》,《扬子江评论》2017年第4期。
⑤ 季进、余夏云:《我并不尖锐,只是更坦率——顾彬教授访谈录》,《书城》2011年第7期。
⑥ 同④。

础,却强调人我、古今各处一端、彼此独立,以今我释古人;"妙合论"也有"超越"之义,但却是超越"我障",突破自我中心,从而实现古今、人我间的平等对话、互观交流。"妙合论"融通古今、中西,自有别趣,依循诗思互涵的思维方式,尽现传统译论的魅力。

巴斯内特认为"意欲译诗,第一步就是带着敏锐的目光阅读原文文本,这个解码的过程不仅考虑到文本的特点,还考虑到文本之外的因素。如果我们不是专心致志、全身心投入阅读一首诗,而是开始担心是否能够翻译原文的'精神',实际上不清楚精神指的是什么,那么,就会陷入死胡同"[①]。巴斯内特所言"全身心投入"又何尝不是一种"凝神观照"抑或"视域融合"呢!这对"翻译原文精神"亦是与作者深度对话的重要性可见一斑,正因为有了"凝神观照",有了"神会"的欣然瞬间,原本"不清楚精神指的是什么"才有模糊呈现于眼前的可能,这种求索也是臻于"妙合"佳境必经之"径"。诗人兼译者的"神来之笔"可以使诗歌重新"投胎转世"[②]。巴斯内特所谓的"灵性""神来之笔"又何尝不是"妙悟"之后的"妙合"呢!

三、妙合之境的本体性

严复有"信、达、雅"说,钱锺书有化境论,顾彬有超越原文论,诺奖得主布罗茨基有诗化论(Poetry is what is gained in

---

[①] 刘军平:《西方翻译理论通史(第二版)》,武汉大学出版社,2019,第434页。
[②] 刘军平:《西方翻译理论通史(第二版)》,第438页。

translation),但是,理想的文学翻译应是"妙合之译"(corresponding translation)①。中国哲学具有终极性、超验性的特质:"中国非实体化的本体讲求生命化的流行的理境论。中国形而上学追求的是一种极高明的圆融的理境。天地万物感应交涉,旁通统贯。宇宙间的一切自然而然有其遭际境遇,在大化流行中演奏出和谐美妙的韵律。"② 同理,翻译本体性不仅体现于翻译过程的诗性与思辨性融合的空间结构,还表现在翻译理想的终极性及超验性。艾柯认为,"在神秘的创作过程与难以驾驭的诠释过程之间,作品'本文'的存在无异于一支舒心剂,它使我们的诠释活动不是漫无目的地到处漂泊,而是有所归依。"③ 原作、作者、译者、译作诸要素彼此摄入、"妙合无垠"才是"妙合论"指向的翻译终极理想。

"境"可感而不可触,从唐代王昌龄的"三境"说即物镜、情境、意境开始,"境"便有了比较明确的意义,三种境界依次深化:"物境是寄情于物,诗中有画;情境是取物象征,融物于情,直抒胸臆;意境是表达'内识',哲理,生命真谛。"④ 王国维曰:"诗人对宇宙人生,须入乎其内,又须出乎其外。入乎其内,故能写之,出乎其外,故能观之。入乎其内,故有生气;出乎其外,故有高致。"⑤ 宗白华也将艺术之境分为"直观感相的摹写""活跃生命的

---

① 龚刚:《文学翻译当求妙合》,《太原学院学报(社会科学版)》2019年第5期。
② 刘军平:《传统的守望者——张岱年哲学思想研究》,人民出版社,2007,第111页。
③ 艾柯:《诠释与历史》,载于艾柯等著、柯里尼编《诠释与过度诠释》,王宇根译,生活·读书·新知三联书店,1997,第108页。
④ 陈良运:《中国诗学体系论》,中国社会科学出版社,1998,第240页。
⑤ 陈良运:《中国诗学体系论》,第389页。

传达"和"最高灵境的启示"三个层次。① 从"境"的发展脉络不难看出：可感可触之境处于最低层，直观摹写便可达到；将万物赋予一己之深情便是中级之境；诗与思，情与理的完美融合方为至境，至境合于道，集终极性与超验性于一体。就翻译而言，仅仅追求文字间的转换远远不够，所谓"兵无常势，水无常形，运用之妙，存乎一心"②，译文与原作只有形式上的相似并非翻译至境；译文能如原作让读者感受其间的真挚深情，便是中级境界；译者"入乎其内"（与作者悠然神会），还要"出乎其外"，将一己之"情"与"理"（原作）完美融合，译作读者能从译文中体会到作者的深情与静观，方是"妙合"之境。

四、"新性灵"与翻译风格

我们认为："要做到信，不光要还原本意，还要还原风格，当雅则雅，当俗则俗，当文则文，当白则白。"③"若无神会，难得其真"，只有神会才可以更准确把握原作（作者）风格，指出其"极具个性，又富于神秘体验，以难译著称。译其诗，须有闪电般的照亮与灵感，方能达妙合之境"④。文学作品最珍贵之处就在于言外之意，而欲达至境，非有性灵不可。袁宏道说："性灵窍于心，寓

---

① 宗白华：《美学散步》，上海人民出版社，2002，第74页。
② 龚刚：《文学翻译当求妙合》，《太原学院学报（社会科学版）》2019年第5期。
③ 同②。
④ 同②。

于境。境所偶触，心能摄之；心所欲吐，腕能运之……以心摄境，以腕运心，则性灵无不毕达，是之谓真诗。"①若无性灵，便无以实现情与境会。于译者而言，若无性灵，便无法有感于原作，更无法谈及翻译过程中的"神思"与"妙悟"。焦竑《澹园集》卷十五《雅娱阁集序》曰："苟其感不至，则情不深，情不深则无以惊心而动魄，垂世而行远。"②屠龙《由拳集》卷二十三《与友人论诗文》曰："自谓能发抒性灵，长于兴趣，安在其为诗？且诗道大矣！鸿锯者，纤细者，雄伟者，尖新者，雅者，俗者……如是乃称无所不有。"③正因性灵的千差万别，同样的作品，经不同的译笔，便会有千差万别的译作。但原作的风格是既定的，这就要求译者必须体悟作者的创作冲动，对一首作品的形成过程有深刻洞察，作者性灵与译者性灵发生共振，才可以有"妙合"之译作。对译者而言，尽量选择与自己风格接近的作品进行翻译，无疑更能与作者"悠然神会"，"妙合"之理想也因此更进一步。

对译者而言，与作者性灵接近也只是一种理想的假设，事实上，这样的情况并不多见。明清"性灵"派强调先天个性，强调任性而发，忽视后天学养积累，多为后人诟病，虽然袁枚也通过思辨将"性灵"上升为审美范畴，多做修正，但往往才立一义，又破一义。钱锺书的"化书卷见闻作吾性灵"④是对性灵诗学的发

---

① 陈竹、曾祖荫：《中国古代艺术范畴体系》，华中师范大学出版社，2003，第649页。
② 陈竹、曾祖荫：《中国古代艺术范畴体系》，第650页。
③ 陈竹、曾祖荫：《中国古代艺术范畴体系》，第650页。
④ 钱锺书：《谈艺录（补订本）》，中华书局，1984，第611页。

展。近年来，我们又提出"新性灵"诗学，认为"没有澎湃的激情（先天），没有独立天地的静观（后天）"，便无法成就佳作；"新性灵"翻译观则是"倾听作者的心跳，神与意会，妙合无垠"，对于译者来说，心中情（神会于作者）、眼中句（以作者及文本为归宿），刹那相激，方能"妙合无垠"。①

布罗茨基的诗化翻译观是其诗歌理论在翻译上的体现，他反对将艺术看作模仿，认为诗歌是从诗人内心深处涌流出来的声音。布罗茨基曾明确表示，仅仅是为了避免现实的重复性，诗歌也不模仿现实，以免滑入陈词滥调之流。②诗歌不是模仿，"艺术家要模仿自然，并不是真去刻画那自然的表现形式，乃是直接去体会其精神，感觉那自然凭借物质以表现万相的过程，然后以自己的精神、理想情绪、感觉意志，贯注到物质里面制作万形，使物质而精神化"③。同样，翻译亦不只是模仿，"若无神会，难得其真"④。布罗茨基所译唐诗富有诗意，体现了"有我"的翻译观，某种程度上是借助翻译来表达自己的亲身感受，可谓有得有失。而"妙合"的译文却是将"有我"（主动与原作、作者深度交流）、"无我"（以译出原文风格为旨归）完美统一于译作。

狄金森诗歌"极具个性，又富于神秘体验，以难译著称。译其诗，须有闪电般的照亮与灵感，方能达妙合之境"⑤。狄金森诗歌

---

① 龚刚：《文学翻译神理说兼及狄金森的中译》，《澳门人文学刊》2020年第1期。
② 约瑟夫·布罗茨基：《小于一》，黄灿然译，浙江文艺出版社，2014，第127页。
③ 林同华主编《宗白华全集》（第1卷），安徽教育出版社，1994，第313页。
④ 龚刚：《文学翻译当求妙合》，《太原学院学报（社会科学版）》2019年第5期。
⑤ 同④。

中多次用到"——",译者若不能有闪电般的照亮与灵感,就很难译出这个符号的特殊意涵,或使其成为毫无意义的形式摆设,或不能与译作融为一体,显得突兀碍眼。下文以"——"的不同翻译方法为例予以说明,需要指出的是,"形而下"的方法并不能穷尽,而译者"闪电般的照亮与灵感"既是实现"与作者的悠然神会"的重要途径,也是"化书卷见闻作吾性灵"的必然体现。

My River Runs to Thee

My River runs to Thee —

Blue Sea! Wilt welcome me?

My River wait reply —

Oh Sea–look graciously —

I'll fetch thee Brooks

From spotted nooks —

Say — Sea — Take Me!

我的小河向你奔去[①]

我的小河向你奔去——

蓝色的大海!欢迎我吗?

---

① 赵岩译。参见赵岩:《艾米莉·狄金森诗作选译》,《新大陆诗刊》2017年第159期。

等着你的答复呢——
哦，仁慈的大海——瞧呵！

我将带去溪流万千
自光影斑驳的山涧——

请你——大海——收下我吧！

诗中的符号"——"就像小河里无数跳跃的浪花，极易被忽略，敏锐的译者（首先是读者）却深知浪花里有诗人深情的凝望，隐藏着欲言又止的"真实"。符号"——"看似不可译，但其中潜藏的气息却是抹不去的存在。译者借助语气词（呢、哦、呵）来译这个符号，原作中犹疑、欢快而又义无反顾的复杂情绪得以传达。

The Red — Blaze — Is the Morning
The Red — Blaze — is the morning
The Violet — is Noon —
The Yellow — Day — is falling —
And after that — is None —
But Miles of Sparks — at Evening —
Reveal the Width that burned —
The Territory Argent — that

Never yet — consumed —

晨而泛红①

晨而泛红，午而转紫，日落昏黄，一切皆空。星光十里，余焰何广，耿耿银河，万世不竭。

狄金森原文中同样出现了"—"，诗句间思索的意味通过文言的简洁与张力得以凸显。伟大的诗人常常也是神秘自然的解密者，爱默生的超验主义对狄金森有着重要的影响，其中的诗性与哲性往往需要特殊的创作手法来表达，译者对于特殊手法的解读因性灵各异而有所不同，但读者同样可以从译诗中感受到狄金森的独特魅力。

Dreams — Are Well — but Waking's Better

Dreams — are well — but Waking's better —
If One wake at morn —
If One wake at Midnight — better —
Dreaming — of the Dawn —

Sweeter — the Surmising Robins —
Never gladdened Tree —

---

① 龚刚译。

Than a Solid Dawn — confronting —
Leading to no Day —

梦——好——但醒着更好①
梦——好——但醒着更好——
抑或醒在清早——
抑或醒在三更——胜似——
梦寐——东方破晓——

更甜美——知更鸟的臆测——
绝否给树木以快乐——
较之一个踏实的黎明——对峙——
难以将长夜摆脱——

　　"梦"与"醒"在凝练的诗语中自如行走,顺着符号"—"在"树木"的光影明暗间蔓延。在苍茫的空间里唯有"更甜美——知更鸟的臆测——"在骨感的树枝上稍做停留;从始至终情绪都徘徊在"梦"与"醒"之间,"抑或醒在清早——/ 抑或醒在三更——胜似——/ 梦寐——东方破晓——"将读者引入无法言喻的梦幻诗境。这首诗中特殊符号"—"的意味似乎更丰富,让人联想到"梦"与"醒"在"骨感"的树枝上交错蔓延,犹疑又灵动。

---

① 赵岩译。参见赵岩:《艾米莉·狄金森诗一首》,《新大陆诗刊》(New World Poetry)2019年第174期。

五、小结

　　文学翻译的理想境界要以"妙合"为终极追求,"译者与作者悠然神会"之过程尤为关键;"若无神会,难得其真",追求"妙合"的翻译也应是以"诚"为人生修养的体现;因性灵的千姿百态,文学的魅力才能持久,"妙合"之译因而便是审美诗性与喻理思辨性统一的本体,译者剔除偏见、空纳万境,洞照作者、原作,译作最终实现"物我"两相契合之境。

"大雪中纷飞的火焰"
——试论龚刚"新性灵"思辨之美[①]

作为"新性灵"诗学的创始人,龚刚认为,"诗歌是大雪中纷飞的火焰。没有澎湃的激情,没有独立天地的静观,便不能成就一首好诗。"可以说,"新性灵主义是雪莱式的浪漫主义与艾略特式的反浪漫主义的辩证统一。"(龚刚语)

西方浪漫主义对中国现代诗学的影响不可小觑。浪漫主义诗学标榜文学作品应该真实地表现人们内在的炽热的情感,以雪莱为代表的积极浪漫主义"立意在反抗,指归在动作,而为世所不甚愉悦"[②],情感热烈奔放、言辞大胆直白是其惯有的诗风。而以华兹华斯、柯勒律治为代表的消极浪漫主义诗人构建的意象却是"令人生怀古之幽情的残垣断壁、苍凉婉转的邮车号角和月光照亮的古堡废墟、童话公主、兰花和在绚丽的夏夜里潺潺催眠的流泉"[③]。两种浪漫主义形态各异,诉求却一致,其中,华兹华斯提出"诗

[①] 原载于《名作欣赏》2020年第4期。
[②] 鲁迅:《摩罗诗力说》,载于《坟》,人民出版社,1980,第59页。
[③] 卡尔巴特:《论诺瓦利斯》,刘小枫选编、林克译,香港道风书社,2003,第193页。

是强烈情感的自然流露"①,英国浪漫主义大幕就此开启。浪漫主义诗学的"主情主义"倾向,引起了中国自由主义文人的共鸣。事实上,抒情也是中国古典诗学一以贯之的传统,《诗经》《楚辞》即中国抒情诗之先河。

20世纪30年代,五四新文化运动的浪漫主义思潮退去,中国现代诗学掀起了知性诗学风潮,充满冷静剖析和反讽意味的诗作随之出现,这类诗"极力避免情感的发泄而追求智慧的凝聚"。反浪漫主义代表艾略特认为,"诗不是放纵感情,而是逃避感情,不是表现个性,而是逃避个性。自然,只有有个性和感情的人才会知道要逃避这种东西是什么意义。"闻一多最初明确推崇浪漫主义诗学:"诗家的主人是情绪,智慧是一位不速之客,无须拒绝,也不必强留。至于喧宾夺主却是万万不行的。"②然而,六年后,他出版了诗集《死水》,沈从文评价其是"一本理智的静观的诗"。继长诗《奇迹》发表之后,闻一多开始极力抨击诗坛流行的自我表现诗风。而徐志摩也开始质疑"诗如白话"的观点:"我们信完美的体形是完美的精神的唯一表现,我们信文艺的生命是无形的灵感加上有意识的耐心与勤力的成绩。"③可见,这是诗歌内在规律的要求,即使没有外国现代派诗歌的刺激与引导,这种转变也是顺理成章的。

浪漫主义与现代主义诗学的起伏更迭伴随着中国现代诗学对

---

① 华兹华斯:《〈抒情歌谣集〉一八〇〇年版序言》,载于伍蠡甫《西方文论选》(下卷),上海译文出版社,1997,第17页。
② 闻一多:《泰果尔的批评》,载于《时事新报·文学副刊》1923年12月3日。
③ 徐志摩:《诗刊弁言》,载于《晨报副刊·诗镌》1926年4月1日。

诗歌本质的论争。对于诗歌本质的理解,龚刚在其《新性灵主义诗学纲要》一文中提出两个观点。"其一,走出海子陷阱,长诗与诗的本质相冲突。"①他认为,"文饭诗酒。淘把米,煮一煮,就是饭。把米酿成酒,需要漫长积淀。酒是粮食的精华,令灵魂燃烧。哪有那么多火?还是那句话,闪电没有抓住你的手,就不要写诗。"法国象征派诗人瓦雷里说:"一百次产生灵感的瞬间也构不成一首长诗,因为长诗是一种延续性的发展,如同随时间变化的容貌,纯自然的诗情只是在心灵中产生的庞杂的形象和声音的意外相会。"其二,龚刚"新性灵"诗学还提出"冷抒情"的观点。这与荷尔德林的"去浪漫化的浪漫主义"不谋而合。所谓去浪漫化,"就是反对滥情。只有以超越的尺度为依托,才是真正的浪漫主义"。而"诗意地栖居",也就是以神性尺度为依归的生存。龚刚在对诗歌本质"主情"与"主智"的辩证思考上,以"灵感"诗学概念为契机,进一步提出长诗有悖诗性,而所谓"反抒情的抒情,只有在反调情的意义上,才是真诚的"②。就创作思维而言,西方浪漫主义的"灵感"说、象征主义的"契合论"可与中国传统诗学的"妙悟"说、"心物交融"说沟通。其中,"灵感"概念成为中国现代自由主义诗学的重要理论范畴,应在五四时期。值得注意的是,龚刚"新性灵"诗学创立了自己特有的话语言说方式,如"闪电""冷抒情""哲性乡愁",并且以"新性灵"诗学为

---

① 龚刚:《前言:新性灵主义诗观》,载于龚刚、李磊主编《七剑诗选》,暨南大学出版社,2018。
② 龚刚:《新性灵诗学纲要》,载于《中西文学轻批评》,光明日报出版社,2018。

根基,将"妙合"一说沿用至翻译学领域。

自由主义诗学的"天才说"实际上也是"灵感"说的进一步延伸。梁实秋说过:"自从人类的生活脱离了原始状态后,文学上的趋势是:文学愈来愈有作家的个性之渲染,换言之,文学愈来愈成为天才的产物。"[①]重抒情、尚天才、独抒性灵则是明清性灵派之主张。

"性灵说"作为一种泛指生命灵性的美学思想,早在南北朝时期刘勰的《文心雕龙》中便可见端倪:"岁月飘忽,性灵不居,腾声飞实,制作而已。"作为一种文学思潮,"性灵说"是在明中叶之后,随哲学启蒙思潮的兴起而诞生的。王阳明首倡"良知说",之后王畿将"良知说"推向"性灵说",曰:"若是真致良知,只宜虚心应物,使人人各得尽其情,能刚能柔,触机而应,迎刃而解,更无些子搀入。譬之明镜当台,妍媸自辨,方是经纶手段。""从真性流行,不涉安排,处处平铺,方是天然真规矩。"这里的真性实乃"性灵"[②]。至罗汝芳,已直接使用"性灵"一词,曰:"信其善而性灵斯贵矣,贵其灵而躯命斯重矣。"至此,"性灵说"已成熟完善。龚刚认为,以袁宏道为代表的明清性灵派"以生命意识为核心,以佛教'心性'学为推动,强调文艺创作的个性特征、抒情特征,追求神韵灵趣的自然流露"。这一点在"新性灵"诗学中得以传承。

龚刚借用《荀子·性恶》中的"凡性者,天之就也,不可学,

---

① 赵小琪、张慧佳等:《中国现代诗学导论》,上海古籍出版社,2018,第320页。
② 成复旺:《新编中国文学理论史》,中国人民大学出版社,2010。

不可事"阐发了"性灵并非纯为自然本性（natural disposition）"的观点："钱锺书有言'化书卷见闻作吾性灵'。的确，书卷见闻与抽象思辨皆可化为性灵。也就是说，性灵中可包含哲性，有后天修炼、参悟的成分。新性灵主义认为，诗才可后天开发，性灵可后天涵养，这是与天才论的不同之处。有天分自然更好，天纵英才，以气驭剑，意之所向，随物赋形，是为至境。"关于新、旧性灵之不同，龚刚将其概括为以下两点：一是旧性灵主义主张不拘格套；新性灵主义则不仅主张不拘格套、从心而出，还主张诗之气韵胜于音韵，虽短短数行，亦需奇气贯注。二是旧性灵主义主张独抒性灵，重性情，尚天才，反模仿；新性灵主义则主张厚学深悟而天机自达。不等而等，不期而至，是诗兴；一跃而起，轻轻落下，是诗魂。①

其中，龚刚在性灵主义不拘格套、从心而出的基础上对诗歌形式辩证思考，提出了"气韵胜于音韵"的观点。从中国传统及现代诗学发展的脉络来看，对诗歌形式的论争一直都存在。事实上，这也是文质之争在不同历史阶段的具体表现。早在2003年，龚刚就对这一主题组织讨论，并与赵长征合作发表《"新"其形式需是诗》一文，其中提出了"汉语新诗不必受平仄束缚，但汉语诗人不妨训练一下'平仄感'"这一观点。之后，他还发表了《朱光潜与文白之争——兼谈学习和创作文言文的现实意义》，对语言形式进行反思。"气韵说"既是对诗歌之道的探索，也是赋予诗歌

---

① 龚刚:《新性灵主义及其对中西诗学的会通》,《太原学院学报》2019年第4期。

完美诗形、独特诗意的必然途径。后现代主义者奥逊和克尔里在诗的力学中曾提及气的运行,认为诗的本身每刻每处都是一个高度的气的建构,同时也是气的放射……形式随着内容的活动,随着气的运行而延展成形。一个感悟的瞬间,必须立刻直接引起下一个感悟的瞬间。"气韵说"是龚刚"新性灵"诗学对其"平仄感"一说的进一步延伸,且与其一贯的诗学话语风格如出一辙。

至此,龚刚认为"新性灵主义诗学是会通旧性灵主义和艾略特所代表的反浪漫主义的产物"。新性灵主义诗学独具匠心,对如何在独抒性灵、弘扬个性与逃避感情、逃避个性之间确立必要的张力进行了思辨。[①]事实上,创作与欣赏活动中都贯穿着一个"我"与"非我"的辩证关系。使"我"化为"非我",又从"非我"中来表现"我",就是创作的辩证法;使"我"进入"非我"世界,又从"非我"世界中找回"我"来,就是欣赏的辩证法。[②]正所谓"愈是个人的,愈是深刻的,就愈带有普遍的意义。而且也愈会给人一种既亲切又新鲜的感觉"[③]。情性中须融入智性,正是新性灵主义与旧性灵派天才论的一大区别。新性灵主义有新世纪的气息,体现了网络化、全球化时代的新精神,又强调哲性感悟,是性情抒发与哲性感悟的结合,是融性灵主义、反浪漫主义,以及受浪漫主义影响的现代个性主义于一体的"非派之派"。

---

① 龚刚:《新性灵主义及其对中西诗学的会通》,《太原学院学报》2019年第4期。
② 钱谷融:《有情的思维》,载于《钱谷融文集·卷三》,上海人民出版社,2013。
③ 同②。

对于哲性感悟即哲性乡愁的思考,龚刚在《从感性的思乡到哲性的乡愁——论台湾离散诗人的三重乡愁》一文中予以阐释:"乡愁并不限于狭隘的地域层面,而是包含了三个层次:一是怀恋故土式的地域乡愁,一是身居海外却活在美丽方块字中的文化乡愁,一是一种本源意义上的乡愁,也就是哲性乡愁。按照中国神秘主义哲学的观念,对本质真实或绝对真理的直觉即沿着虚无之路返回家中,而掌握本质真实的愿望,则是一种身在他乡的故园之思。因此,一切有目标的思考都可以在情感层面被喻为一种乡愁,一切对存在本质与形上归宿的求索均可被视为哲性乡愁。当人们找到了信仰,找到了个人化的《圣经》,哲性的乡愁也就随风而散。"[1]

龚刚的"哲性乡愁"这一原创性诗学命题其实也是对"情性中融入智性"、崇尚"顿悟"的延伸。在对神秘主义哲学观思辨的基础上,他进一步阐发了新性灵诗学批评观。

龚刚提出:"崇尚融会贯通基础上的妙悟。长久的体验、瞬间的触动、冷静而内含哲性的抒情,大抵就是我所谓新性灵主义诗风。而李贽、金圣叹的性灵化批评,加上会通古今中西文白雅俗的知识视野和美学参悟,即我所谓新性灵主义批评。"[2] 钱锺书早已指出诗话"不成体系"之弊:"许多严密周全的思想和哲学系统经

---

[1] 龚刚:《从感性的思乡到哲性的乡愁——论台湾离散诗人的三重乡愁》,《淮北师范大学学报(社科版)》2017年第1期。
[2] 龚刚:《新诗百年与新性灵主义诗学建构》,原载于"中国社会科学网"2019年5月13日。

不起时间的推排销蚀，在整体上都垮塌了，但是它们的一些个别见解还为后世所采取而未失去时效。"而"诗、词、随笔里，小说、戏曲里，乃至谣谚和训诂里，往往无意中三言两语，说出了精辟的见解，益人神智，把它们演绎出来，对文艺理论很有贡献"。龚刚强调对"诗话"批评的复兴既不是文学研究形态上的复古，也不单纯是诗话体的现代转化，而是"更重兴会妙悟和具体鉴赏的文艺研究模式在现代中国学术演变之大趋势下的命运和前景"[①]，并依此延伸出"如何以白话文的形式对文学作品的文学价值及相关背景做出片言居要、富于灵心妙悟的评价，且又能在统一的风格下连缀成篇"的新一轮思考。可见，"新性灵"诗学虽无意构建所谓的宏大体系，却自成体系，具有自生性、开放性。

中国现代主义诗学的形成与对西方诗学、诗歌的译介密不可分。龚刚"新性灵"在对古今中西诗学思辨考证的基础上，从文学尤其是诗歌翻译实践中获得大量灵感，提出了文学翻译"妙合论"，将传统诗学、美学范畴沿用至译学，对构建当代有中国特色的译学理论有重要意义。

张柏然提出："建立中国翻译学，我们要立足于中华民族的语言、文化、思维方式，从本民族的语言与文化现实出发，我们不能机械地照搬和套用西方翻译理论模式，应该一方面吸取这些理论对翻译共性的描述，同时要根据本国的语言特点，透视语言中所反映的文化精神，构建具有本国特点的译学理论。纵观一千多

[①] 龚刚：《科学思维的局限性与"诗话"批评的复兴》，《中山大学学报（社科版）》2019年第1期。

年来的中国翻译理论,我们有着自成体系的译学思想,无论是'信、达、雅'还是'形似、神似'之说,都体现了华夏民族的整体思维方式,以及植根于本民族文化中的审美思想,这是中国译学理论发展的基石,我们要在此基础上兼收并蓄,构建符合我国语言文化特点的翻译理论模式与操作系统。"①张柏然对现当代译学发展趋势的思考也进一步验证了龚刚"新性灵"诗学及其文学翻译"妙合"论的命题价值。

龚刚"新性灵"诗学的魅力还在于其独特的思辨之美能引发对古今中西诗学命题进一步的联想与探索。穆旦谈及西方现代诗与传统旧诗时提到:"此诗是模仿外国现代派写成的,其中没有风花雪月,不用陈旧的形象或浪漫而模糊的意境来写它,而是用了非诗意的词句。这种诗的难处,就是它没有现成的材料使用,每一首诗的思想,都得要作者去现找一种形象来表达,这样表达出的思想,比较新鲜而刺人。"而艾略特也曾提及:"新诗的源头可以在以往被认为不可能的、荒芜的、绝无诗意可言的事物里找到;我实际上认识到诗人的任务就是从未曾开发的、缺乏诗意的资源里创作诗歌,诗人的职业要求他把缺乏诗意的东西变成诗。"②龚刚因循"新性灵"诗学的思辨路径,提出了"非诗意之诗意",看似不合逻辑的背后又有什么样的深意?

诗意并不简单等同于诗的意义,而是诗之所以为诗的东西,抑或"诗外的东西",尽管"意"与"诗外的东西"内涵不完全

---

① 张柏然、姜秋霞:《对建立中国翻译学的一些思考》,《中国翻译》1997年第2期。
② 张新颖:《T. S. 艾略特和几代中国人》,《文汇报》2012年8月19日。

等同，但都强调诗是文字以"外"的东西并可成为美感主体。叶维廉认为"意"可以引申为"意绪"，指"兼容了多重暗示性的纹绪"，可感而不可尽言的情境与状态。换言之，"意"指作者凭借一种美感活动领域，发散出多种思绪或情绪，读者进入此领域获得与作者相同的情绪。① 其实，对于诗意的感悟有一定传承性，并具有相对稳定性。穆旦所言"非诗意的诗"是在悖论中寻求必然，寻求超越。显然，龚刚"新性灵"引发的"非诗意之诗意"的思考也如"大雪中纷飞的火焰"一样充满思辨之美，这也许会让我们对新诗的历史使命及未来发展趋势有更新的认识。

诗学研究或以文化渊源为界，或以"诗学性质"为界，或以"诗学时间与形式"为界的思考模式在丰富诗学认知的同时，仍然受到二元对立思维的影响，难以从整体辩证把握，更难有新的突破。龚刚认为："新性灵派乃非派之派，妙用随心，也不必自缚手脚，画地为牢。新性灵主义创作观是一种崇尚各随己性、以瞬间感悟照亮生命的诗学信念，并非教条。换言之，新性灵主义创作观是机动灵活的、强调个性的、主张先天与后天相结合的，而非机械的、呆板的、一成不变的。"②

包括文学理论在内的人类的知识，与生命一样是一个活的、开放的、整体性的系统。"诗学"以其灵动的模糊性而适合于"模拟"这一"系统性"，并承担整合与协调系统之内纷繁多样之差异

---

① 叶维廉：《中国诗学》，人民文学出版社，2007，第24页。
② 龚刚：《新诗百年与新性灵主义诗学建构》，原载于"中国社会科学网"2019年5月13日。

性（内与外、无限与有限、整体与个别、现实与虚构、文学与其他学科之间等）的功能，它是一个富有弹性、可以让"理论"——包括"反理论"的理论、反"诗学"的诗学——既彼此渗透交缠又各自腾挪自如的自由游戏的空间。因此"诗学"所表象的是世界"大的理性"，而追求明晰分界因而自我拘束的"理论"反而是"小的理性"。"诗学"古老而常新，既与现代德国早期浪漫派心心相印，也与以《易经》为代表的中国诗学殊途同归。[①] 因此新性灵融实践性、思辨性、开放性、自生性于一体，不断建构和创新，履行了"诗学"的应有之义，也具备了比较诗学方法论的意义，其思辨之美值得我们不断地探索、挖掘。

[①] 刘耘华：《诗学本义与诗学再诠——"比较诗学与比较文化丛书"编纂前言》，载于赵小琪等《中国现代诗学导论》，上海古籍出版社，2018。

新性灵主义：最高规范的审美伦理之诗

澳门大学龚刚教授于2017年首倡"新性灵"主义诗学。这一诗学理念的提出并非一蹴而就，为创新而创新，而是多年的学术积累。作为有哲学与文学双重学术背景的当代诗人，龚刚所倡导的诗学必然有所体现。然而，这一点极容易被"新性灵主义"概念本身所遮蔽。由"新性灵"主义，自然会联想到袁宏道为代表的性灵派，继而会将其归结为"性灵派"的简单延续。事实上，追溯龚刚提出"新性灵主义"的缘起会发现，他始终坚持诗与哲两条脉络并行发展，由互鉴对话到互显互彰的思想轨迹。伦理哲学的诗意内核如何与诗歌创作中的哲性光辉相得益彰，有赖于龚刚对新诗现代性特质的辩证思考，而"大雪中纷飞的火焰"也随之成为"新性灵"诗歌创作风格的鲜明体现。

不妨从"新性灵"之新踏上诗与思的探索之旅。龚刚提到新性灵主义之"新"，可以从三个方面来理解：

第一，不认为性灵纯为自然本性。《荀子·性恶》称："凡性者，天之就也，不可学，不可事。"其实，先天之性也应于后天涵育之，否则就是一种混沌状态。钱锺书主张"化书卷见闻作吾性灵"。的确,书卷见闻与抽象思辨皆可化为性灵,也就是说,性灵中可包含哲性,有后天修炼、参悟的成分。质言之:性灵者,厚学深悟而天机自达之谓也。第二,肯定虚实相生、以简驭繁是诗性智慧,肯定诗人要有柏拉图所说的灵魂的视力。第三,主张冷抒情,而不是纵情使气。对浮华的世俗情感表示怀疑,是冷抒情的哲学本质。情感外露,热情外溢,不知节制和反思,则是热抒情。七剑诗派之一的张小平认为,"如果只是灵感与性情,就成了浪漫主义诗歌了。加上顿悟,就有性灵说的'闪电'了。"是的,我在《新性灵主义诗观》一文中所谓"闪电没有抓住你的手,就不要写诗",正是七剑诗派和新性灵主义创作观的核心精神。无理而自有理,悟在无形中。①

新性灵之"新"的阐释中处处可见游刃于新诗现代性悖论的机趣。首先,龚刚以钱锺书"化书卷见闻作吾性灵",化解"性灵"在传统意义上的局限性,后天修炼、参悟可以弥补"天之就也,不可学,不可事"之天性。"天性"犹如一首未经雕琢的"混沌之诗",作为获得哲性智慧的重要途径,"书卷见闻"将赋予其以真诗的精神与光辉;其次,诗与哲在"悖论中"趋于一致,这在诗歌创作中体现为"虚实相生,以简驭繁"的艺术张力;最后,以

---

① 张叉、龚刚:《以比较文学思维推进本土研究与理论创新——龚刚教授访谈录》,《外国语文研究》2019年第6期。

"冷抒情"与浪漫主义诗歌相区别,新诗反浪漫的特质体现在"冷"的哲学意味上。这种诗哲并举的思辨性在龚刚学术之路中早有明晰体现。

龚刚对新诗哲性的阐发可以追溯至他对戴震"理欲"说的思考。他认为,戴震以"血气"为声、色、臭、味之欲之所根,类乎西人所谓欲望、生理本能;又以"心知"为喜、怒、哀、乐之情之所根,亦即人伦之情所从出,且能由审察"自然"知所谓"必然",实兼西人所谓感性与知性于一体。①龚刚进一步分析"理欲说"的高明之处:"自然进于必然,理在欲中之说,即视彼岸即在此岸,无所谓超离,无所谓超度。然不可谓无超越,其超越之途,即所谓'内在超越'。既是内在超越,该是同一系统内(如心性结构)之超拔,由血气之自然而上达理义之必然,正是同一系统内之超拔。"正因如此,理与欲并不全然相悖,而是具有朝向对方敞开的潜在对话性,由"血气之自然"而"义理之必然"有着内在必然的一致性,这一点有别于西方以二元对立为基础的超越。在此意义上,新性灵主义诗学具有区别于中国传统性灵派与西方现代诗学,同时又可与两者形成对话的哲学基础。龚刚对戴震的"情之不爽失"之理为心体之理,而心体可独限于人,"节而不过"以及"欲"之正邪之分的逐一辨析为"新性灵"诗学强调的"厚学深悟""冷抒情""闪电"等一系列充满哲性的诗歌创作主张提供了义理合法性。

---

① 龚刚:《戴震〈孟子字义疏证〉"理欲"说新解》,《中国典籍与文化》2011年第3期。

"理"的另一端即是"欲",龚刚通过对"自我主义"与"神秘主义"的辨析阐发二者如何获得审美意义上的和谐与统一。他认为,神秘主义的实质是"反主为客""消灭自我以圆成宇宙";自我主义的实质是"反客为主""消灭宇宙以圆成自我";神秘主义需要多年的性灵的滋养和潜修,汲取东西方圣书中的"苍老的智慧",从"咒诅"宇宙转向参悟宇宙,从"消灭宇宙"的狂热转向"消灭自我以圆成宇宙"[①],方可实现天人和解与内心和谐。一方面,对"自我主义"之"欲"予以肯定;另一方面,神秘主义兼具诗性与哲性,其重视"性灵的滋养与潜修"与新性灵主义强调"化书卷见闻作吾性灵"如出一辙,遥相呼应。"理"与"欲"的表面悖论与内在一致表现在诗歌创作中则成为"一跃而起,轻轻落下"的创作风格。如果说戴震"理欲"之辨为新性灵主义诗学追求悖论中的和谐提供了哲学基础辩护,那么神秘主义则意味着在"我"与"宇宙"主客伦理秩序中做出了诗意审美的选择。不止于此,龚刚又在神秘主义基础上阐发了"哲性乡愁"[②]这一诗性、哲性兼具的创作观。同年(2017),龚刚分析了徐志摩的诗学思想与诗论风格,指出"徐志摩不仅是现代文学中的性灵派,也是现代诗学中的性灵派,与明清性灵派相呼应,可以说是新性灵派的代表人

---

① 龚刚:《反浪漫主义的诗学檄文——解析钱锺书唯一的新文学作品论》,《文学评论》2016年第3期。
② 龚刚:《从感性的思乡到哲性的乡愁——论台湾离散诗人的三重乡愁》,《淮北师范大学学报(哲学社会科学版)》2017年第1期。

物。"① 这篇文章可以说是"新性灵主义"的先声。文中,龚刚还提出"独抒性灵、激情四射的散文体诗论有不容忽视的价值",新性灵主义批评观由此生发。"新性灵"主义作为以比较文学的方法探索"新文学民族形式"②的"出位之思"③呼之欲出。2019年,龚刚重申"兴会妙悟"④式的批评观以及复兴诗话体的构想,主张文学批评不应排斥性灵与妙悟,而应将理论融入想象和直觉。这一批评观也是对神秘主义推崇的必要回应。

"美"是难的,诗又何尝不是。到目前为止,"诗"也没有一个公认的定论。的确,事物本身并不能证明自身,而往往需要借助区别于事物本身的"他者"。"美"同样没有定论,然而一说到"诗"潜意识里便会想到"美"。新性灵主义诗学之美即是其兼具哲性与诗性的思辨之美,除此以外,龚刚对"美"的阐释还体现在他对木心《豹变》的深切感悟:

> 不用怀疑,"生殉"是木心的终极感悟,也是其生命哲学的内核。那位被囚的画家在《名优之死》这则手记

---

① 龚刚:《中国现代诗学中的性灵派——论徐志摩的诗学思想与诗论风格》,《现代中文学刊》2017年第1期。
② Gonggang. "A Review of the Debate over the National Form in 1940s: How to Create a National Form for Chinese New Literature?" [J]. *Interdisciplinary Studies of Literature*, 2018(02).
③ 龚刚:《从感性的思乡到哲性的乡愁——论台湾离散诗人的三重乡愁》,《淮北师范大学学报(哲学社会科学版)》2017年第1期。
④ 龚刚:《科学思维的局限性与"诗话"批评的复兴》,《中山大学学报(社科版)》2019年第1期。

中所记录的如下心得,即是生殉理念的唯美诠释:

> 火柴,在点着烟卷后,一挥而熄,我发觉着是可以藉之娱乐的,轻轻地把它竖插在烟缸的灰烬中,凝视那木梗燃烧到底,成为一条明红的小火柱……忽而灰了,扭折,蜷曲在灰烬堆里——几个月来我都成功地导演这出戏,烟缸像个圆剧场,火柴恰如一代名优,绝唱到最后,宛然倒地而死……

然而,这并不是普通意义上的"美"的感悟,而是对生命本真之美的深切叩问。

《豹变》首篇的外科医生以其唯美的痼癖实践了这一向死而生的生命哲学,被囚的画家则在地下室的冥想中为这一哲学勾勒出美丽的曲线。木心和海德格尔的区别在于,海德格尔是形而上的推理,是对人生应当如何的劝喻,木心无意劝喻,无意规训,他的领悟是从童年那只色如天青的浮盆中萌芽的,带着母亲的体温,浸润着最美的记忆。即使是在对人性与爱情幻灭之后,这一缕淡渺的温情,依然是木心内心深处的灿烂底色。君子豹变,由懵懂而幸福的少年成长为冷峻而内美的哲人。豹纹是外在的华美,生殉的彻悟是幸存者的灵魂。因为有灵魂,《豹变》才是浑然的整体,它所铭刻的,不是我们的时代，而是我们的生命。

追求生命本真之美属于最高规范的审美伦理，体现在诗歌创作中即是"不拘格套、从心而出，诗之气韵胜于音韵，虽短短数行，亦需奇气贯注"，与"形式"之美相衬的是诗魂之美"一跃而起，轻轻落下"。"新性灵主义"诗学追求审美伦理在悖论中的和谐则是生命抑或艺术实现终极自由的诗意回响。

"哲性乡愁"的自然书写
——以"80后"女性诗人林珊的诗歌写作为例[①]

"哲性乡愁"这一诗学观念是澳门大学龚刚教授所倡。在当代诗歌写作中,古典诗意的现代性嬗变以别样的方式或隐或显体现着"哲性乡愁"的普适性意义。古典诗意在"80后"女性诗人群体中发生着衍变,即由"自然之真"而"自我之真",由"自我物化"而"失落之伤",由"无我之空"而"万物皆着我之色彩"。本文从"归"命题的双重意蕴、"原乡意识与诗人的归途"及"返乡之旅与诗人的归宿"等方面阐释林珊创作的反消解途径,以此揭示"哲性乡愁"的当代书写方式及在现代语境中回眸古典的意义。

一、古典诗意的消解

1. 古典诗意的现代境遇

古典诗意,主要体现在中国古典山水诗里,与自然山水密切

[①] 原文《古典诗意的消解与反消解——以"80后"女性诗人林珊的诗歌写作为例》,《名作欣赏》2022年第25期。稍作改动。

相关。魏晋时代,借山水而自化,"竹林七贤"以"自然之至真"为创作倾向,求真,成为古典诗意要义之一;唐代以后,受庄禅合力的影响,以王维、孟浩然为代表的山水田园派讲求"自我物化";五代至宋,诗、画、禅同出,"无我之空"蕴含了无尽的生命力,是营造古典诗意的根本,如苏轼所云"欲令诗语妙,无厌空且静"。无论是作为创作手法还是古典诗意的至境,无论是追求"自然之真""自我物化"还是"无我之空",都竭力避开"我"的介入。因此,中国古典诗歌里的"我"常安顿于山水之间,隐匿于现实时空,奉庄子的"物我同忘,万物齐一"为至境。

现代新诗中,"意义"成为诗意构成的重要质素,如朱自清所说"新诗终于转到意义为中心的"阶段。那么,"没有多少变化"的山水是否依然能够赋予新诗更多的意义或者诗意?五四以来,新诗主张明晰性与现代性,"我"不再隐身于古典诗意,而是鲜明、直接地介入诗歌。古典的"自然之真""自我物化"与"无我之空"在现代性的语境中是彻底隐退、消解还是发生自然衍变,"80后"女性诗人的创作或可带给我们启示,而林珊则有意识地探索古典诗意在现代语境中的生命力。

对于"80后"女性诗人来说,诗歌现代性主要体现在女性意识凸显而古典诗意隐退,这曾经成为诗坛的亮丽风景,如郑小琼在《安慰》中写道:"我有一颗明亮而固执的心,它有自己的懊恼/忏悔,茂密的不幸与劳累,微小的怨恨/它们侧身过来,浸入我身体柔软的部分/成为遥远的事物,在我的血液和骨骼/转动,制造出希望,疼痛,疾病,幸福……""我"的各种感受"明亮"地呈现在读者面前，是"固执"的宣泄与呐喊，是对周遭生活环境的有力回应，在她的诗里，"自然之真"衍化为"自我之真"。再如春树的《有一个美丽的地方》："两个扣子以不同的速度掉下来 / 裤子都又肥又大 / 它静悄悄的 / 仿佛不存在……我从来没感觉过 / 时间过得很慢又很长 / 生活对我来说 / 既艰辛又美好"，诗中强调了"我"的"艰辛"与"美好"。与郑琼不同，春树的女性意识以另一种方式呈现，由细微琐碎的事物引发，凸显自我的同时多了几许难以名状与不可捕捉，如"时间过得很慢又很长"，"我"的感受像没着没落的蓝调，曾经的"无我之空"转变为如今的"失落之伤"。"80后"女性诗人也有将目光投向自然山水的，如戴潍娜的《瘦江南》，"江南该在一条玲珑的小巷子里快快地长吧 / 她那纤细的腰上紧束着根儿雪花做的带子 / 隔岸的渔火升起 / 江心，未及一语……"，浓烈的现代诗意扑面而来，尽管江南是背景，有"玲珑的小巷"，有"隔岸的渔火"，还有"江心，未及一语"……但是，无一例外染上了诗人的愁怨与深情，江南已然是诗人独属的江南。曾经"自我物化"，而如今"万物皆着我之色彩"。纵观"80后"女性诗人群体的创作路径，或秉持"自我之真"，或宣泄"失落之伤"，或使"万物皆着我之色彩"，女性意识的凸显更多显示出现代诗意与古典诗意的格格不入，而"80后"女性诗人群体也再难"忘我"于古典山水。

但林珊的诗歌似乎让我们看到了现代与古典对话的可能性。她有着明确的探索自觉性，这是她作为"80后"女性诗人的可贵之处。一方面，她有意识地回眸古典，聚焦自然山水。在《抵达一种无我的天性》一文中,她说:"《诗经》中的植物、唐诗中的植物依然就在我们身旁途经的路边,陶渊明、王维、孟浩然笔下的山水依然散发出一种自我清澈的生命力,而我的写作是为了做到与之呼应与对称,抵达一种无我的天性。"另一方面,她立足当代,把目光投向当代诗人独有的复杂内心世界,她认为"诗歌应该是内心的独语",这种"朝向内心的浩瀚与深邃(阴影与光明)"正好与天地山水相掩映。她的诗语自然、流畅,修辞手法繁复、多变,诗风自然真切又细腻忧伤,既有古典山水的明澈,也有内心深处的"浩瀚与深邃",与"80后"女性诗人群体极力凸显现代女性感受的姿态形成鲜明对照。

2."归"命题的双重意蕴

诚然,林珊抵达"无我天性"并不意味着彻底返还"自然之真""自我物化"及"无我之空"的古典诗意;诗人关注古典诗意的"归途"之时,还有意识地探索现代人独有的内心图景,以一种隐性的方式返回自然山水。她诗中的一草一木对读者来说尤为亲切,总在不经意间唤醒遥远的记忆。从诗人成长经历来看,这与其生长环境密不可分;从创作手法来看,诗人将"归"这样一个兼具古典诗意与现代性的命题贯穿诗中,或隐或显,引发读者共鸣。那么,诗人内心之真如何与自然之真弥合无间,即现代诗意之"归"与古典诗意之"归"如何实现自然合一?这主要得益于林珊的诗歌充分发掘了"归"命题在时间、空间等维度的丰富内涵,正因如此,林珊的诗兼具古典诗意与现代诗意的自然之真。

"归"体现在时间上,时间分物理时间与心理时间。物理时间是心理时间的外化,心理时间是物理时间的内化,二者隐显相宜,虚实互彰。现代诗学中,"归"越来越指向双重含义,既指身体休憩,也指心灵安息。对现代人而言,"归"的心理意味更加浓厚,林珊关注心理时间的同时兼顾了物理时间,找到了最佳平衡点。她在《晚归》中写道:"所以给她欢腾的黄昏,夜晚有贫瘠的土地/所以给她断弦的竖琴,人世有滚烫的悲喜。"黄昏,是物理时间,接近万物安息之时,也是心理时间,它的光与暖是大自然的温柔回馈,不禁让人想到倦鸟归林;"竖琴"是世间最古老的乐器之一,有古老之感,以"断弦"修饰,无论是物理时间还是心理时间都附着了沧桑意味;"欢腾""贫瘠""滚烫""悲喜"以及"断弦"点染出"我"的复杂心绪,这所有的一切终将陷入空茫夜色之中。一种"归"而未果,"携着乡愁,寻找家园",兼具古典诗意与现代诗意的悖论美呼之欲出;"所以"两个字位于句首,因果倒置,物理时间与心理时间错综交织,点染出突如其来的沉重与无法抗拒的宿命感。

"归"体现在空间上。空间有心理空间与现实空间之别。《山行》一诗,依然没能逃过"晚"的宿命:

> 我还是去得晚了一些
> 满山的黄叶已经落尽了
> 只有风,从山顶袭来

命里注定的安排,只有接纳,接纳黄叶飘零的失落情绪。随后,笔锋一转：

> 满树的鸟鸣
>
> 溅满我的肩膀
>
> 这之后
>
> 鸿雁与天空是我的
>
> 丰饶与枯竭是我的
>
> 整座寒山，是我的
>
> 这之后
>
> 唯有我，迎着风
>
> 拾阶而上

眼前的山依然是那座山，诗人心里的山却前后有别，由失落而"忘我"复归，内心独语与天地、自然共振，诗意亦随鸟鸣与风声愈加明媚、清晰。《春日》一诗，田里的油菜花可以猜透"我"的悲喜：

> 走了那么远
>
> 一直没有触摸到天空的衬边
>
> 只是，所有的油菜花都开了
>
> 这仿佛来自故土的小小的狂喜
>
> 这不可避免的遇见
>
> 这整个黄昏高举的火焰

  金黄。寂静。领受阳光的喟叹

  细腻的笔触,轻快的节奏,心理空间由"触摸不到天空的衬边"到"不可避免的遇见",由没着没落之感到遇见故土"小小的狂喜",曾经的欢唱落成眼前的一瞬,而来自黄昏的馈赠预言着火焰般如归的使命。

  空间上,林珊青睐充满古典诗意的山水草木,而远离家乡的她并不能时时刻刻与"故乡"的自然山水相守,因此,她诗中的"归途"便多了辗转,这样的辗转,映射在时间上,便是"晚"的宿命,诗人之"归宿"也随之落脚在黄昏或者瞬间的恍然之中。诗人对时空的驾驭能力不言而喻,然而能将错综的时空编织成井然有致的心灵山水图景,除了诗人的创作手法之外还有深层原因,那就是诗人的原乡意识,而她的原乡意识又决定了她与众不同的"归途"。

二、原乡意识与诗人的归途

1. 原乡意识

  现代无根性早已在当代诗人的潜意识中生根,不然,诗人的归途何至如此缥缈。"故乡"的物事风华、悲欢美丑,都化作想象中难以企及的"原乡"。"故乡"的意义早已超出了地域、时间的局限成为"原乡",那是诗人最浓厚的生命寄托与记忆怀想,是乌托邦般的梦。正因为"原乡"的不可企及,所以爱伦·坡说:"我们借着诗或更美妙的诗——音乐——偶尔瞥见了'美丽'时,我们便要流出泪来了……这个快乐不能完全得到,不能现世得到,不能一劳永逸地得到,唯独借诗才能窥见一线似亮又暗恍惚的曙光。"波德莱尔将其改写为:"人生所揭示出来的,对于彼岸的一种不可满足的渴望是我们的不朽之最生动的证据。"从林珊的诗里,我们瞥见了这样的"美丽",也读出了对彼岸的渴望,即对"原乡"的追寻。诚然,林珊的原乡意识主要渗透在山水草木中,这一点处处可感。此外,她在诗中流露出来的原乡意识还包含着对自我身份认同的追寻,这样的原乡意识是丰富而立体的。诗里有她深情的呼唤:呼唤亲情,呼唤诗中的异国知己,呼唤心灵深处的圣洁;她沉迷于这种追寻,游刃在当下、过去与未来,与诗合一,逍遥在自然山水的有情与无情之间,"有我"与"忘我"之间。诗人的"原乡"隐匿在旧时光里,遗落在异国的诗行里,潜藏在坚定的信仰里,诗中的她总在不经意间发出深深的呼喊:它是父亲给予的力量,清晰、坚定。

> 父亲,空山寂寂。我是唯一
> 一个,在黄昏的雨中
> 走向深山的人
> ……
> 父亲,天色很快就要暗下来
> 父亲。我独自走在黄昏的
> 雨中

空山寂寂

它是妈妈温柔的叮咛,超越时空的局限,一直回响在耳边:

今天我从一个遥远的地方回来,妈妈
下午三点钟,我路过春天的麦地……
让我想念南方的雨季,妈妈

又如:

这是北京的春天,妈妈
迎春花开到荼蘼,紧接着是连翘
杏花,碧桃,重瓣棣棠……妈妈,我走了很远的路
才来到北方的村庄

它是那遥不可测的"我",诗里的知己是"我"的另一面镜子:

卡蜜儿,巴黎的春天
雨一直在下
我希望在雨中走过的
每一个女孩儿
都不会,是你

再如：

> 亲爱的鲁米先生，此刻秋风四起
> 我们不提前世也罢
> 如果有来生，如果有来生
> 我希望，能够早一点儿
> 遇见你……

国外诗歌给林珊带来了阅读上的新鲜感、词汇的多元化以及叙述方式上的别具一格。但从更深层次上讲，我们不妨理解为，异国元素让她置身于更广阔的创作背景，以更加多元的创作手法抵达真"我"。

它是上苍给予的信仰，卸下铠甲，在"菩萨"面前，再无须遮掩脆弱：

> 菩萨，我用冻僵的手指，拍摄的
> 是碧瓦朱檐，是禅音绕梁
> 是香烛燃尽
> 菩萨，大寒将至
> 那个行走在风雪中的人是我
> 那个跪倒在三圣殿的人是我
> 那个无声祈祷的人是我
> 那个频频回首的人是我

诗人的原乡意识反映了现代人对根深蒂固的文化血脉的坚守与回望,如果说现代性构成对古典诗意的消解,那么这种消解并非是彻底的。原乡意识的生成建立在现代人的失落感的前提上,隐匿在心灵深处。可以说,"现代性"从诞生之初就与原乡意识结下了不解之缘。因此,原乡意识本身就是对古典诗意消解的反消解。"80后"女性诗人的敏感特质使得她们的诗语充满了尖锐,几经失落,越发与周遭语境格格不入。正如我们读到的那样,"80后"诗人群体的诗语里更多是语词本身,是"失语"后的碎片,或男性化或中性化,以此强调不断觉醒的女性意识。她们的原乡意识更多聚集了"本我"的反抗,而非休憩于故园的安然与自足。林珊的原乡意识是多层面的,源自至亲、本我以及信仰。她的特别之处在于胸中丘壑与重叠的山、清透的水有着非同一般的契合。抵达心灵深处的山、意念深处的水,绝非用脚步丈量就可以实现,她为自己找到了独特的"归途"。

2. 诗人的归途

失落的故园,以时间为尺,转化为记忆或梦,诗人凭借想象,追寻逝去的时光。梦——忆——醒在林珊的诗歌里穿梭,这是她追寻原乡的特殊归途,虚实交织,似远实近,既近且疏,也是对消解了的古典诗意的反消解。

梦是抵达原乡的捷径,诗的疆域因时空秩序的重置而更加开阔,不变的依然是诗人"归"的使命:

我有时会坐在公园的长椅上

回忆隆冬和迷雾

我离开南方已经很久了

我和一个人告别,已经很久了

可是我还是会偶尔梦见他

梦见火车穿过原野

梦见飞机在云层深处穿行

梦,在另一个世界穿梭,碰触忆的深处。生命幽深处,自然有烟雾,林珊的诗"涵盖了一种对过往的追忆,甚至带有一点宿命的味道":

自此,这片土地

都将出现在余生的

无数个梦境里

这一切,这所有的一切

都仿若是梦中情景

我知道,驼峰和马背

风沙和石头

荒漠和戈壁都曾代替我们

领悟过红尘与人世

而那些回忆,那些回忆

一直停留在原处

从未随时间远逝

残存的记忆是前世遗落在今生的梦:

当我走在千年古道上
落日辉映出我长长的影子
我在瞬间有了些许恍惚
我问我自己
到底是什么,让我来到了这里
到底是什么,让我回到了这里
一些残存的记忆或许比漫漫风沙里的
石头,更为牢固
这一切,这无法言说清楚的一切
是源自于一部电影
一本书籍
还是一个人在某一个瞬息
无法避开的红尘
恍若一梦的前世

忆与醒交错,每个人都有回不去的原乡,如果没有例外,终将会成为别人的"原乡"。《华西路》里采用跨越时空的叙事笔法编织出含蓄、繁复的诗意。诗歌这样开头:后来的日子,她独自/居住在华西路那栋老房子里",来不及纠结错过了怎样的"开始",我们直接跌落到"后来"。这种敞开式的创作手法,推动读者的情绪随诗意流动:

> 她穿了一件对襟花棉袄
> 坐在偌大的餐桌前
> 笑容可掬
> 整个夜晚,那么多的新年祝福
> 那么古老,那么美好

眼前的一切,虽有缺憾,但是,"山茶树上即将长满新枝……"眼前的缺憾终将被熟悉的一草一木所淹没,那是漂泊情感的最终寄托。

诗与梦同根,梦与醒之间是无尽的沮丧,"我"邂逅了孤独,却没能找到"你"的影子,世事诸如此般阴差阳错:

> 那么多的香樟树叶
> 挂满那么多新鲜的雨滴
> 那么多的灰麻雀藏匿在
> 树冠深处
> 穷尽这光阴的虚无
> 最沮丧的时刻
> 莫过于此
> 我从梦中醒来
> 我梦见了孤独
> 我没有梦见你

原乡意识是萦绕诗人心间的古典诗意,无论走多远、多久,都无法消解;因此,归途也不似寻常路,梦——忆——醒错综交织,现代诗意犹如无法弥合的碎片,但碎片与碎片之间无不是明澈、亲切的古典诗意;诗人在古典诗意的消解中迷失又在反消解中回归,原乡意识几经失落而历久愈坚。这与其他"80后"女性诗人群体习惯聚焦于眼前当下的碎片,形成了鲜明对照。

三、还乡之旅与诗人的归宿

1. 还乡之旅

原乡是失落的故园,遥远而难以企及。诗人的天职便是还乡,这在林珊诗里尤为明显。自然的山水、梦里的山水,成为亲近生命本真之处,故乡的山水内化成心灵深处稳定的情感结构。钱锺书认为:"精神不安地追求安定,永不止歇地寻找休歇处。在永不停息的思想过程中,任何休歇处都是不易而易的,当视其为精神臻于完足(made up)之境时,它就是不易的。一切有目标的思考都可以在情感层面被喻为一种乡愁或寻求归宿的冲动。"[①]"掌握本质真实的愿望,正是一种身在他乡的故园之思,无论把本质真实称为'本性','道','梵',甚至'无'。"[②] 身在他乡者有挥之不去的"故园之思",然而对于现代人来说,"还乡之旅"更意味着携着乡愁,寻找故乡。待到你走近曾经的故乡时也许会发现,它

---

① 龚刚:《钱锺书与文艺的西潮》,南开大学出版社,2014,第278页。
② 龚刚:《钱锺书与文艺的西潮》,第272页。

并非是梦里一直求索的"故乡"。古罗马诗人巴库维乌斯说"美土即吾乡";北宋文学家、思想家晁迥曰"栖心栖神栖真栖禅","如鸟之栖宿"。"美土"是那些似曾相识、一见如故的自然山水,我们只有栖居在"美土","心、神、真、禅"才可归一,回到本真,如倦鸟归巢般静下来。龚刚认为,这种"对存在本质与形上归宿的求索均可被视为哲性乡愁"[①]。从林珊的诗里,我们可以感受到浓厚的"故园之思"与"哲性乡愁"。

相比较而言,"80后"女性诗人群体更加关注内心世界的冲突,田园牧歌式的宁静很少成为她们的描写对象。对林珊而言,原乡意识更意味着精神还乡,曾经具象的故乡山水被赋予抽象的原乡意义,古典诗意在精神还乡中得到释放与重塑。她认为写诗要"努力抵达内心的真实,倾听到那种自我的声音,接近于天性,回返到一种精神的原乡。曾经走远,要回归"。

2. 诗人的归宿

林珊的诗里,归宿凝结成每一个具体而微的瞬间或时间碎片。她偏爱黄昏、落雨、葬礼、禅音……这些勾勒出诗人熟悉的旧时光,依稀有儿时村庄的模样,蕴藏着数不尽的悲欢。每个短暂的瞬间,都是诗人的归宿。在时间的溪流中,天亮的一刻就意味着重新踏上还乡之旅,寻找下一处可以栖息的瞬间,这样的脚步从未停歇。

---

① 龚刚:《从感性的思乡到哲性的乡愁——论台湾离散诗人的三重乡愁》,《淮北师范大学学报(哲学社会科学版)》2017年第1期。

(1) 黄昏

林珊的诗中收集了数不尽的黄昏,有遗落在四季的黄昏,有深藏于古寺的黄昏,有天地间难言情绪发酵到极致的雨中黄昏。每一个特别而又平常的黄昏是灵魂的栖息地,仍然蕴含着古典诗意所强调的宁静与归属感。

她主动走近黄昏,选择这个特别的时刻,走向深山,走向内心深处。《家书:雨中重访梅子山》中:"我是唯一 / 一个,在黄昏的雨中 / 走向深山的人";黄昏是《春日》里,"从来不曾厌倦的别处";造访广宗寺,是灵魂与身体契合无间的时刻,"我们的身后,黄昏将至"……黄昏,明暗之交的时刻,在诗中凝聚了别样的复杂情绪。黄昏在心间投下的影子,重重叠叠如故园的万水千山;影影绰绰,如流转的四季,天、地、诗歌与她,在这样的时刻,如一。她开始期盼这样一个悲喜交织却让心宁静的时刻,"我有时会站在树下 / 等待黄昏的降临"。

(2) 落雨

"为了遇见更多的雨,我走进更多 / 漫无尽头的雨中",与其说"为了遇见更多的雨",不如说为了遇见更真的"我",找到可以落脚的归宿,这份执着是还乡之旅不竭的动力。虽然,在这轻而易举找到的"归宿"中,诗人充满了质疑,虽然这"归宿"都是孤独的易碎的,凝集了来自灵魂深处的困惑:

昨夜大雨倾盆,我听了一夜雨声
也不曾知晓,萧索的雨声里

究竟都藏匿了什么

　　如果你是我的灵魂所在，我所说的话并不会
　　只是一个断言

　　落雨，也许只是沾了季节的讯息，引领我们寻找故乡之外的"归宿"：

　　雨水落在檐外，春风尚有余音
　　越来越轻的脚步声，从哪里来
　　又将往何处去
　　……

（3）葬礼

　　如果说黄昏与落雨是上苍赐予每个人的天然归宿，那么葬礼则是人世间悲伤到极致的盛典。老子把事物的分解看成是"归根"与"复命"；《淮南子》视死亡为"已成器而破碎烂漫复归其故"；又有《列子》云："鬼，归也，归其真宅。"林珊的诗里，葬礼继续传递着一种古典诗意，那是归去的冷静与坦然，是她对人生终极归宿与生命本然的思考。

　　"肃然的泥土"是花瓣"更好、更久的归宿"，"有的落花已成为流水的一部分 / 有的故乡已成为回忆的一部分"；葬礼与缺席并不等同于遗忘，至少在爱人的心里如是：

> 整个夜晚，关于那个缺席者
> 和那场葬礼，再也无人提及
> 呵，这样多好。春风化雨
> 山茶树上即将长满新枝
> 她的暮年
> 没有一丝缝隙

葬礼在生命中：

> 最为声势浩大的一场绽放
> 在那辽阔的，无数副棺木日渐腐朽的山坡上
> 白茅在开，故乡的云朵还在流浪

棺木的腐朽，无法阻挡，而流浪的云，开满山坡的白茅又诉说着怎样的秘密呢，那会是生命的本然吗？

（4）禅音

潮湿的情绪驻留在黄昏的细雨里，世间的葬礼是对身体的最终安置，灵魂的终极归宿又在哪里？"是一阵诵经声，让我停在那里／是一阵又一阵诵经声，让我停在那里"；灵魂越过时间，青睐无意间邂逅的光、声音与颜色，"从冬天到春天／即使那么远了，山顶熹微的光／塔楼的钟声／五月的青梅，八月的花海／依旧深印我心"；尽管"枯草里的星辰是什么时候撒下的／瓦楞上的残雪是

什么时候落下的/香山寺的钟声也无法给予我/想要的答案",但"唯有我,迎着风/拾阶而上/听禅音萦绕/听木鱼绕梁/我双手合十/我两手空空/我也有不为人知的悲伤"。

林珊通过"原乡意识与诗人的归途"对消解了的古典诗意进行反消解,又通过"还乡之旅与诗人的归宿",在更深层面上实现了新一轮的反消解。《列子》云:"务外游不知务内观。外游者求备于物;内观者取足于身。取足于身,游之至也;求备于物,游之不至也。"林珊的诗凸显出一种"务内观"的智慧,即回到自己,用普罗提诺的话来说:"灵魂的自然运动不是直线式的……相反,它是围绕某个内在的事物,某个中心而周行的。而灵魂周行所围绕的中心正是灵魂自身。"[1]如果说每一首诗都像一朵浪花,最终汇成一条溪流,我们曾经遗失的故园就驻在那个永远无法抵达的东方,一个生命中"易而不易"的地方。

更多"80后"女性诗人着力表现"自我之真""失落之伤"与"万物皆着我之色彩","归途"也因此充满了对抗、质疑与沉重。换言之,她们并不着意于能否抵达休憩的瞬间,"在路上"是她们的创作动力;而林珊却在古典诗意不断消解的语境中执着于探索反消解,她构建的诗意空间因时空界限的消泯而更加多元。在她的诗里,我们依稀可感那个遥远的"归宿",那是"自然之真""无我之空"与"自我物化"带来的片刻休憩。她说:"在我的诗歌里,很多都只有故乡这个意境,但写的,却也不仅仅是我的故乡,而

---

[1] 钱锺书:《还乡隐喻与哲性乡愁》,龚刚译;载于《跨文化对话·第15辑》,上海文化出版社,2004,第47—48页。

是一个广义上的赣南客家群体。"如果说对"抵达无我的天性"是林珊写作的目的,那么"无我"本身便有了共性的意味。换言之,是"抵达我们共有的天性","无我"与"有我"在林珊的诗歌里完美统一,沿着对古典诗意反消解的途经,诗人实现了"归"的自由,而我们也从诗人的眼眸里看到了自己的影子,从她的归宿里筑起了起我们共有的梦,有黄昏,有断弦的竖琴,有落雨,有禅音,虽无法摆脱宿命中的遗憾,但依然美不胜收。

参考文献

一、专著

〔1〕Charles Olson. *Selected Essays*[M]. New York : New Direction, 1966.

〔2〕Steiner, G. *After Babel. Aspects of Language and Translation*[M]. Shanghai: Shanghai Foreign Language Education Press, 2001.

〔3〕Kübler, G. *Emiliy Dickinson Smtliche Gedichte, Zweisprachig*[M]. München: Hanser Verlag, 2015.

〔4〕梁宗岱. 诗与真[M]. 北京：商务印书馆，1975.

〔5〕周振甫. 文心雕龙选译[M]. 北京：中华书局，1980.

〔6〕张岱年. 中国哲学大纲[M]. 北京：中国社会科学出版社，1982.

〔7〕冯友兰. 三松堂学术文集[M]. 北京：北京大学出版社，1984.

〔8〕钱锺书. 谈艺录（补订本）[M]. 北京：中华书局，1984.

〔9〕赵毅衡. 远游的诗神[M]. 成都：四川人民出版社，1985.

〔10〕钱锺书. 管锥编[M]. 北京：中华书局，1986.

〔11〕郭宏安. 波德莱尔美学论文选[M]. 北京：人民文学出版社，1987.

〔12〕宗白华. 宗白华全集（第一、二卷）[M]. 合肥：安徽教育出版社，1994.

〔13〕雷纳·韦勒克. 近代文学批评史（第4卷）[M]. 杨自伍译. 上海：上海译文出版社，1997.

〔14〕郭外岑. 意象文艺论[M]. 敦煌：敦煌文艺出版社，1997.

〔15〕艾柯等，柯里尼. 诠释与过度诠释[M]. 王宇根译. 北京：生活·读书·新知三联书店，1997.

〔16〕陈良运. 中国诗学体系论[M]. 北京：中国社会科学出版社，1998.

〔17〕废名. 论新诗及其他[M]. 辽宁：辽宁教育出版社，1998.

〔18〕郭齐勇. 熊十力学术文化随笔[M]. 北京：中国青年出版社，1999.

〔19〕刘军平. 中国古典诗歌的解读与再创造//《中国翻译》编辑部主编《文化

丝路织思》[M]. 北京：国际文化出版公司，2001.

［20］宗白华. 美学散步 [M]. 上海：上海人民出版社，2002.

［21］陈竹，曾祖荫. 中国古代艺术范畴体系 [M]. 武汉：华中师范大学出版社，2003.

［22］许钧. 翻译论 [M]. 武汉：湖北教育出版社，2003.

［23］王秉钦. 20世纪中国翻译思想史 [M]. 天津：南开大学出版社，2004.

［24］胡庚申. 翻译适应选择论 [M]. 武汉：湖北教育出版社，2004.

［25］朱立元. 当代西方文艺理论 [M]. 上海：华东师范大学，2005.

［26］许龙. 钱锺书诗学思想研究 [M]. 北京：中国社会科学出版社，2006.

［27］胡经之，李健. 中国古典文艺学 [M]. 北京：光明日报出版社，2006.

［28］刘军平. 传统的守望者——张岱年哲学思想研究 [M]. 北京：人民出版社，2007.

［29］王弼. 老子道德经注校释 [M]. 楼宇烈校. 北京：中华书局，2008.

［30］郭绍虞. 中国文学批评史 [M]. 天津：百花文艺出版社，2008.

［31］朱光潜. 诗论 [M]. 北京：北京出版社，2009.

［32］罗新璋，陈应年. 翻译论集 [M]. 北京：商务印书馆，2009.

［33］成复旺. 新编中国文学理论史 [M]. 北京：中国人民大学出版社，2010.

［34］查尔斯·伯恩斯坦. 查尔斯·伯恩斯坦诗选 [M]. 聂珍钊，罗良功译. 武汉：华中师范大学出版社，2011.

［35］傅雷. 翻译似临画 [M]. 北京：外语教学与研究出版社，2014.

［36］叶维廉. 比较诗学 [M]. 台北：东大出版社，2014.

［37］约瑟夫·布罗茨基. 小于一 [M]. 黄灿然译. 杭州：浙江文艺出版社，2014.

［38］龚刚. 钱锺书与文艺的思潮 [M]. 天津：南开大学出版社，2014.

［39］张泽鸿. 宗白华现代艺术学思想研究 [M]. 北京：文化艺术出版社，2015.

［40］李建中，吴中胜. 文心雕龙导读 [M]. 武汉：武汉大学出版社，2015.

［41］叶维廉. 中国诗学 [M]. 上海：时代出版传媒股份有限公司，2016.

［42］张智中. 唐诗绝句英译800首 [M]. 武汉：武汉大学出版社，2018.

〔43〕龚刚.中西文学轻批评[M].北京:光明日报出版社,2019.

〔45〕龚刚.妙合是翻译的最高境界——兼谈诗歌语法[M].// 复旦谈译录 第二辑.北京:生活·读书·新知三联书店,2020.

〔46〕龚刚,李磊.七剑诗选[M].广州:暨南大学出版社,2018.

〔47〕刘军平.西方翻译理论通史(第二版)[M].武汉:武汉大学出版社,2019.

〔48〕范若恩,戴从容.复旦谈译录(第二辑).北京:生活·读书·新知三联书店,2020.

〔49〕李少君.诗歌维新:新时代之新[M].北京:中国文联出版社,2021.

二、期刊论文

〔1〕W. K. Wimsatt. "Comment on Two Essays in Practical Criticism" [J]. *University Review*, 1942.

〔2〕赵岩.艾米莉·狄金森诗作选译[J]. *New World Poetry*, 2017(159).

〔3〕赵岩.艾米莉·狄金森诗一首[J]. *New World Poetry*, 2019(174)

〔4〕裘小龙.论多恩和他的爱情诗[J].世界文学,1984(05).

〔5〕裘小龙.中国古诗与现代主义诗歌在翻译中的感性交流[J].上海社会科学院学术季刊,1989(01).

〔6〕刘军平.超越后现代的"他者"——翻译研究的张力与活力[J].中国翻译,2004(01).

〔7〕刘军平.翻译经典与文学翻译[J].中国翻译,2002(04).

〔8〕刘军平.女性主义翻译理论研究的中西话语[J].中国翻译,2004(04).

〔9〕王东风.反思"通顺"——从诗学的角度再论"通顺"[J].中国翻译,2005(06).

〔10〕张思洁,余斌.翻译的哲学过程论[J].外语学刊,2007(03).

〔11〕刘军平.重构翻译研究的认知图景,开创翻译研究"认知转向"[J].湖北民族学院学报(哲学社会科学版),2008(04).

〔12〕罗良功.论安·瓦尔德曼的表演诗歌[J].外国文学研究,2009(01).

〔13〕刘军平.德里达解构主义翻译理论的六个维度及其特点[J].法国研究,2009(03).

〔14〕罗良功."翻译诗学观念":论美国语言诗的诗学观及其翻译[J].外国文学研究,2010(06).

〔15〕季进,余夏云.我并不尖锐,只是更坦率——顾彬教授访谈录[J].书城,2011 (07).

〔16〕郭建玲.在中国文学里栖居——顾彬访谈录[J].当代作家评论,2012(05).

〔17〕马士奎.蔡廷干和《唐诗英韵》[J].名作欣赏,2012(33).

〔18〕罗良功.查尔斯·伯恩斯坦诗学简论[J].江西社会科学,2013(05).

〔19〕罗良功.发现"另一个传统":玛乔瑞·帕洛夫的《诗学新解》及其他[J].外国文学研究,2014(01).

〔20〕王东风.希腊群岛[J].译林,2014(05).

〔21〕马士奎.英语地位与当今国际文学翻译生态——《译出与否——PEN/IRL国际文学翻译形势报告》解读[J].山东外语教学,2014(06).

〔22〕王东风.以逗代步 找回丢失的节奏——从 *The Isles of Greece* 重译看英诗格律可译性理据[J].外语教学与研究,2014(06).

〔23〕王东风.五四初期西诗汉译的六个误区及其对中国新诗的误导[J].外国文学评论,2015(02).

〔24〕顾彬,魏育青,姜林静.翻译对社会发展的意义——顾彬与魏育青对谈录[J].东方翻译,2016(01).

〔25〕马士奎.晚清和民国时期旅法学人对中国文学的译介[J].法国研究,2016(01).

〔26〕龚刚.从感性的思乡到哲性的乡愁——论台湾离散诗人额三重乡愁[J] 淮北师范大学学报(哲学社会科学版),2017(01).

〔27〕胡桑.翻译、民族国家、现代性和传统型——论顾彬的汉语诗歌批评[J].扬子江评论,2017 (04).

〔28〕罗良功. 诗歌是语言的艺术吗?——英语诗歌文本初论 [J]. 山东外语教学, 2017(03).

〔29〕马士奎. 从小说《红高粱》首个英译本说开去 [J]. 中国文化研究, 2018(01).

〔30〕裘小龙. 翻译与双语写作 [J]. 亚太跨学科翻译研究, 2019(01).

〔31〕龚刚. 科学思维的局限性与"诗话"批评的复兴 [J]. 中山大学学报(社会科学版), 2019(01).

〔32〕王东风. 以平仄代抑扬, 找回遗落的音美: 英诗汉译声律对策研究 [J]. 外国语, 2019 (01).

〔33〕张智中. 穆旦诗英译对新诗英译的启示 [J]. 中国外语研究, 2019(01).

〔34〕龚刚. 文学翻译当求妙合 [J]. 太原学院学报(社会科学版), 2019(05).

〔35〕龚刚. 新性灵主义诗学导论 [J]. 北方工业大学学报, 2019(06).

〔36〕张叉, 龚刚. 以比较文学思维推进本土研究与理论创新 [J] 外国语文研究, 2019(06).

〔37〕刘军平. 探索翻译学中国学派的知识范型与可行路径——兼论"做翻译"与"看翻译"两种范式之特质 [J]. 中国翻译, 2020(04)